吾皇吾民
(长篇小说)

陈延令

图书在版编目（CIP）数据

吾皇吾民/陈延令著.—北京：中央编译出版社，
2016.3（2016.6 重印）
ISBN 978-7-5117-2953-8

Ⅰ.①吾… Ⅱ.①陈… Ⅲ.①长篇小说-中国-当代
Ⅳ.①I247.5

中国版本图书馆 CIP 数据核字（2016）第 027256 号

吾皇吾民

出 版 人：	刘明清
出版统筹：	董　巍
责任编辑：	曲建文
责任印刷：	尹　□
出版发行：	中央编译出版社
地　　址：	北京西城区车公庄大街乙5号鸿儒大厦B座（100044）
电　　话：	（010）52612345（总编室）　（010）52612370（编辑室）
	（010）52612316（发行部）　（010）52612317（网络销售部）
	（010）52612346（馆配部）　（010）66509618（读者服务部）
传　　真：	（010）66515838
经　　销：	全国新华书店
印　　刷：	鸿博昊天科技有限公司
开　　本：	787 毫米×1092 毫米 1/32
字　　数：	140 千字
印　　张：	7.5
版　　次：	2016 年 3 月第 1 版第 2 次印刷
定　　价：	30.00 元
网　　址：	www.cctphome.com　　邮　箱：cctp@cctphome.com
新浪微博：	@中央编译出版社　　微　信：中央编译出版社（ID：cctphome）
淘宝店铺：	中央编译出版社直销店（http://shop108367160.com）（010）52612349

本社常年法律顾问：北京嘉润律师事务所律师　李敬伟　问小牛
凡有印装质量问题，本社负责调换，电话：010-55626985

目　录

一	／1
二	／9
三	／17
四	／25
五	／37
六	／45
七	／53
八	／64
九	／71
十	／79
十一	／87
十二	／97
十三	／105
十四	／115
十五	／125

十六	/ 133
十七	/ 142
十八	/ 150
十九	/ 158
二十	/ 167
二十一	/ 176
二十二	/ 185
二十三	/ 197
二十四	/ 205
二十五	/ 213
二十六	/ 217
二十七	/ 225
二十八	/ 235
二十九	/ 243
史书摘录	/ 253

一

袁不方费力地睁开干涩的眼睛，看见满屋白亮的日光。伸手到旁边一摸，没有人。昨夜的酒还没醒透，太阳穴隐隐胀痛。他使劲闭上眼睛，猛然睁开，再闭上，再睁开，脑子仿佛清醒一些。

他想起来，昨天午夜离开平康里，遇到两位朋友，邀他到东市的天方酒楼去喝酒。天方酒楼是波斯人开的，为他们斟酒的是一位波斯女郎。那波斯女郎笑靥如花，脸庞美丽，身段妖娆。她上身像唐朝女子一样，穿一件鹅黄色的诃子，披紫色透明罗纱，肩膀、脊背和胸脯若隐若现；下面却不像唐朝女子那样穿裙子，而是穿一条湖绿色的薄绸灯笼裤，脚蹬一双褐色小牛皮靴子，妖娆中透着几分娇蛮。

虽是午夜，酒楼仍和白昼一样喧闹。丝弦羌笛一响，波斯女郎在酒客面前翩翩起舞。喝酒喝到凌晨，他和两位朋友分手。那时他已有七八分醉意，扔给老板一锭银子，把那波斯女郎带回住处。

到了床上，抱着一个活色生香的异域美女，闻着从她赤裸的肌肤中渗透出来的淡淡腥膻味，他心里微微有些骚动，身体却不能亢奋起来。波斯女郎几番挑逗，他才略微硬朗，勉力应付了一回，草草完事，然后就迷迷糊糊地睡着了。

他不知道波斯女郎是什么时候走的。揉揉眼睛，暗自叹息一声。还不到三十岁，竟然这样不济！原先可不是这样的。原先他像一垛干柴，一点火星就能噼噼啪啪烧起来，而且烧得长久。现在却变成一堆受潮的稻草，半天烧不着，即便烧着了，也是嘭的一下，眨眼就烧光了。

他知道并不是喝多了酒的缘故，是别的缘故。

他从十二岁开始跟老师学画，十八岁开始画春宫。画春宫比画别的东西更能卖钱。太平盛世，温饱思淫欲，不说皇宫和官宦富豪人家，就是寻常百姓，家里也藏有几幅春宫。稍稍富有的人家，女儿的嫁妆里少不了一套春宫，教新婚夫妇房中秘技。就是所谓"衣解巾粉卸，列图陈枕张。素女为我师，仪态盈万方"。

当初他跟老师学画春宫的时候，眼睛一看到那些画，心脏就怦怦乱跳，血液如万马奔腾。过了十多年，他看过和画过太多的男女酮体，太多的男欢女爱，心脏和血液就渐渐麻痹了。他画的时候，心如止水，脑子里只想着如何画得美，画得逼真，画得有新意。那些男女胴体，那些男欢女爱，就像画中做背景的房屋、风景和花草石头一样，只是构成一幅图画的线条和色彩，再也勾不起他的欲火。

就是面对活生生赤裸裸的女人，他也常常无动于衷，总是习惯地在心里暗暗揣摩着女人的神情和体态。

他越来越多地发现自己在房事上力不从心。越是力不从心，他越是放浪形骸，把各种各样的女人带回家来。越是放浪形骸，却又越是力不从心。

他感到惶恐。他知道不能再画下去了，但是他做不到。画春宫已不再只是他谋生的手段，也是他唯一的嗜好，只有画得满意的时候，他才觉得心情愉悦。

老师去世以后，他继承了老师的衣钵，成为长安城里的首席春宫画家。

有名的画坊纷纷向他订画。他的画和老师的画一样，多半是达官贵人买去的。画得特别好的，就被皇宫买去收藏起来。据说贵妃很欣赏他的画，贵妃说，他的画虽然比他老师的画缺少那么一点儿精神，但是也看得过去了。贵妃喜欢，皇帝也就喜欢。皇帝和贵妃欢娱的时候，常常把那些画拿出来观赏，助兴。

眼下他正在画一套绢本彩色画册，是长安城里最大的画坊轩辕斋向他预订的，题名《玉女啼红图》，画处女初夜时的情态，共十二幅。轩辕斋的周老板付给他一百两银子的定金，还神秘地告诉他，这套画也是皇宫里要的。

他披着衣裳起床，边打哈欠边走到外屋，也不洗漱，就在饭桌旁坐下来。饭桌上已经摆好了饭菜。

老师一辈子不曾娶亲，他和老师一样，快三十岁了，还是孤家寡人。日常的饮食起居，就请一个老婆子来照料。那老婆子熟知他的习惯，每天都在他起床前把饭菜准备好。

他胡乱吃了几口饭菜，就撂下碗筷，慢慢踱进书房。书房的桌子上，老婆子把画具也替他准备好了。

这套画已画好一半。他反复端详着，觉得不太满意。女子初夜时的那种娇羞，那种惊惶，那种又喜又怕，那种苦乐相兼，似乎还缺少一点神韵。

只要自己觉得不满意，他就画不下去了。他扔下画，发了一阵呆，忽然想起平康里裴家的朵儿恰好要在今天度初夜,正是一个观摩的好机会。于是找出一卷画带在身边,随手把门拉拢,走到街上去。

他穿着平时在屋里穿的宽松肥大的裤子和袍子,腰间松垮垮地系一条绸带,也不罩一件出门穿的锦袍,头发蓬松着随意打了个结,斜插了一根玉簪,一副落拓相。脚上却趿着一双华丽的紫色宝相花纹锦做的云头锦履。

他住的地方是永兴里,在平康里的北面,离平康里只隔两条街;西面是皇城,东南面紧挨着平康里的是繁华的东市。

平日去平康里,逍逍遥遥的,不须多久便能走到,这天却奇怪,街上挤满了人,要在人群里穿来穿去才能走动。走到十字街头,人更多了,挤得挪不开步子。

袁不方并没有要紧的事情,就站在路边的人群中观望。只见东面、西面、北面的路上都有人流迤迤逦逦地向南面流去。伸颈一望,竟望不到头。那些人个个衣衫光鲜,有鸣锣开道的,有吹奏鼓乐的,有骑马的,有乘车的,有抬箱笼礼架的,有赶猪牵羊的。

袁不方问旁边的人,非年非节的,什么事这样热闹。那人兴高采烈地说:"都是到宣阳里去的!"

话没说完,另一个人抢着说:"是国舅家造房子!"

又有一个人插进来说:"还有三位夫人呢!"

这几个人喊喊喳喳抢着说话,袁不方好不容易才听明白。原来,皇帝爱屋及乌,因宠爱贵妃,赏赐贵妃的哥哥国舅兼丞相杨国忠和贵妃的三位姐妹韩国夫人、虢国夫人、秦国夫人在宣阳里造新的府第,还叫他们不要管花多少钱。这四家就都照皇宫的式样比赛着造,每家都想胜过别家。

已经造好的房子，看见别家造得更加崇巍华丽，就拆了重造。这样造了拆、拆了造，不知费了多少功夫，直到各家都称心如意了，方才罢手。有营造商说，一座厅堂就要花费一千万贯铜钱。今天完工，满朝文武百官都备了礼物前来庆贺。从早上到现在，庆贺的人流没有断过。

"看！大象！"看热闹的小孩尖叫起来。

几头大象远远走过来，象头上蒙着金色缨络，象背上披着七彩毛毯。赶象的象奴和坐在象背上的贺客都是面色黧黑的异方人。

旁边的人又喊喊喳喳抢着说："这是天竺人！"

"刚才过去的还有波斯人，骑着骆驼呢！"

"还有高丽人、突厥人！"

一个拄着拐杖的白发白须的老头也挤在人群里看热闹，他佝偻着背，用手指抠着眼屎，感慨万分地说："太平盛世！千年难遇的太平盛世啊！"

袁不方看了一会儿，意兴阑珊了，就趁着人流间断的时候，穿过十字街头，拐进东市。时辰还早，夜晚才是平康里的市面，他想先到轩辕斋去看看。

轩辕斋的周老板看见袁不方走进店堂，连忙笑着招呼他坐，又喊仆人上茶。闲聊了几句，袁不方问他有没有什么新玩艺儿。周老板叫伙计拿来几样东西。一个是周朝的陶壶，一只壶耳已破损，壶上绘有春宫，人物画得极简洁，类似符号。一个是汉代的青铜乌龟，绿锈斑驳，乌龟的头颈伸得长长的。还有一幅晋代的春宫画，笔法工细，色彩浓艳，透着俗气。

袁不方看过以后，不觉得有特别好的，就摇摇头，搁下了。

周老板说:"我也知道袁先生眼界高,寻常的玩艺儿是看不中的。不过我这儿还有一样东西,那可是真正的好东西。也就是袁先生你来了,换了别人,我是不会轻易拿出来的。"

周老板亲自打开一个柜子,拿出几卷画,一幅一幅展开给袁不方看。他说这是袁不方的老师画的一套《春心如意图》,是画武则天女皇帝与如意君薛敖曹欢娱的情景。

周老板说:"我是费尽了心机才弄到手的,可是只有五幅,还缺三幅。我想这天底下也只有袁先生能把它补齐了。不知道袁先生肯不肯帮忙?酬金好说,随便袁先生开个数目。"

这套《春心如意图》,袁不方是看见过的,确实像周老板说的,原来共有八幅。老师画得非常用心,画好以后秘不示人。老师去世后,这套画也不知去向。坊间有种种传说,甚至有人说老师的死和这套画有关系。

他仔细看过每幅画,对周老板说:"是假的。"

周老板一愣,随即分辩:"怎么会是假的?我不是不相信袁先生的眼光,可是你看,画上这女人的耳根用朱色晕染,亭台楼阁和花草树木都是用点簇笔法画的,这不正是尊师最擅长的吗?"

袁不方哈哈笑起来,说:"世人谁不知道老师惯用的笔法,要仿冒几幅还不容易!"

他呷一口茶,细细剖析给周老板听。

老师的画画得好,不在于几种独创的笔法,在于人物的情态画得极其逼真。当时他看这套画的时候,就被老师的才气震慑。女皇帝既是至尊无上的天子,又是一个弱势的女人，她在与男人交欢时，必会露出皇帝的强势和女人的弱势、驾驭男人和被男人驾驭的双重情态。薛敖曹呢，既是地位底下的臣子，又是一个强势的男人，他在与女皇帝交欢时，必会露出臣子的弱势和男人的强势、被女人驾驭和驾驭女人的双重情态。民间有传说，女皇帝第一次"招幸"薛敖曹的时候，承受不了他的天生异秉，乐极生悲，竟然昏晕过去，薛敖曹伏在她身上战战兢兢地问："陛下无恙乎？"老师便是把这种情态画得惟妙惟肖。

周老板的这套画呢，画中的男女从外形看起来好像一个是女皇帝、一个是男臣子，但那只是表象，骨子里却和一般春宫画里的男女并没有什么差异。

周老板听了，又是佩服，又是懊恼，用手抹着额头上沁出来的细汗，说："我这可是花了两千两银子弄到手的。亏得大了！亏得大了！袁先生，你有没有什么办法补救一下？"

袁不方想了想，说："等我什么时候有空了，重新给你画一套吧。我是老师的学生，怎么也比这画得好。不过天知地知你知我知，千万可别泄露出去。"

老师的画一般的要卖到几百两银子一幅，精品就难以论价。偶尔手头拮据的时候，他也仿冒过老师的画，都卖了好价钱，从来没有被人识破。

周老板高兴了，毫不吝啬地给他大送高帽子："袁先生，只要你肯画，只怕比尊师画得还要好！"

袁不方干笑一声。他心里明白，他永远也比不上老师。贵妃是有眼光的，贵妃说他的画比老师的画缺少那么一点儿精神，这个评语极有道理。老师是真正的大师，他不过是一个高明的画匠。老师的画无人能比，不是因为老师创造了几种独特的技法。老师画的人物，尤其是女人的情态，常有出人意料的令人惊奇又说不出的神似。他曾探求过老师的秘诀，直到老师去世前不久，他才知道老师的一个绝大的秘密。他永远也不会把这个绝大的秘密透露出去。

周老板问袁不方《玉女啼红图》画好没有。袁不方说画了一半。周老板说皇宫里等着要这套画，前几天皇帝最亲信的大太监高力士还派人来催问。

袁不方说："不就是几幅画吗，干吗催得这么紧啊？"

周老板嘻嘻一笑，把脸凑近他，嘀嘀咕咕跟他说起皇宫里的事情。轩辕斋常有太监来买东西，难免泄露一些皇宫里的事情。周老板说，皇帝年纪大了，贵妃却正当虎狼之年，几乎夜夜要与皇帝做比翼鸟、并蒂莲，皇帝只好靠春宫、春药和别的一些玩艺儿来吊精神，讨贵妃的欢喜。周老板又说，贵妃认范阳节度使胡人安禄山做干儿子，其实哪是什么干儿子，干脆就是情郎。安禄山自由出入皇宫，有时就睡在贵妃床上。安禄山与贵妃嬉戏的时候，不小心抓破了贵妃的乳房。贵妃给安禄山做生日，用锦绣做大襁褓，把他赤身裸体地裹起来，叫宫女们抬着在皇宫里游行。这还不明白吗？这些事情，皇帝也看在眼里，只是装糊涂罢了。皇帝是太爱贵妃，安禄山能代他出力，让贵妃高兴，皇帝也就高兴。皇帝看见肥胖如猪的安禄山赤条条地裹在襁褓里，不但不怪罪，还赏钱给贵妃，叫作"洗儿钱"，安禄山也得了不少赏赐。

这些事情，袁不方有所耳闻，但是不如周老板讲得详细，也就听得津津有味，不知不觉到了傍晚。

一

平康里的灯一亮，长安城就亮了。

站在高处看，长安城里一百零八坊，平康里的灯火最稠密，最亮堂。没有平康里的灯火，长安城的夜景就会逊色一半。

站在近处看，平康里家家户户的门首都悬挂着灯笼，照出一片富丽堂皇，昭示着盛世气象。

平康里的灯火最旺，人气也最旺。冶游的人像趋光的蛾子一样，纷纷朝这里飞来。

平康里有南曲、中曲、北曲。北曲居住的多是普通娼家，游客也多是普通人物。南曲和中曲居住的多是上等妓女，游客也多是上等人物。

游客中有官吏，商贾，武士，浪人，有金榜题名的新科进士和名落孙山的失意者，有诗人，画家，有游方和尚和云游道士，有天竺人，波斯人，突厥人，埃及人，鞑旦人，高丽人，扶桑人。

袁不方走进南曲，一路走，一路和熟识的人拱手致意。长安城里有名气的春宫画家没事都喜欢泡在平康里。那里是他们取之不尽、用之不竭的创作源泉。袁不方也是平康里的常客，这里的娼家他几乎都熟悉。他不是嫖客，老鸨和妓女都叫他"先生"。上等的妓女不仅容貌要美丽，还要多才多艺，歌舞、乐器、吟诗、绘画，样样都要会一点儿，才能抬高身价。他教妓女绘画，不是画春宫，是画仕女、山水、花鸟。

他教妓女绘画是不收钱的，只是为了换取观摩活春宫的方便。春宫要画得好，闭门造车也是不行的。他虽然亲身阅历过许多女人，但是到底比不上平康里夜夜上演的活剧那样多姿多彩。

他像蜻蜓点水一样，在一路走过的娼家都逗留一会儿，这家进，那家出，这家聊两句，那家看一眼。

家家户户都是宾客满座，欢声笑语不绝于耳。赵家有新科进士在宴请朋友，新科进士红光满面，踌躇满志，朋友们口吐莲花，比赛着奉承的技巧。钱家有外省官员在答谢帮他谋得官职的京官，京官拥着相好的妓女，坦然地收下外省官员奉献的重礼。孙家有富豪在娶妾，富豪是行将就木的老头，娶的是孙家十七岁的小妹。李家聚着一帮商人，商人们谈好了生意，正在嘻嘻哈哈地讲猥亵的笑话和嫖娼的经验。周家的客人多是白天给杨氏兄妹送礼的异域人，他们喝得醉醺醺，呜哩哇啦说着四方语言，也不顾娼家的规矩，急煎煎地把各自看中的妓女抱进房间，迫不及待地要去领略大唐妓女的床上功夫。

夜晚的平康里，就像一桌色香味俱全的菜肴。红的灯笼和蜡烛，黄的金子，白的银子，闪亮的珠宝，赤橙黄绿青蓝紫的服饰。酒香，茶香，肉香，水果香，脂粉香。酒的辛辣味，茶的清苦味，鸡鸭鱼肉的鲜膻味，水果的酸甜味，脂粉的腻香味。空气中还隐隐飘着一种可疑的气味，仿佛是男女欢爱时的体液气味。这种气味是平康里这桌菜肴独有的调味料。

裴家在靠近南曲尽头的地方，一幢二层楼房，外面有围墙，几竿翠绿的青竹从围墙上探出头来。袁不方走进裴家，迎面看见鸨母裴三娘。裴三娘笑吟吟地说："袁先生，你来了。"

袁不方说："三娘，朵儿呢？"

裴三娘说："朵儿今夜做新娘，已经打扮好了，在楼上呢。"

袁不方问："娇客是谁啊？"

裴三娘说："是一位县令，姓张。"

袁不方说："我上去看看她。"

袁不方是熟门熟路，上了楼，径自走到裴朵儿的房间。房间里已点燃手臂粗的红烛，映着红色的帐幔，满屋红彤彤的。朵儿低着头，坐在床沿上，一身盛装，虽不是凤冠霞帔，却也富丽堂皇。她的脸上化了浓妆，眉毛用钴蓝色描成飞蛾翅膀的形状，额上用姜黄色点了一个月牙形的黄星靥。

袁不方叫了一声"朵儿"。

朵儿抬起脸，轻声叫道："先生。"

朵儿刚满十六岁，圆脸，五官端丽，肌肤白嫩，体态丰盈，很多人戏谑地叫她"小贵妃"。她父亲是驿站的驿卒。贵妃最爱吃荔枝，每年荔枝成熟的时候，派人从岭南把新鲜荔枝十万火急送到长安。那荔枝是藏在冰囊里，通过驿站，马不停蹄地一站一站传过去，传到长安，还是果红叶绿的。她八岁那年，父亲在送荔枝的途中饥渴而死，母亲改嫁，叔父把她卖给人贩子，后来又辗转卖到平康里。

袁不方有不少妓女学生，朵儿是最有绘画天赋的一个。她画的莲花笔意不俗，很得袁不方的赞赏。

袁不方拿出带来的那卷画。是《素女经》插图的手卷。这是他用心画的，周老板出二百两银子他也不肯卖。他把画递给朵儿，说："今天是你的大喜日子，这是我送给你的嫁妆画。"

朵儿知道那是什么画，满脸羞色，把画收下了，说："谢谢先生。"

袁不方转身要走，朵儿又轻声叫道："先生！"

袁不方回头看着她，她低下头说："我心里扑通扑通地跳，好害怕啊。"

袁不方安慰她说："是喜事啊，怕什么呢。"他眨了眨眼睛，暧昧地笑着说："等会儿我还要来看你的。"

朵儿明白这句话的意思，愈发害羞，眼皮低垂着，不再说话。

袁不方离开朵儿的房间，想到楼上各处走走。隔壁房间摆了一桌宴席，里面的人正在高谈阔论，声音很响。袁不方听端菜的女佣人说，是买下朵儿初夜的那位姓张的县令在请客。他听到里面的人说到皇帝和安禄山，就倚在栏杆上听了一会儿。

里面有人说，安禄山两只脚的脚底都有大黑痣，说是大贵的相。有一天皇帝在勤政楼看戏，让安禄山坐在旁边一起看。皇太子说，从古到今，没有臣子与皇帝坐在一起看戏的。皇帝说，安禄山有异相，我让他坐在一起，正是想禳除他的邪气啊。又有人说，有一天皇帝与安禄山夜宴，安禄山喝醉酒，躺在那里睡着了，露出原形，原来他是一个龙头猪身的怪物。伺候他的人慌忙禀告皇帝，说他是猪龙转世，将来一定会与皇帝争夺天下的。皇帝却不以为然，说，他不过是一个猪龙罢了，又不是真正的龙，能有什么作为。还是不肯杀他。皇帝太宠他了。

里面的人议论了一会儿，一个略带沙哑的低沉的声音说："安禄山早就有反相，人人都看得见，只是蒙蔽了皇帝一个人。安禄山如今一人身兼任平卢、范阳、河东三镇节度使，手下有雄兵十几万，正在加紧操练，造反只是眼前的事。我看不久就会天下大乱，我们也要早做准备啊。"

另一个人慷慨激昂地说："自古以来都是时势造英雄，天下大乱，正是我们建功立业、报效朝廷的大好时机！"

这个人的声音醇厚洪亮，听起来很悦耳。

这些人讲来讲去都是讲安禄山的事情，袁不方没有兴趣听了，就到楼下裴三娘的房间里闲坐。裴三娘是和他有过肌肤之亲的，也不跟他讲客气，自顾在外面招呼客人，由他自便。

将近午夜时，嫖客们都带着妓女进房安歇了。裴三娘进来向袁不方招招手，袁不方跟她悄悄上楼去，走进朵儿隔壁的房间。这个房间的酒席已经散了，空无一人。裴三娘把袁不方领到与朵儿房间一墙之隔的墙角，那里有一个很大的红漆木板箱。裴三娘把箱盖掀开，朝袁不方努努嘴。袁不方笑笑，钻进箱子里，把箱盖盖上。

袁不方侧身屈膝躺在箱子里，慢慢往朵儿房间那边挪动。原来这个箱子靠墙的那块木板只是一个框子，中间全是空的，挨着箱子的墙板也有一个空洞，墙板那边是一个同样的箱子。袁不方挪到朵儿房间的箱子里，用放在箱子里的一根小木棍把箱盖撑起手指宽的一条缝,朵儿房间里的情景就能看得清清楚楚了。

平康里的娼家都有各种各样偷窥的机关,并不是专门为春宫画家设置的,最大的用途是让妓女互相观摩,一则可以增长见识,二则可以渐渐去掉羞耻心。也有一些有怪癖的人,自己不嫖,却特意花了银子来偷窥。妓女与嫖客行事的时候,妓女是知道有人偷窥的,有的嫖客也知道有人偷窥,不但不点破,反而做得更加来劲。

朵儿以前没有接过客,她房间里的这个机关袁不方还是第一次使用。

夏天是偷窥的最好季节。天热,盖不住被子,也不放下帐幔,一切都是赤裸裸的,看得最清楚。冷天盖了被子,可以看到妓女和嫖客的头脸、神情。若是放下帐幔,或灭了灯,就只能听声音。听声音也别有趣味,有人就专爱听声音,一边听,一边心驰神往,比眼睛看到还要刺激。

这年的天气很奇怪,时令虽然早已入冬,天气却意外的热,比通常十月小阳春的气候还要热,像是初夏时节。一般人都说这是吉兆,是太平盛世的象征。也有人在心里嘀咕,怕这是灾祸降临的预兆,但是都不敢公然说出来。

朵儿房间里一对红烛燃得正旺。因为热,床上的帐幔没有放下来,朵儿一个人躺在床上,侧身,脸朝里面,身上盖了一条薄薄的锦被,白嫩丰腴的肩膀露在外面。

床头的小几上放着一个细竹编的筐子,筐子外面有红黑两色油漆描画的鸟和双鱼的图形,筐子口上搭着一条雪白的丝巾。袁不方知道,嫖客将用这条白巾沾染朵儿的处女红,然后放进筐子里。那是今晚节目中最精彩的部分,袁不方准备把这个情节画进《玉女啼红图》。

一个男人坐在桌子旁边，手里拿着一卷书，在烛光下看书。这男人四十多岁年纪，淡金面色，方脸直鼻，细长眼睛，一部浓密的胡须垂到胸前，很威武的样子。他衣冠端正，帽子虽然除下了，头顶上的发结仍紧绷绷地套着乌纱网。

他看书看得很用心，时而凝思，时而感叹，时而击掌。

外面更夫敲了两声梆子，二更了。那男人还不上床。袁不方蜷在箱子里，四肢不能伸展，身体痠麻，更恼人的是困意渐渐涌上来，却连哈欠都不敢打。他想打退堂鼓，挪回隔壁房间，又怕惊动了那男人。

正在进退维谷之际，那男人站起来，摘掉头上的乌纱网，脱去长袍。袁不方心中一喜，振作起精神，睁大眼睛，准备看好戏。

谁知那男人仍然没有上床，双腿张开蹲马步，双手竖掌，向两边推开，长长吁了一口气，缓缓打起拳来。

袁不方大失所望，暗自摇摇头。困意更浓了，眼睛不知不觉闭上，箱子外面的东西都消失了。

袁不方在箱子里迷迷糊糊半醒半睡的，忽然听见自己的鼾声，立刻惊醒了，一时不知道身在何处。

这时，箱盖打开了。袁不方鼻尖一凉，看见一把剑正指着自己的鼻子。

一个略带沙哑的低沉的声音喝道："你是什么人？快出来！"

袁不方听出这个声音就是说安禄山要造反的那个人。他慌忙爬出箱子，语无伦次地说："我是……朵儿……三娘……"

床上的朵儿听见这边的动静，转过身来，眼光闪烁着，说:"他,他是我的先生,教我画画的。"

那男人好像明白了什么,收起剑,哈哈笑起来,说:"大丈夫做事光明磊落。这位先生,要看要画,就出来看,出来画。男女交合,如天地阴阳交泰,不必遮遮掩掩的。"

他把剑插进剑鞘,放在桌子上,顺手拿来一把椅子,说:"先生,请坐下看吧。"

说完,他转身脱去衣裳,露出筋肉鼓虬的上身,向床那边走去。

袁不方暗叫一声惭愧,跌跌撞撞地奔了出去。

袁不方两天没有到平康里去。他足不出户,用这两天的时间把《玉女啼红图》画完了。经过那天晚上的事,他忽然对这套画失掉了兴趣,只想把它完成了事,也不在乎自己满意不满意了。周老板的眼光虽然不错,但是还不足以看到精微之处,这套画应付他是绰绰有余了。

第三天下午,裴三娘派人送来一张请柬,请他去赴宴。请柬上写着是为纳妾设宴,落款是"张巡"。他不知道这张巡是何许人也,有点纳闷,又有点好奇。他天性喜欢交游,踌躇片刻,还是决定去赴宴。

傍晚,袁不方稍稍打扮了一下,穿了一件丝绸绣花的高领长袍,腰带紧束,脚上穿一双翘头锦靴。这种打扮对一个疏懒成性的人来说,已是非常难得了。

顺路先到东市的轩辕斋,把《玉女啼红图》交给周老板。周老板果然赞不绝口,当即把酬金付给他。

入夜后,袁不方离开轩辕斋,晃晃悠悠地向平康里走去。

到了裴家,问过裴三娘,袁不方才知道张巡就是那个胡须长长的中年男人,他要纳的妾就是朵儿。想起那天夜晚的窘相，袁不方的脸色顿时尴尬起来。

裴三娘说："都在等你呢，快上去吧。朵儿说要向你辞别的。"

到这地步，袁不方也不能后退了，硬着头皮跟裴三娘走上楼去。

宴席仍设在朵儿隔壁的房间里。客人都已到了。袁不方一进去，裴三娘就把他介绍给里面的人。张巡起身迎过来，向他拱手致意，袁不方连忙还礼。

张巡说："袁先生，我看过你送给朵儿的嫁妆画，画得好啊！朵儿没有娘家人，你送她嫁妆画，你就是她的娘家人，今后我们就是朋友！袁先生，依我看，你虽不是君子，却是真人！我就喜欢这样的朋友！"

袁不方听他说得恳切，心里的一点疙瘩解开了，眉目也舒展起来。

落座后，袁不方眼光扫了一圈，满座的客人一个也不认识，就自顾自地喝酒、吃菜。坐在他旁边的是一个书生模样的人，年纪与他相仿，身材颀长，面部瘦削，两眼有神，气质不凡，说起话来声音醇厚洪亮。袁不方想起来，那天就是他慷慨激昂地说了一番"时势造英雄"的话。张巡把客人介绍给袁不方的时候，说这人的名字叫晁梦麟。

袁不方从客人们七嘴八舌的话里听出来，晁梦麟今科没有考中进士，是个落榜的书生。常有落榜的书生不愿回家乡，流连在平康里，袁不方见过不少。有些人想下科再考，挣个脸面好回去见家乡父老；有些人心灰意懒，混一天是一天；有些人迷恋花丛，不到身边的银子花完不肯离开。

客人们的话题刚开始都是祝贺张巡纳妾，后来就转到晁梦麟身上，有安慰他的，有激励他的。张巡说："人生在世，最要紧的是一个气字，凡事都不可泄气。有志者，事竟成。我也是考了两次才考中的。李太白有诗说：天生我才必有用。梦麟老弟，你绝不可堕了志气！"

晁梦麟端起酒杯说："张兄，我敬你一杯！我晁某人虽不是经天纬地之才，志气还是有的。今科不中，是我运气不济，三年后我一定请各位在这里喝酒！"

袁不方喝了一点酒，舌头也不甘寂寞，与晁梦麟搭讪起来。晁梦麟知道他是个春宫画家，起初有点傲慢，有一句没一句地不太搭理他，酒喝多以后，话才渐渐多起来。

晁梦麟告诉袁不方，他和张巡是同乡，都是山西蒲州河东人。张巡是开元年间考中的进士，当过太子通事舍人和清河县令，现任河南真源县县令，这次是进京公干。

晁梦麟对张巡很敬仰，他说张巡博览群书，文武双全，有谋略，讲气节，仗义疏财，扶危济困。张巡在清河县令任上政绩卓著，卸任后，本来可以谋个更高的职位，但他不愿趋炎附势，别人纷纷去走杨国忠的门路，他偏不肯去。他说："这天下是李家的天下，不是杨家的天下。我只知道效忠于朝廷，不知道效忠于丞相。"结果只是平调到河南真源县当县令。真源的豪强恶霸很多，这些人与官府勾结，狼狈为奸，鱼肉百姓。有个叫华南金的豪强势力最大，专横跋扈，为所欲为，当地民谣说："南金口，明府手。"就是说他能够操纵官府。张巡到真源之前对华南金就有所耳闻，上任后，他装成贪官，诱华南金来送礼。华南金正好强抢了一个民女，并且打死了民女的兄弟，听说新来的县官贪财，就给张巡送了一份厚礼。张巡拿到贿赂，立即把华南金抓起来，判处死刑，然后赦免了华南金的党羽。

这样杀鸡儆猴、威恩并施,其他的豪强恶霸都被镇住了,不敢再为非作歹,真源的民风从此改恶向善,老百姓安居乐业。

晁梦麟说:"做官就要像张兄这样,忠心耿耿,刚直不阿,一心一意为朝廷办事。"

正说话间,一个仆人打扮的汉子匆匆走进来,在张巡耳边叽叽咕咕说了些什么话。张巡的脸色大变,一双细长的眼睛渐渐睁圆了。

他稍稍镇静一下,站起来,用略带沙哑的低沉声音说:"安禄山果然造反了!"

他的声音不大,这句话却像一声霹雳,众人都被震呆了。

他继续说,安禄山假称奉皇帝密令,入朝讨伐奸臣杨国忠,调集了十五万人马,杀入河北。消息传到皇宫,皇帝和贵妃正在华清宫等待安禄山来朝觐,起初还不相信,说是谣言。后来探子再三来报消息,又捉到一个内奸,在内奸那里搜出朝中人与安禄山里应外合的秘信,皇帝和贵妃这才相信安禄山真的造反了。

晁梦麟问:"现在形势怎么样?"

张巡说,天下太平了几十年,军队和老百姓早就忘了打仗是怎么回事,突然听到安禄山造反,无不惊慌失措,安禄山的叛军打到哪里,哪里就土崩瓦解,哪还谈得上什么抵抗。有的大臣却还在皇帝面前夸口,说是只要官军一到,立马就能砍下安禄山的脑袋。

张巡说着说着激动起来,胡须仿佛一根一根戟张开来。

晁梦麟大声说:"我早就讲过,天下大乱,正是我们建功立业的大好时机!别看我是一介书生,我也有一腔热血!"

张巡用拳头猛力捶了一下桌子,说:"老弟说得对!眼下正是时机,大丈夫必得做一番前无古人、后无来者的大事!我明天就赶回河南去!"

他在酒杯里斟满酒,端起来说:"各位,今天的酒就喝到这儿,请把这杯酒干了!"

众人都把酒杯里的酒饮干,纷纷离席告辞。

袁不方走到隔壁朵儿的房间。三天不见,朵儿像变了个人似的,肌肤愈发白嫩丰盈,气色像饮了朝露的莲花,粉红的花瓣上滚动着晶莹的水珠。袁不方心想,难怪都叫她"小贵妃",比真贵妃恐怕也不逊色啊。张巡真是有眼光、有艳福。

见他进来,朵儿说:"这么早就散席了?"说着,转身去为他沏茶。她走路的样子似乎也和以前不一样,腰臀款摆,娉娉婷婷的,女人味十足。袁不方见过不少女孩儿变成女人,唯独朵儿的变化最明显。他暗自揣想着朵儿和张巡在床上的情形,一时竟走了神。

朵儿把茶端来,说:"先生,请喝茶。"

袁不方连忙收摄心神,接过茶,说:"朵儿,恭喜你啊!"

朵儿轻声说:"谢谢先生。"

袁不方说:"张兄是个了不起的人,将来一定有非凡的成就,你能嫁给他,是你的福分,我也替你高兴。"

朵儿微微一笑,眉目间喜气盈盈。这时张巡走进来,神色已平静了。朵儿为他脱掉外衣,顺手替他抹掉滴在胡须上的酒。

张巡跟袁不方寒暄了几句,就吩咐朵儿收拾东西,说明天一早就动身回河南。

朵儿惊讶地问:"不是说还要另外租房子住一阵吗?怎么明天就走了?"

张巡把安禄山造反的事情告诉朵儿。朵儿睁大了眼睛,不敢相信似的。

袁不方站起来,正想告辞,外面传来一片嘈杂声,好像有人在打闹。袁不方侧耳听了一下,听不出个所以然,就跟张巡和朵儿说了几句"珍重"、"后会有期"之类的话。张巡和朵儿把他送到门口,他一只脚刚跨出门槛,突然迎面撞进来一个人,险些把他撞倒。定神一看,撞进来的是一个胡人,绿眼睛,鹰钩鼻子,乱糟糟的暗红色的头发和胡须。

裴三娘和两个身强力壮的黑衣汉子跟在后面追过来,在门口挤成一团。

这胡人看见袁不方,就像看见了救星,拉住他的衣袖,用半生不熟的汉话呜哩哇啦地叫道:"袁先生!你快救救我!"

袁不方认识这个胡人。他是西域一个什么部落的酋长,他的部落被另一个部落打败了,他逃到长安,一直住在平康里,在裴家住的时间最长。刚开始他还念念不忘报仇,渐渐就被平康里的豪奢和女色迷住了,把报仇的事扔到了爪哇国,成天在脂粉堆里厮混。他来的时候带来很多金银和奇珍异宝,花起钱来像天女散花,平康里家家户户都欢迎他。袁不方跟他一起喝过几次酒,两人聊得很投机,他说他在部落里有很多妻子,但是哪有大唐妓女这样柔美可人。他送给袁不方一尊纯金的欢喜佛,雕镂极精美,佛公四首八臂，坐姿，作金刚怒目状；佛母小巧玲珑，面目姣好，双腿盘于佛公腰间，仰首与佛公接唇，两佛相抱交接。袁不方送给他一本春宫画册。两相比较，那欢喜佛要值钱得多。时间一长，再多的钱财也经不住他乱撒，很快就囊中羞涩了，他就开始东家借西家赊地混日子，却不肯离开平康里。

袁不方猜想他是欠了太多嫖债还不起，被裴三娘追着索讨。

裴三娘说："他都欠了几百两银子了，天天说还，天天不还！我们平康里的规矩，欠嫖债不还的，就割了他的命根子！"

两个黑衣汉子抓住胡人的双臂，往门外拖。胡人又朝袁不方叫："袁先生！他们要割我的命根子，你快救我啊！"

袁不方对裴三娘说："三娘，这人也算是我的朋友，他欠了你多少钱，我替他还了吧。"

他把周老板给他的钱拿出来，递给裴三娘，问她够不够。裴三娘说差不多，就拿了钱，和两个黑衣汉子一起走了。

张巡在一边赞叹说："想不到袁先生也有一副侠义心肠！"

袁不方嘿嘿笑道："不敢当！不敢当！"他心里想，胡人送他那尊欢喜佛，他已赚得太多，现在帮这家伙一把，怎么也不亏本。

他对胡人说："你再不要在这里胡混了，当心哪天把小命儿都给混掉了，还是快点回家乡去吧。"

胡人连连点头，正要走，又想起了什么，从腰间解下一个锦囊，塞到袁不方手里，说："袁先生，这个，送给你。"

袁不方打开锦囊一看，里面有一个小瓷瓶，就问："这是什么？"

胡人说："这是一种奇妙的迷药，是我们部落的巫师用了十年的时间做成的。它能叫吃了药的人乖乖地听你的话，你叫他说是，他不会说不，你叫他向东，他不会往西。用它对付女人是最最好的啦。"

袁不方不相信这迷药真有那么奇妙的效用，倒是那个锦囊绣得十分精致，绣的图案是西域风情，他很喜欢，就收下了，系在腰带上。

胡人走了，袁不方跟张巡和朵儿又说了一遍"珍重"、"后会有期"之类的话，离开了裴家。

走到平康里的街上，家家户户仍然是歌舞升平，纸醉金迷，仍然是色香味俱全，仍然是隐隐飘着一种仿佛是男女欢爱时的体液气味。

哪里有什么造反、叛乱、战争的影子？袁不方怀疑张巡的仆人传错了消息。

四

长安城里的人都很乐观,没有把安禄山造反太当一回事,都说安禄山是趁朝廷猝不及防,一时得势,一旦朝廷定下神来,调集好兵马,就能一举荡平叛军。

然而事情并不那么如意。

入冬以来一直暖如初夏的异常气候消失了,天气一天比一天冷,长安城里一片冰天雪地。朱门酒肉臭变成了路有冻死骨。

坏消息跟着坏天气接踵而来。先是安禄山攻陷了洛阳。过年以后,安禄山在洛阳登基,称雄武皇帝,国号燕,建元圣武。过了不久,又有消息传来,潼关守将哥舒翰战败,哥舒翰投降了叛军,潼关失守。

潼关是一夫当关万人莫开的险隘,历来是长安的门户,潼关一失,长安就无险可守,叛军随时都可能打进长安。

没过多久,守在长安城楼上的士兵就望不见平安火了。唐朝制度,每三十里设一个烽火台,每天早晚各放狼烟一次,叫作平安火。望不见平安火,就是说叛军已逼近长安了。

惊惶和恐惧像瘟疫一样传遍了长安城。很多人逃出长安,四处避难去了。

袁不方也想离开长安,但是舍不得丢弃他的画和古玩。那些东西是他积攒多年的精品,尤其是老师留给他的几幅画,价值极高。如果不走,又怕叛军来了玉石俱焚。想来想去,还是决定一边观望,一边做逃走的准备。他想把银子都换成金子或者贵重的珠宝,万一情形不妙,也好随身带走。他带着银子在城里奔波了一天,想找熟识的商铺兑换。没想到那些商铺大多关门了,只换到一小半。

西市有家珠宝店,没有关门,老板跟他也有些交情,但是老板说店里的金器和珠宝都被人抢购一空,他如一定要,只好到别处替他设法弄一点来,约他明天一早到店里来兑换。

次日清晨,袁不方带着银子赶到珠宝店。那老板很守信用,把他的银子都换成了金子和珠宝,价钱却比平时高了将近一倍。

袁不方也不计较,谢过老板,带着金子和珠宝离开西市。

天色还早,街上冷冷清清的,只有三三两两的行人。袁不方正往回走着,东面皇城那边传来嘈杂的人声和车马声,那声音越来越近,很快就看见一大群人马车辆踢踢踏踏地碾压着清晨寂寥的街道,向这边涌过来。袁不方和几个行人赶紧让到一边。

最前面是一队全副武装的御林军,行走整齐,后面的队伍拉拉杂杂的,有骑马的,有乘车的,有步行的。不论骑马的、乘车的还是步行的,衣冠都极其华丽,一看就知道是皇宫里的人。

袁不方看见几个骑马的武士簇拥着一个骑马的老头儿,

老头儿头戴皇冠，黄色的龙袍外面裹着深紫色的披风，正是至尊无上的皇帝。

袁不方和几个行人不由自主地跪下来，匍匐在尘埃中，嘴里喊着："万岁！万岁！万万岁！"

没有人理睬他们。袁不方偷偷抬起头，见这群人只顾往前赶路，心想机会难得，就壮着胆子站起来，紧走几步，还想瞻仰皇帝。

年迈的皇帝面容清瘦，脸色白里透黄，头发胡须斑白，腰背微微弯曲。清晨的冷风一吹，皇帝的颧骨和鼻子都红了，鼻孔里流出两条清鼻涕，颤巍巍地挂在胡须上。

皇帝抬起手，用龙袍肥大的袖子拭去鼻涕。他一边走，一边频频回头，遥望皇城。马蹄和车轮扬起的黄尘飞扬着，弥漫着，遮断了他的目光。

他的嗓子哽咽了，引起一阵剧烈的咳嗽，腰背弯曲得更厉害。他终于不再回望，把他的皇城，他的江山，他的天下，他的臣民，统统丢在身后。

跟在皇帝后面的是一辆华丽的马车，车门车窗都用黄色锦缎遮住。马车两旁有骑马的武士拱卫。马车从袁不方面前走过的时候，车窗的幕帘正好撩起一个角，一个女人从车窗探出半边脸来，眼睛也是望着皇城那边，眼光迷茫忧郁。女人的头发蓬松，脸上不施粉黛，有几分惺忪和憔悴，却依然显得高贵美丽。

袁不方的心怦然一跳。他知道这女人就是皇帝最宠爱的贵妃。贵妃赞赏过他的画，他向来把贵妃的赞赏当作至高的荣誉。没想到会在这里见到贵妃。他又紧走几步，还想再看一眼贵妃，车窗的幕帘却放下了。

这辆马车的后面是十几辆没有车篷的破旧的马车，看得出是从民间临时征用的。每辆马车上都挤满了人,这些人都是皇子、皇孙、公主、嫔妃。袁不方认出坐在前头一辆马车上的是杨氏三姐妹:虢国夫人、秦国夫人和韩国夫人。当年老师画《虢国夫人游春图》的时候,他跟老师去见过杨氏三姐妹。那时杨氏姐妹真正是春风得意,虢国夫人和秦国夫人骑着膘肥体壮的骏马,招摇过市,一脸无拘无束的欢畅和睥睨众生的高傲。那种神色现在是看不见了。她们挤坐在肮脏的马车上,衣衫不整,满头满脸的灰尘。

这支队伍行色匆匆地出了延秋门,向西行去。他们准备逃往四川。

袁不方心里酸酸的,很不是滋味。他望着车马走远,扭过头往东走。一路上看见很多被那支队伍遗弃的人,多半是宫女和宦官。他们有的呼喊着,奔跑着,追赶着队伍;有的被车马碾伤、踏伤,趴在地上呻吟。走过皇城的朱雀门,他看见几个被车马碾踏而死的嫔妃和宫女,浑身血污,倒卧在皇城的城墙下。

回家后,袁不方在柴房的角落里挖了一个坑,把金银珠宝埋藏好,上面胡乱堆些木柴。他身边留了一些碎银和一小袋金叶子,长安万一待不住,随时可以逃走。

皇帝出逃的消息一传开,长安城里外逃的人就更多了,几扇城门大开,从早到晚,逃难的人扶老携幼,川流不息。

过了几天,安禄山的叛军进了长安城。守城的将士早已作鸟兽散,叛军没有遇到任何抵抗就占领了长安。留守的大小官员纷纷投降叛军,高呼安禄山"万岁",摇身一变,做了新王朝的官。也有不肯投降的,就被叛军杀掉或者关进监狱。

叛军一进长安,就忙着做两件事情。

一件事情是报仇。安禄山有个儿子叫安庆宗,娶了荣义郡主,住在长安。安禄山造反的消息传到朝廷后,皇帝一怒之下杀了安庆宗,赐荣义郡主自尽。安禄山要为这个儿子报仇,就下令把没有来得及逃走的皇亲国戚,无论皇子皇孙、公主郡主、驸马郡马,包括襁褓里的婴儿,统统抓起来,绑到安庆宗的灵位前,剖心斩首。繁华的东市变成了杀场,老百姓天天可以看到金枝玉叶们人头落地。

另一件事情是享乐。皇帝逃走之前,有大臣建议把皇宫都烧掉,不留给叛军。不知道是舍不得还是老谋深算,皇帝没有同意。幸亏皇宫没有烧掉,迷住了叛军的心窍,谁也想不到去追杀逃跑的皇帝。那些叛军一向生活在边远的蛮荒之地,进了长安城,就像进了金银窝、销魂窟,只顾着去抢掠奸淫,哪管他皇帝逃到哪里去了。

袁不方听说叛军进城了,就把平日照料他饮食起居的老婆子打发回家,把大门关紧,龟缩在家里。他已备好了一些粮食和菜蔬,院子里有井,躲一两个月饿不死。

这天夜晚,他刚入睡,被一阵嘭嘭嘭的敲门声和哇啦哇啦的叫喊声惊醒。还没等他穿好衣裳去开门,一群明火执仗的叛军已经砸开大门,蜂拥而入,七扯八拽地把他拉到院子里,一边吼叫:"我们要住在这里,你快滚!"

袁不方先是吓得魂飞魄散,以为他们要杀他,一听说是要住他的房子,一颗怦怦乱跳的心才放回胸腔里。他向他们连连作揖,求他们让他拿点铺盖,住到柴房去。一个小头领模样的人喝道:"快点去拿!"

袁不方抱着铺盖躲进柴房。摸摸腰间,那袋金叶子还在。那个西域胡人送给他的装迷药的锦囊也系在腰带上。

他因为喜欢那个锦囊，就一直把它系在腰带上。

柴房里有几捆麦秸，他拆了一捆，铺在靠墙的地上，再把铺盖放上去，将就可以睡了。他还没躺下，几个叛军推开门闯进来，抱了一些木柴出去。

不一会儿，院子里亮起了火光。袁不方心里一惊，急忙跑到窗口去看。那些叛军在院子里燃起了一堆火，有几个人止从屋里把一卷一卷、一册一册的画抱出来，扔进火堆。绢和纸的画被火苗一舔，霎时燃烧起来，火焰一蹿一蹿的，黑色的纸灰飞飞扬扬。

眼看着自己珍藏的心爱的画化为灰烬，袁不方心痛极了，真想大哭一场，却不敢出声，只能咬紧牙关，捶胸顿足，发泄心中的愤恨。

已近午夜了，那些叛军却闹得正欢。有人从外面扛来一只肥羊，三下两下的宰杀了，剥了皮，血淋淋地架在火上熏烤。

那个小头领朝柴房走来，向袁不方招手："嘿，你出来！"

袁不方忐忑不安地走出去。小头领把他拉到火堆旁，大声说："来！喝酒！吃肉！"

袁不方在火堆旁坐下来，有人割了一块羊肉给他，有人把装酒的皮囊塞到他手里。他不敢不接，也不敢不吃，就把皮囊放在嘴唇上沾了沾，说："谢谢！谢谢！"

小头领从地上捡起一本烧了一半的画册，就着火光翻看着，笑嘻嘻地说："这是你画的？"

袁不方嗯嗯啊啊地敷衍着。小头领大笑起来："哈哈！好看！好看！男人操女人！男人操女人！"

别的人听了，都过来抢着看。小头领呵斥道："抢什么抢,屋子里多的是,自己去拿了看!"

有几个人果然跑进屋子里拿了一些画出来,一边看,一边手舞足蹈。

有个人跳着跳着,忽然捂着肚子蹲下去,扯开裤子,稀里哗啦地拉起稀屎来。拉完了,就把手里的画伸到后面去擦屁股。

一股粪便的恶臭和烤羊肉的香味混和在一起,直冲鼻孔。袁不方差点呕吐,连忙用手捂住嘴,硬把涌到喉咙的酸水憋住。旁边那些人却毫不在意,照旧喝酒,吃肉,乱蹦乱跳,大喊大叫。

袁不方窝了一肚子火,又不敢发作,趁这些人不注意的时候,悄悄溜回柴房。

躺在地铺上,耳边都是吵闹声,快到黎明时,他才浑浑噩噩地睡着了。

醒来时已是中午。爬起来一看,外面静静的,没有人。院子里一片狼藉,篝火的余烬,破碎的纸片,血迹斑斑的羊皮,残剩的羊肉和骨头,几堆半干的粪便。

他四处张望了一下,确信没有叛军的影子,就小心翼翼地走进正屋。屋子里也是一片狼藉,桌椅翻倒,书画扔得满地都是,还有砸碎的瓷器。他以为叛军已经开拔,想整理一下,却又看见地上有凌乱的铺盖,才知道他们还没有走。他叹口气,怏怏地回到院子里,觉得有点饥渴,就走到井边,想先烧点水喝,再做点吃的。

刚把水桶扔到井里,那群叛军正好回来了,兴高采烈地叫嚷着,狂笑着,前面几个人背着大包小包,都是抢来的金银财帛,后面几个人扯手扯脚地抬进来一个女子。那个女子年纪很小,看起来只有十三四岁,还是个小女孩儿。她头发散乱,不停地挣扎、哭叫,被那几个大汉抬进了屋里。

袁不方顾不得打水,慌慌忙忙跑回柴房。

那边屋里传来女孩儿的惨叫声。袁不方用手指堵住耳朵孔,仍然隔不断声音。过了一阵,声音没有了,他走到窗口前面,看见那个小头领从屋里出来,边走边系裤带,脸上带着心满意足的笑容,嘴里叫着:"画画的!画画的!"

袁不方还没应声,小头领已走进柴房,一把拽住他的袖子,笑着说:"你来帮我画张画!"

不由分说就把袁不方拉到那边屋里。

一看见屋里的情形,袁不方的脑袋嗡地一下胀大了,浑身止不住哆嗦起来。那女孩儿被剥得精光,摊手摊脚地躺在地上,不哭也不叫了,只有断续的微弱的呻吟。一个大汉裤子褪到膝盖,趴在她两腿间耸动着。旁边还有几个大汉蹲着或者站着,有的在女孩儿身上乱捏乱摸,有的拎着裤子跃跃欲试。

小头领对袁不方说:"你,把这个画下来!"

袁不方一时有点迷乱,愣了一会儿,才明白小头领的意思。他第一个念头就是想找个借口推脱,譬如没有纸啊,来不及磨墨啊。他以前画的春宫大多是男欢女爱、两情相悦,虽然也画过一些娱虐的图画,像捆绑、鞭打、滴蜡、火炙、针刺、抓咬之类,但那都是男女欢爱时的游戏,"娱"是真的,"虐"是假的,"虐"是为"娱"助兴。他从来还没有见过、更没有画过真正强暴的场面。他刚想开口,又一个念头在脑子里闪过。他定了定神,声音有点颤抖地说:"好,好,我来画。"

他找来一张纸。砚台里的墨早已干涸,他看了看旁边的水瓶,里面还有水,就往砚台里倒了一点,开始磨墨。

趴在女孩儿身上的大汉站起来,让到一边。另一个人迫不及待地趴下去,急巴巴地动起来,一边张开嘴巴啃着女孩儿的脸蛋。动了几下,忽然抬头朝刚才那个大汉骂道:"你狗日的把人都弄死了!"

旁边的人伸手去摸小姑娘的鼻息,嚷道:"嗨!真的死了!"

几个人嘴里咒骂着,扫兴地散开了。

小头领朝袁不方挥挥手:"算了算了,你走吧!"

袁不方走到门口,回头朝女孩儿看了一眼。她无声无息地躺在冰冷的地上,歪着小小的脑袋,赤裸,苍白,像一只褪光了羽毛的小鸟,瘦瘦的胸脯上只有鸽蛋似的小小的乳房,两条腿白白细细的,两腿间鲜血淋漓。

虽然只看了一眼,这图像已储存在他脑子里了。

小头领在屋里说:"把她扔到井里去!"

袁不方不忍心再看,快步回到柴房。眼睛回避了,耳朵却躲不过去,听见扑通一声闷响,知道女孩儿被扔到井里去了。这个家不能再住下去了。女孩儿的尸体会在井水里泡胀,腐烂,发臭。他将没有水喝。女孩儿的阴魂会在这里徘徊不去。他将难以安眠。

叛军们也终于闹腾得累了,都到屋里睡觉去了。袁不方趁这机会溜出院子,跑到街上。

街上也有许多叛军,带着征服者的狂喜傲慢和丰盛的战利品,耀武扬威,横冲直撞。袁不方把头埋在胸前,沿着街边慢慢地走。他不知道自己想到哪里去,只是觉得又饥又渴。永兴里外面的这条街本来是有很多饭店酒楼的,现在却找不到一家可以进去吃点东西。那些饭店酒楼不是大门紧闭,就是被大吃大喝的叛军占满了。

不知不觉走到了东市。昔日繁华热闹的东市一片冷清,家家店铺几乎都被洗劫一空。轩辕斋的大门敞开着,里面没有一个人,家什器具东倒西歪。

竟找不到一个可以吃点饭喝点水的地方!这么想着,袁不方越发感到饥渴。看来只有到平康里去瞧瞧,总该能找到一个吃饭的地方。

到了平康里,那里的叛军更多,他们来来往往,喜笑颜开,像在庆贺盛大的节日。家家户户都在开门营业,家家户户都挤满了人,却赚不到一文钱,还要倒贴酒饭。平康里已经变成叛军的军妓营。到处都有男人的笑声和女人的叫声。这些久居蛮荒之地的凶蛮男人,痛快恣肆地享受着征服者的权力和雄性的快乐。

袁不方躲躲闪闪地走进南曲。他从后门溜进裴家。后门进去就是厨房。灶头上堆满了肮脏的碗盏,厨师正在清洗。袁不方和那厨师是相熟的,打个招呼,悄悄问他有没有吃的。厨师为难地说,只剩一些残羹剩菜了。袁不方说:"能吃就行,我可是饿极了。"厨师就拿来一碗冷羊肉汤和两个胡饼,袁不方津津有味地吃起来。

一边吃,一边问起裴三娘。厨师说,到平康里来寻欢作乐的叛军太多,妓女们不分昼夜地接客,几乎没有下床的时间,肚子饿了就在床上吃点东西。那些当兵的都是色中饿狼,又粗野蛮横,只要是女人就不放过。裴三娘已是徐娘半老,在他们眼里却像天仙一般,也被拉去做了劳军女郎。几天下来,平康里已经有好几个雏妓被蹂躏至死。

袁不方想起了朵儿。幸亏朵儿被张巡娶走了,要是还留在这里,一样难逃劫难。她小小的年纪,若遭此劫难,只怕是生死难卜。

吃完东西,袁不方又从后门溜出去。他仍然不知道要到哪里去,只是低着头走路。出了平康里,在一个拐角的地方,忽然有人拉住他的衣袖。他吃了一惊,回头看,是一个身材颀长、衣衫褴褛的男人,小声叫:"袁先生!"

袁不方认出来,这人竟是晁梦麟,那个慷慨激昂的落第书生。他惊奇地问:"晁先生,你怎么还在这里?"

晁梦麟把袁不方拉到一个僻静的巷子里,讲起自己没有离开长安的原因。他压低了嗓子说话,声音不像原来那样醇厚洪亮,气概却依然慷慨激昂。

晁梦麟说:"生逢盛世是大幸事,生逢乱世也是大幸事。我既生逢盛世,又生逢乱世,那就是大大幸事,怎么能无所作为、只顾逃命呢!我一介书生,不能上阵杀敌,也能用一支笔做一点事情。我留在长安,就是要把这些天的所见所闻记载下来,留给后人。"

他说,叛军进长安城以后,他扮成浪人,到处转悠,耳闻目睹了不少事情,还准备到战争激烈的地方去体察一番,将来写成一部大书。

袁不方拱手说:"晁先生,我真佩服你有这样的雄心大志!说来惭愧,我是只想着在这乱世里怎么活下去,怎么有饭吃。我现在是有家难归,都不知道该怎么办了。"

他把自己家里发生的事情告诉晁梦麟。晁梦麟说:"既然这样,你跟我一起走吧。我正想到河南去找张巡兄,听说张巡兄在河南起兵,从叛军手里夺回了雍丘,还打了很多胜仗,真是名震天下呢!"

袁不方略微想了想。那个被叛军霸占的家他是不想回去了,多年收藏的画和古董也都被毁坏,长安城里还有什么可留恋的呢?但是他从小到大几乎没有离开过京城,这一走,前途艰险,回不回得来也未可知。

晁梦麟见他犹豫,鼓动说:"人生一世,怎么能像条虫一样躲在地洞里呢?既然遇到这乱世,到天底下去走走,说不定能见到千年难遇的大事、奇事呢!那就不枉活一世啊!"

袁不方听了他的话,心里竟也生出一点豪气,毅然说:"好,我跟你一起走。"

五

皇太子在宁夏灵武戴上了皇冠,做了新的皇帝。逃到四川的老皇帝退居幕后,做了太上皇。

因为是仓促登基,事先并未征得老皇帝的同意,因此没有现成的皇冠。皇太子根据记忆,亲手画了一张草图,派人在灵武县城找首饰匠制作。西北小县城的首饰匠怎能与京城的首饰匠相比,做工是很粗糙的,但是形状式样倒与老皇帝的皇冠大致相似,也就看得过去了。

龙袍也是将就的,在一件黄色的锦袍上粗线大针、马马虎虎绣一个龙的图案,就算是龙袍了。龙椅更简单,就是一张太师椅上蒙一块黄色的锦缎。

灵武县城里最好最大的房子是县衙,县衙就理所当然地做了临时的皇宫。县衙另找地方安顿。

灵武是个穷地方,县衙虽然算是最好的房子,也久未修缮,破旧不堪,围墙坍塌了几处,庭院里长满荒草。新皇帝住进来以后,手下的人找来泥瓦匠、油漆匠,修补了围墙,铲除了荒草,重新油漆了门窗和柱子,外表看起来有了一点新气象,多少掩住了骨子里的朽败。

黄昏时,刮起了大风,是从远方沙漠刮来的风,风中裹着密密的细细的沙子，就像一把蘸了淡墨的大笔，呼啦啦横扫而来，抹去了嫣红的夕阳，把天空涂成一片晦暗。

皇帝独自坐在殿堂里。大风把房梁和柱子摇得瑟瑟发抖，沙砾从瓦片的缝隙中悉悉索索地漏下来。

大臣们都已散去。新朝廷总共只有二三十个文武大臣，刚开始，上朝的时间也没有定规，通常都是上午来点一下卯，议论一下国事。君臣之间也不太讲究礼仪，文官还斯文一些，武将就不免有点出格，说话粗声大气、指手画脚。有个独眼将军，在前方打仗时损了一只眼睛，就仗着这点功劳，异常傲慢，在朝廷上竟敢背朝皇帝坐着，谈笑风生。天热的时候，他趿着鞋上朝，讲话讲到得意之处，便用手指去抠脚丫子，散发出一阵阵恶臭。皇帝看在眼睛里，听在耳朵里，闻在鼻子里，心里老大不高兴，表面上却不好计较。他是在危难时刻匆忙登基的，一时还不便端足皇帝的架子，而且还要笼络这些人，于是就装聋子、瞎子，装伤风鼻塞。是李泌改变了这种局面。李泌来了以后，第一件事情就是整肃朝纲。李泌看出了皇帝的心思，就给皇帝出主意，两人演了一出双簧。李泌在朝廷上神情庄严地说了一通尊卑有序和君臣之道，然后弹劾独眼将军，请皇帝以欺君之罪将独眼将军斩首。独眼将军一见来真格儿的，吓得屁滚尿流，连连磕头求饶。皇帝显出宽宏大量的样子，赦免了独眼将军。这招杀鸡儆猴镇住了所有的大臣，从此朝廷才像朝廷的样子了，上朝的时候大臣们都规规矩矩地三跪九叩，山呼万岁。到这份儿上，皇帝才真正尝到了做皇帝的滋味。天底下只有一个人能尝到这种至尊至上的滋味。坐在龙椅上，眼望着下面一群匍匐在地的大臣，耳听着"万岁万岁万万岁"的呼声，自己就仿佛坐在九重云霄，君临天下，唯我独尊。下午不上朝，皇帝心里常常觉得空落落的，于是有事没事经常把大臣们招来，过过皇帝瘾。

退朝了，皇帝并不急于回后宫，仍然坐在龙椅上。两个太监在暝色中像魅影一样悄无声息地移动着，把殿堂里的灯一盏盏点亮。从虚掩的门缝中钻进来的风摇曳着灯火，把皇帝的面孔照得忽明忽暗。他和老皇帝长得很像，只是稍胖些，稍矮些，气质举止远没有老皇帝那样潇洒俊逸。

皇帝取下皇冠，拿在手里细细观赏，细细把玩。和龙袍、龙椅一样，这皇冠实在是做得粗糙。但这都是无关紧要的，要紧的是他终于抓住了时机。机不可失，时不再来。若是傻傻地等待老头子把那顶真正的皇冠传给他，也许机会永远没有了。

天下的事情真是好坏难论。他抚着皇冠想。若不是安禄山造反，他不知哪年哪月才能当上皇帝。宫廷倾轧激烈，他这个太子说不定哪天就被废了。他已经是往五十岁走的人了，说不定哪天死在老头子前面也未可知。老头子身体和精神都好得很，七十来岁的人，还常常与贵妃云雨，似乎真可以活到一百岁。所以，在他内心深处，他是有点感激安禄山的，那个又狡诈又愚蠢的肥猪，把大唐天子的皇冠戴到了他的头上。

皇帝的嘴角露出得意的微笑。他知道自己不是很聪明的，但是在马嵬坡，他聪明了一次，也许他这一生中只聪明了这一次，这一次就抓住了机会。

马嵬坡发生的事情是谁都不曾预料到的。那是一次兵变。愤怒的士兵们杀死了贵妃的哥哥和姐妹，又逼迫老皇帝将贵妃处死。老皇帝为了保住自己的身家性命，万般无奈地赐贵妃自缢。第二天早晨,他看见老皇帝的时候,心里暗暗吃了一惊。潇洒俊逸的父亲虽然已有七十岁,却一向不显老态,一向优雅洁净,但是经过这惊心动魄的一夜,突然就衰老了,邋遢了,面色灰暗,眼泡虚肿,眼角的眼屎和嘴边的涎水印迹都没有拭掉,活像一个市井老头;不但衰老邋遢,还显出一副四顾茫然、孤苦无助的可怜相,仿佛整个人的精气神都涣散了。

离开马嵬坡的时候,四面八方来了一群一群的老百姓,拦在道路上,说是老皇帝一走,天下无主,请求老皇帝留下来率领军民抗敌。老皇帝叫他这个皇太子应付老百姓,自己只顾赶着马往前走。老百姓就围住了他,都说愿意追随皇太子杀敌。他对老百姓说:"皇帝陛下这么大年纪了,前面路途艰险,我怎么能不去保护他呢!"说完,他想冲出人群去追赶老皇帝,右手已把马鞭举起来,忽然脑子里像有一道灵光倐然闪过,照亮了蛰伏在他头脑最深处的一团暗影。马鞭停留在半空,他的左手不由自主地勒住了缰绳。在这一刹那间,他还来不及看清楚那团暗影,但是凭感觉知道,机会降临了,等待了一生的机会降临了。

他勒住马,用眼光扫过围在身边的亲信们的脸。亲信们似乎都不比他笨,立即读懂了藏在他眼光中的信号。他们于是纷纷劝他顺从民意,以天下为重,不要只在小事情上尽孝。这时他已完全想清楚了。他看出老皇帝已经失去军心民心,正是他出来收拾人心的时候。但是他脸上还是显出犹疑、为难的表情,等亲信们再三劝说以后,才抹去这种表情,长长叹息一声,吩咐一个亲信去禀告老皇帝,就说他为民情所困,万不得已,只好留下来。那亲信策马飞奔,追上老皇帝,禀告了这番话。老皇帝也是长长叹息一声，说："人心如此，这也是天意啊。"就把一半人马分给他，并且含糊其辞地说以后要把皇位传给他。

他并没有干等着老皇帝主动把皇位传给他。他带着一群人马到了灵武。这个偏远贫穷的小县城离战场很远，不必担心安全，正适合做临时的首都。追随他的大臣们联名上书，说老皇帝在马嵬坡有过要传位给他的话，因此请他登上皇帝的宝座。他以老皇帝还活着为理由，驳回大臣们的请求。大臣们说，我们跟随太子殿下跑到这鸟不生蛋的穷地方来，还不都是为了图个好前程，如果太子殿下一味地讲什么孝心，不肯灵活变通，就会使大家失望，人心就会散了，李家的天下就危险了。大臣们一次又一次地上书，他一次又一次地驳回，直到大臣们第五次上书，他觉得谦让的姿态已经做到足够让世人和史书无可非议了，才接受了他们的请求，登上皇位，遥尊远在四川的老皇帝为太上皇。在简单的登基仪式上，他极其真诚地表示，他只是暂时代替父亲管理国家大事，等将来收复了京城，他要接父亲回京，把皇位还给父亲。

老皇帝哪里知道儿子已经自作主张登上了皇位，还千里迢迢派人送来一纸任命，任命皇太子做天下兵马元帅。但他这皇太子既已做了皇帝，还能做什么天下兵马元帅呢？就派人到四川去，把自己已经登基的事情禀告老皇帝。老皇帝听到这个消息，肚子里不知是怎么想的，脸上却露出欣喜的笑容说："我儿这么做，正是顺应天命和人心啊，天下交给他，我就放心了！"

生米做成了熟饭，老皇帝顺水推舟，派了几位大臣，带着传位的诏册、皇帝的玉玺和皇冠、龙袍等等，从四川赶到灵武来，正式把皇位传给儿子。

从驿站传来的消息说，这一行人明天就要到灵武了。

一个太监悄悄走到皇帝身边，小声说："陛下，李先生来了。"

门口出现一个白色的人影。李泌是以山人的身份辅佐皇帝，因此不穿官服，总是穿一袭白色的长衫。他又是长年修炼神仙之术的，脚步轻灵，从门口走进来，带着微风，衣袂飘飘的，真有点像腾云驾雾的神仙。

皇帝把手中的皇冠交给太监，起身离开龙椅，向前迎了几步。他这是表示对李泌的敬重。

李泌是个极其聪明的人，小时候就被人称为"奇童"。他曾经以翰林的身份进东宫陪伴皇太子，是皇太子的密友和智囊。后来因为得罪了杨国忠，跑到颍阳做起了隐士。皇太子登基以后，立刻派人去把李泌请到灵武，做他的军师，替他出谋划策。他深知李泌的性格，对李泌不像对别的大臣，而是像对老师一样特别客气，又像对兄弟一样特别亲近。每天退朝以后，别的大臣都散了，李泌却常常回到殿堂来，或者和他商议军机大事，或者聊聊闲话。

李泌没有像上朝的时候那样向皇帝行君臣大礼，只是做个揖，叫声"陛下"。皇帝请李泌坐，李泌也不谦让，就坐下来。皇帝没有坐龙椅，叫太监搬个椅子，和李泌相对而坐。两个人就像皇帝做太子的时候一样，随意而亲近。

"我……咳咳！"皇帝刚说了一个字，马上想起不对，就清清嗓子，继续说："朕，朕有两件事情正想和先生商量。"

皇帝登基几个月，还没有完全习惯自称"朕"，虽然他常常在心里练习说"朕"，但是几个月的时间怎能抵得过四十多年的习惯，说话稍不留神，"我"字还会脱口而出。

"陛下请讲。"李泌说。李泌面皮白净，留三绺细长胡须，脸上的表情和说话的语气永远显得平和镇静。

皇帝说，太上皇派来传位的使者明天就要到了，这件事情应该怎样对待才好。

李泌胸有成竹地说出了自己的想法。

皇帝又说，他想任命小儿子建宁王做天下兵马大元帅，不知合不合适。

李泌说，这样做不合适，建宁王确实能够胜任大元帅，但是广平王是大皇子，将来要做皇太子继承皇位的，如果建宁王立了大功，威望就会超过广平王，这对广平王是很不利的。当年的太宗皇帝和当今的太上皇就是先例。他们都不是皇太子，因为建立了战功和手握兵权而获得了皇位。应该让广平王做大元帅，让他建立功业，树立威望，将来继承皇位就顺理成章了。

李泌娓娓而谈，皇帝频频点头。

商量好这两件事情，到了吃晚饭的时候。皇帝照例留李泌共进晚餐。太监端来一摞薄饼、一盆酸辣汤和几样蔬菜。李泌修炼神仙之术，是不吃荤腥的。皇帝在国难时期要做表率，也只吃粗食和素食。

皇帝请大臣吃饭通常只是一种礼遇，大臣难免拘谨，一般都是略略动动筷子，意思点到为止。李泌却不拘谨，该怎么吃就怎么吃。相比之下，皇帝吃得少多了，只吃了半块薄饼、几勺酸辣汤。

李泌说："陛下吃得太少，应该多吃点才能有精神啊。"

皇帝说:"唉,忧思满腹,哪里吃得下。"

吃完饭,李泌说:"陛下夜晚休息得可好?"

皇帝说:"休息得还好啊。先生每天夜晚都在静修吧?"

李泌说:"我在打坐的时候常听见陛下这边似乎有喧哗的声音,心就静不下来。也是功夫不到家啊。"

皇帝的脸微微红了一下。他明白李泌话里的含意。李泌的住处和他的后宫只隔着一堵围墙,他和张良娣夜晚掷骰子博戏取乐,一定被李泌听见了。李泌是绕着弯子劝谏他不要玩物丧志。

皇帝用手掌擦擦脸,遮掩尴尬的脸色,说:"先生的意思朕知道了。"

李泌站起来告辞说:"陛下请歇息。"

皇帝回到后宫。后宫就是县衙的后院,重新翻修了,种了一些花草,便有一些庭院深深的味道。

张良娣连忙吩咐宫女替皇帝换上休闲的衣裳和鞋子,然后问:"陛下又是和李泌一起用的晚餐吧?"

皇帝说:"君臣同甘共苦嘛。"

张良娣叫太监端来一碗人参鸡汤,鸡汤里有两只鸡腿和一大片鸡脯肉。皇帝说:"刚才和李泌一起吃了点东西,本来已经饱了,可是闻到这鸡汤味,不知怎么又有点饿了。"

张良娣坐在皇帝身边,笑盈盈地看着皇帝津津有味地啃鸡腿。她现在是皇帝身边唯一的女人。皇帝当太子的时候,韦氏是太子的妻子,就是太子妃;她只是良娣,太子的妾。后来太子妃的哥哥被丞相李林甫害死,太子害怕牵连到自己,就把太子妃贬入冷宫。太子逃离长安时,只带了她一个女人。当时只想着逃难,哪料到太子竟当上了皇帝,她就大有盼头了。她年轻聪明,现在又独占着皇帝的恩宠,只要趁这千载难逢的机会牢牢笼住皇帝的心,怀上皇帝的种子,将来是一定能当皇后的。

皇帝吃完鸡汤，张良娣用丝巾替他抹去胡须上的汤汁。皇帝抓住她的手，凑到灯光下看了看，说："你看你的手都变粗糙了，何必这么辛苦呢？"

张良娣笑着说："我就是给将士们洗了几件衣裳，有什么辛苦啊？陛下日理万机，那才真是辛苦呢。"

皇帝叹息说："想不到你我会变成患难夫妻。"

张良娣说："和陛下做患难夫妻，是我最大的福气啊。"

她做个手势，一个太监端走了碗盏，一个宫女拿来一副赌单双的赌具——两粒骰子和一个瓷盅。当初太子和她离开长安的时候，身边没有带太监和宫女，一路上都是她伺候太子。太子登基以后，一些逃出长安的太监和宫女得到消息，跑到灵武来投奔新皇帝，后宫才真的像后宫了，她也真的像后宫的主人了。

皇帝见宫女拿来赌具，就说："算了，今天不玩了吧。"

张良娣诧异地说："陛下身体不舒服吗？"

皇帝摇摇头说："没什么不舒服啊。这骰子摇起来声音太响，外面也听得见。"

张良娣眉毛一扬，说："哦！我明白了，一定是李泌说了什么话。陛下操劳了一天，晚上稍微玩玩有什么打紧的。不要理睬他。"

旁边一个太监小心翼翼地说："陛下，娘娘，我倒有个办法，既可以玩耍，又不会有声音。"

太监说出了他的办法。张良娣就叫他马上去办。大约一炷香的功夫，太监回来了，拿来两粒骰子，捏着有点软，放在瓷盅里摇起来果然没有声音。张良娣问："咦，这是什么骰子啊?"

太监说,这是把晒干的木菌切成小方块做成的。

皇帝就和张良娣玩起来。谁输了谁喝酒。过去他们在京城时也常常这样玩。刚开始皇帝输得多,喝了不少酒。渐渐的风水轮转,张良娣输得多起来。她一杯一杯地喝酒,很快就不胜酒力,脸颊染上了红晕,眼睛迷蒙起来。

她抚着脸颊说:"好热呀!"叫宫女替她脱去外面穿的淡红色丝绸围裙,只穿着里面开胸的薄衫,娇声叫着:"陛下!来!再来!我不信今天就会输到底!"

皇帝也有几分醉意了,呵呵笑着,虚着眼睛瞟着张良娣。张良娣的相貌并不十分美丽,身材也略微瘦削,但是她的肌肤细腻粉嫩,裸露的脖颈和肩胸在灯光下显出暖玉般的肉色。她人又活泼伶俐,善作娇态、媚态、憨态、痴态,眼睛眉毛鼻子嘴巴都像解语花似的,绽开着绮丽的春色,令皇帝情不自禁。

皇帝打个呵欠,说:"不玩了,不玩了,睡觉吧。明天还有大事呢。"

张良娣会意,叫太监端来一杯酒,给皇帝喝了。这是一杯药酒,照宫廷秘方配制的。有个逃到灵武的老太监知道这个秘方,张良娣就派他去采购药材,他跑遍了周围的几个县城,才把药材配齐。皇帝试过以后,果然雄风刚猛,张良娣就天天让他饮用,希冀早日怀上皇子。

县衙后院里最大的房子就是皇帝的寝宫。刚到这里的时候,卫士不多,张良娣就要睡在外间,说是为了皇帝的安全。皇帝很不以为然,说防贼不是女人的事情,若是真有刺客来,一个女人又能派什么用场?张良娣说,若是真有刺客来，她至少可以用自己的身体先抵挡一阵，皇帝就有时间对付了。皇帝有些感动了，但是仍不以为然，明白无误地告诉她，她最大的事情就是陪他睡觉，让他快活。皇帝既已感动，张良娣便不再硬要充当卫士，仍旧兢兢业业地做好她的"最大的事情"。

虽然天气还未寒冷，寝宫里却早已生好一个大火盆，暖如初夏。这是因为皇帝和女人在床上玩的花样多，嫌盖着被子碍事，喜欢敞露着行事。

两个宫女伺候皇帝和张良娣宽衣解带，然后悄悄退到外间。

到了床上，张良娣放出手段，用眼神、笑靥、声音、话语煽动皇帝的欲火。皇帝的欲火很快就燃起来，药酒的力道也发散开来，顿时雄姿英发。

皇帝趴在张良娣身上，喘着气说："我，我要……嗯！嗯！朕，朕要……"

张良娣噗嗤一笑，娇滴滴说："陛下，在床上还摆什么谱呀，什么朕啊朕的，想怎么说就怎么说嘛！"

皇帝也笑了，说："那你也别叫我陛下。"

张良娣紧紧抱住他，叫着："我的情郎！我的亲哥！"

她的声音越来越大，皇帝蓦然想起什么，慌忙用手掩住她的嘴，小声说："别这么大声叫，外面听得见！"

张良娣愣了一愣。皇帝一向最喜欢听她叫床，听她说粗鄙和肉麻的话，太监宫女也都听惯了，有什么好顾忌的？只一转念间，她立即就醒悟了。又是李泌！她收起脸上的种种表情，不高兴地说："又是李泌说了什么鬼话吧？你还算是皇帝呢，连这个都怕臣子听见，这世界岂不是颠倒了？"

皇帝轻轻叹息一声，说："现在不是国难时期吗，咱家的江山得靠他们收拾呢，能不让着他们一点吗！"

皇帝心里其实也不爽快。他对李泌言听计从，却又嫌李泌管得太宽，连床笫间的事也要管。李泌曾劝他节制房事，修身养性。虽然李泌劝谏他的时候总是兜着圈子，非常委婉，他还是觉得有伤皇帝的尊严。但是他不能把心里的不爽快流露出来，因为他的天下还需要李泌辅佐，而且他知道，李泌对他忠心耿耿，是绝无野心的。在天下太平之前，他必须有足够的耐心。

皇帝安慰张良娣："我们就小声点吧，将来回到京城，爱怎么叫就怎么叫。"

这么停了一停，兴致就减了不少。张良娣噘起了嘴巴不做声。皇帝闷声不响地埋头苦干。

快要爬到销魂的巅峰了。皇帝闭上了眼睛。这是男人最享受的片刻，他喜欢闭上眼睛，一心一意地享受。张良娣的脸消失了，他的脑子里浮起另一个女人的影象。一个美艳绝伦的女人。这个女人常常在这样的时刻出现。她就是他父亲最宠爱的贵妃。虽然她是父亲的妃子，但她曾经是他兄弟的妻子，年龄比他还小。她活着的时候，只要听见她的声音，瞥见她的身影，他就会浑身颤抖。他从来不敢正眼看她，只能在与张良娣或别的女人交欢的时候把她们想象成她。他甚至幻想过，如果父亲哪一天突然驾崩，他登上了皇位，就要娶她做皇后。既然父亲可以娶儿子的妻子，儿子为什么不能娶父亲的妻子呢？胡人不就有这样的规矩吗？父亲死了，儿子可以接收父亲的妻妾。马嵬坡的悲剧破碎了他的幻想。那个美艳绝伦的女人香消玉殒了。他感到无比痛惜，却又无可奈何。从此以后，她只能在他的脑子里出现了。

他爬上了巅峰。看见被他压在身下的贵妃展开了妩媚的笑颜,他在心里呼喊着:"玉环!玉环!……"

然后,他从巅峰跌落,喘着粗气,浑身瘫软。

在县衙东面,有个小院落,与县衙后院只隔一道围墙,李泌就住在那里。皇帝让李泌住得这么近,原是为了方便和他商量事情,并且显示出对他的信任和亲近,没想到近有近的坏处,后宫的动静那边都能听见,害得皇帝有点缩手缩脚。

皇帝与张良娣颠鸾倒凤的时候,李泌正在盘腿静坐。

灵武的夜晚不能与京城的夜晚相比,一入夜,就静得像一潭死水。但是很奇怪,外面愈是安静,李泌的内心愈是难以入静。他已坐了很久,五心朝天,眼观鼻,鼻观心,气沉丹田,静待气机发动,真气畅流。他早年拜过几个师父,后来凭着聪明自创功法。他的功法是先盘腿静坐,激活真气,等到真气贯通全身经络时,再双手抱膝,蜷成一团,如胎儿在母亲子宫里的形态。此时鼻息渐渐微弱,直至似有似无,全身毛孔仿佛开张,体内真气渐渐融入天地之气,自身形体渐渐消失,内外一片空明,人与宇宙便融为一体。他在颍阳隐居的时候,几乎已达到这种境界。到灵武以后,他在静坐的时候耳根常常不得清净,心中隐隐有杂念沉浮,经络便有阻滞之处,真气难以贯通。

他并不想窃听皇帝后宫那边的声音,以他的功力,他可以听而不闻。他曾在闹市静坐,市声喧嚣,他却像聋子一样,充耳不闻,真气照样流转通畅。但是现在做不到。他要辅佐皇帝平定天下,心中有太多的事情。心中不静,耳根怎能清净？

前些天他听见那边有摇骰子的声音，今天没有听见，看来皇帝采纳了他的劝谏。他略感欣慰，渐渐入静。

午夜时，那边又传来女人的媚笑和浪叫，那声音在静夜里分外清晰。虽然声音很快寂灭，但是已经在他心中搅起波澜，好像有什么东西淤塞在膻中，使他感到郁闷。

皇帝历来有三宫六院七十二御妻，皇帝夜夜宠幸女人是天经地义的事情，唯有这样才能雨露均布，龙种绵绵。做臣子的哪能有什么非议？只是眼下遭逢国难，皇帝身边又只有一个女人，还要夜夜纵欲，乐此不疲，可见这个皇帝缺少卧薪尝胆、励精图治的志气，使李泌有些失望。他原本是希望自己辅佐的皇帝能够做一个将来被史书赞美的明君。

既然久久不能入静，他就不敢再练下去了，怕岔了气息。他收了功，起身活动一下肢体，在屋子里慢慢走动着，放开了思绪。

无论如何，皇帝终归是皇帝，不管他平庸也好，愚蠢也好，昏聩也好，这天下终归是他的。做臣子的再有本事，也只能把智慧、才华、本领贡献给帝王，才能建功立业，才能有自己的价值。否则，终老一生，也只能默默无闻，把一腔抱负付之东流。

李泌有自己独特的理想，那就是天下有事的时候，出来辅佐帝王；天下无事的时候，归隐山林。这是做臣子的最高理想，既能青史留名，又能逍遥自在。

现在这个皇帝虽然平庸，却有平庸的好处。正是皇帝的平庸衬托出他李泌的高明。他也深知自己在皇帝心里的价值，所以他敢于直言，但是他绝不会鲁莽从事，他总是在私下委婉地、绵里藏针地规劝皇帝，照顾到皇帝的面子，使皇帝不失脸面地接受他的规劝。

他也知道皇帝虽然言听计从，但有时心里对他也有点忌惮和厌烦。他并不怕皇帝的忌惮和厌烦，该说的仍然要说。最要紧的是皇帝知道他绝无野心，他多次向皇帝表白，等叛乱平定后，他就归隐山林。这样，皇帝对他就完全没有疑心了。

他看得很清楚，叛军最终必然会失败，但是大唐基业已经有了不可弥补的大裂缝，盛世景象不会再有，以后不过是勉强延续而已。他将在功成名就之后抽身而去，那是最明智的。

思绪理清了，他的心境重归平和，用手掌擦擦脸，上床睡觉。

太上皇派来的使者在第二天中午到达灵武，他们带来了传位的诏册、皇帝的玉玺和皇冠、龙袍等等。皇帝率领文武大臣到城外恭迎。

真正的皇冠和龙袍金碧辉煌，极其华贵精美，皇帝很想马上穿戴起来。但是他克制住了这个欲望。他按照李泌的主意，推辞说：我不过是因为天下大乱，暂时坐在这个位置上统领文武百官，哪敢趁这机会登上皇位啊？

文武大臣们再三请皇帝接受。皇帝仍然按照李泌的主意，采取了一个折中的办法，把这些东西都供奉在一个殿堂里，每天朝夕拜谒，就像拜谒太上皇一样。

大臣们齐声赞颂："吾皇英明！"

七

袁不方和晁梦麟离开长安，准备到河南雍丘去投奔张巡。出城不久，雇到一辆马车。傍晚准备歇脚时，遇到一伙溃散的官兵，把马车抢走了，说是朝廷"征用"去运军粮。马车夫急得号啕大哭，袁不方就给了他几片金叶子作赔偿。

以后的路全靠一双脚板来走了。两人脚力都不强健，走得很辛苦，一路上不仅要跋山涉水，还要躲避叛军，每天走不了多少路。雍丘在长安的东面，东面正是叛军杀过来的方向，随时可能遭遇叛军。他们就绕道从南面走，经过湖北，再到河南，兜了一个大圈子。

中原已变成一个大战场、大屠场。他们看到尸横遍野、血流成河的战场；也看到遭受奸杀房掠后的城镇和村庄。他们看到过官道两旁的树枝上挂着几百颗血肉模糊的人头，不知道是官兵的还是叛军的。许多村庄只剩下老幼和妇女，十几岁到五十几岁的男子都去当兵或者当民夫了，他们有的是被官家"征"去的，有的是被叛军抓去的。还有一些村庄空无一人，只有窜来窜去的野狗和人的尸骸。

到处是一幅幅炼狱的图像。

虽然走得辛苦而且心惊胆战,袁不方却不后悔。一路上除了看见炼狱的图像,还看见不少好山好水,都是可以入画的好景致。遇到这样的时候,他就觉得心旷神怡,把那些好景致默默记在心里,打算以后画出来。晁梦麟没有心情观赏景致,他的兴趣在于人和事,他把所见所闻也都默默记在心里,打算以后写出来。他的志向是做历史的撰写者。他对袁不方说:"现在我真正相信了,走万里路真是胜过读万卷书啊!"

有一天,他们迷了路,在山上转来转去,忽然看见一个风景绝佳的地方。站在高处遥望,视野之内,杳无人迹,只见松涛如海,瀑布飞流,山谷中弥漫着濛濛水雾,水雾中幻化出一弯七色彩虹,恍如世外桃源。袁不方不觉心神俱醉,久久不肯离去。晁梦麟催他走,他说:"在这里搭一个茅屋,每天钓钓鱼,画画山水,那才真是逍遥。再有一个红颜知己,两情相悦,朝夕相伴。到动情的时候,就以青山为床,苍天作被,无遮无盖,无牵无挂,赤条条裸身欢爱,天地阴阳融会贯通。那就是神仙过的日子啊!"

晁梦麟说:"如今天下大乱,哪里还要什么世外桃源?不要做梦罢!张巡兄在前方杀敌,我们快去助他一臂之力。"

袁不方说:"我一个画匠,手无缚鸡之力,只会画几笔春宫,能为朝廷做什么?总不见得画春宫也能杀退敌军吧?"

晁梦麟说:"国家兴亡,匹夫有责。哪怕为前方将士呐喊几声,也是尽了我们的力量啊!"

袁不方知道说不赢他,摇摇头,叹口气,恋恋不舍地跟着他走了。又在山上转了很久,遇到一个樵夫,问明白方向，才走出了迷宫似的山道。

不知走了多少天，也不知走了多少冤枉路，终于到了雍丘。

但是他们没有料到，张巡已经从雍丘撤退，率领兵马到睢阳，与睢阳太守许远合兵，守卫睢阳城。

睢阳在雍丘的东南，相距二百多里路。两人又走了四天。第四天傍晚，他们走到一个山坡上，遥遥地看得见睢阳城了。

叛军正在攻城。两人躲在山坡上的灌木丛里，看见睢阳城那边尘埃蔽空，厮杀声如潮水般一阵紧似一阵。

袁不方说："这城被围得像铁桶似的，我们怎么进去啊？"

晁梦麟说："等到夜里，如果攻城的队伍撤走了，我们就趁黑进去。"

天色渐渐黑了。叛军又攻了一阵，仍然攻不进去，果然撤退了。他们怕城里的人反攻出来，不敢在城下扎营，撤到了离城五里远的地方。

这天正好没有月亮，天黑透以后，几乎伸手不见五指，只看见城头上的火把星星点点的在很远的黑幕中闪烁。

晁梦麟说："走吧！"

两人钻出灌木丛，向火把闪烁的方向跑去。跑到城墙下面，袁不方气喘如牛，两腿疲软，再也跑不动了。晁梦麟稍微强一点，还能支撑着向城头上喊话。

"我……我们是……张巡的朋友，快……快放我们进去！"

城头上的人已经发现他们，有人举着火把，探头朝下面看；有人张弓搭箭，瞄准他们。

晁梦麟继续喊话。袁不方气喘匀了一点，也放开嗓子，跟着他喊。

城头上有人说："莫不是奸细吧？"

又有人说："只有两个人，就是奸细也不怕，先把他们吊上来再说。"

接着就放下来一个很大的竹筐。竹筐是安装在有滑轮的架子上的。两人爬进竹筐，上面的人把竹筐慢慢拉上去。

到了城头上，士兵们拿出绳索，要把两人绑起来去见长官。两人挣扎着，大声分辨。正在推搡吵嚷时，有几个人擎着火把走过来，其中一人问："嗨！那边什么事？"

那个人的声音低沉，略带沙哑。借着火把晃动的光，晁梦麟看见他垂到胸前的胡须在夜风中微微飘拂，马上认出正是张巡，不由惊喜地叫道："张兄！是我们啊，晁梦麟、袁不方。"

张巡从身边的人手里拿过火把，举到两人面前照着。两人长途跋涉，风餐露宿，人变得又黑又瘦，衣衫又破烂又肮脏，活像乞丐。张巡仔细看了很久，才确认他们说的不是谎话。他很高兴，大力拍着他们的肩膀，笑呵呵地说："没想到你们会到这里来！"

晁梦麟和袁不方也呵呵笑着。两人都很激动，一时不知说什么话。这时候他们都没有想到，现在进了城，将来还能不能出得去。

张巡说，他还要到各处去巡查，不能和他们多聊。他吩咐手下的人把两人送到太守府去歇息。

张巡的指挥部设在太守府。晁梦麟和袁不方就在太守府住下了。一个士兵拿来几个面饼和一盆糊辣汤。两人早已饿得发昏,虽然那面饼又粗又硬,菜汤也是冷的,他们就像看见美味佳肴一样,一阵狼吞虎咽,顷刻间就把面饼和菜汤一扫而光。

吃完东西,时辰已经不早,两人却没有睡意,躺在床上有一句没一句地说着话。

张巡在各处巡查了一遍回到太守府,先来看他们,见他们还没有睡着,就坐下来陪他们说话。

晁梦麟说了长安的情形和一路上的见闻。袁不方有时插几句嘴。张巡把自己如何起兵抗敌、如何守卫雍丘、如何转战睢阳的经历讲给他们听,然后又讲了睢阳面临的险恶形势和坚守睢阳的决心。

张巡说:"睢阳是江淮屏障,不能落在叛军手里。我是要和睢阳共存亡的,你们什么时候想走都可以走。"

晁梦麟倏地站起来,慷慨激昂地说:"张兄!我晁梦麟也不是贪生怕死之辈,今天既然来了,就准备把这颗头颅扔在这里了!"

袁不方跟着晁梦麟到这里来,多少有点盲目,并没有认真想过生死的事情,听晁梦麟这样说,也就含糊地点点头。

晁梦麟请张巡派点事情给他做,张巡说:"我知道你是想做大事的,我们现在做的事情正是关乎江山社稷的头等大事,你若能把这些事情记载下来,一定能够流传后世的。另外呢,再做点鼓舞民心啊、激励士气啊这样的事情,这也不是小事,不亚于上阵杀敌。我们打胜仗,全靠民心士气啊。"

这些话正对晁梦麟的心思,他兴致勃勃地说:"张兄不愧是我的知己啊!这些事情,我会尽力去做的。"

晁梦麟后来果然把他的所见所闻写成了一篇篇的笔记。照道理说，晁梦麟所写的文字只能归于"野史"，但是，因为他是睢阳之战的参与者和见证者，加上他后来的地位，正史的撰写者通常都认为他的叙述是可信的而作为参考，譬如在《旧唐书》和《新唐书》里，关于张巡的很多事迹都引自他的笔记。

袁不方除了绘画之外，一无所长，原以为没有什么事情可做，只能做个看客。哪知张巡对他说："袁先生，你来得正好，有件事情正想请你做呢。"

袁不方问什么事情。张巡说，皇太子已经登基，做了当今的皇帝，但是他这里只有一幅老皇帝的画像，想请他画一幅新皇帝的画像。这是袁不方擅长的事情，他自然一口应承下来。

但是转念一想，不对呀，他没有见过新皇帝，不知龙颜长得怎样，怎么画呢？他把这疑虑说出来，张巡想了想，说："儿子长得总有点像父亲的，你就参照太上皇的画像画吧。"

这倒是个好主意。袁不方偶然见过老皇帝一次，头脑里的印象还很深。他想起了那个在清晨的寒风中流着鼻涕的清瘦的老人。

三个人说着话，夜已很深了。张巡要他们歇息一会儿，自己也回去睡了。

晁梦麟的笔记《雍丘之战》——

叛军占领洛阳后，又进攻东部的郡县。那些郡县的官吏大多闻风而降或者弃城而逃。当时张巡是真源县的县令。他的上司谯郡太守杨万石被叛军的威势吓破了胆，想投降叛军,他逼迫张巡做长史,就是他的副职,并且以这个身份去迎接叛军。张巡接到委任书,异常愤怒,当场就把委任书撕得粉碎。

张巡很快招募了一千精兵,誓师讨贼。他率领兵马向西面雍丘方向进发,途中遇到贾贲的队伍。贾贲是单父县县尉,也率领着一支抗敌的队伍。张巡和贾贲的两支队伍合在一起,共有两千多人,继续向雍丘进发。

快到雍丘的时候,雍丘城里发生了变故。

雍丘县的县令令狐潮准备投降叛军,但是他手下的一些将士反对他,他就把这些将士抓起来,捆绑在县衙,准备处死。恰好这时有消息说叛军已经快到雍丘了,令狐潮就率领人马出城去迎接叛军。

令狐潮出城后,被捆绑在县衙的将士趁看守的士兵一时松懈,挣开绳索,杀死看守的士兵,紧闭城门,不让令狐潮进城。同时派人把张巡和贾贲的队伍引进城里。

令狐潮领兵回来时,城头已换了旗帜。张巡把令狐潮的妻子儿女捉来,绑在城头上,当着令狐潮的面,把他们全部斩首。他亲手割下令狐潮妻子的首级,扔向叛军。他这样做,是为了表示与令狐潮誓不两立。

令狐潮又气又恨,领着叛军攻打雍丘。张巡和贾贲击退了他们的几次进攻。趁叛军后退的时候,性子急躁的贾贲率领一队人马冲出城去,追杀敌人。叛军反扑过来,双方战成一团。叛军人多势众,混战中,贾贲中箭落马,被叛军的马蹄践踏而死。

贾贲死后,守城的将士都拥戴张巡做主将。

不久,令狐潮和其他几个叛将带领四万兵马来攻城。望着城外黑压压如潮水一般的敌人,城里很多人都深感恐惧。张巡却毫不畏惧。他沉着冷静地指挥作战。他看出敌人虽然人数众多，来势汹汹，但是还没站稳脚跟，阵势混乱，有不少破绽。他留一千将士守城，把另外一千将士分作三队，自己率领一队，偏将雷万春和南霁云各率领一队，突然打开城门，向敌人冲去。叛军怎么也没有想到他竟敢在双方力量如此悬殊的情况下冲杀出来，一时猝不及防，立刻乱了阵脚，溃散而逃。张巡采用这种以攻为守、险中取胜的战法，是为了激励士气，并非在于杀敌，他见敌军溃逃，也不追杀，及时收拢人马返回城里。这一仗消弭了很多人的恐惧，使士气高涨起来。

次日，叛军又来攻城。他们把雍丘城团团围住，架起百余门石炮，猛轰城墙。城楼被轰塌了，城上的女墙多半被毁坏。不少将士受了伤。炮轰之后，叛军把一百多座木楼推到城墙前面。这些木楼与城墙一样高，敌人站在木楼上攻城，守城的一方就失去了居高临下的优势。

对付敌人的木楼，张巡早有准备。他先就叫士兵们弄来很多木料和草捆、膏油，等敌人的炮轰停止，马上在城上筑起栅栏，阻挡木楼上的敌人。叛军纷纷沿着木楼攀登，张巡命令士兵们把灌了油脂的草捆点燃，向敌人投掷。木楼燃烧起来，进攻的敌人被烧得焦头烂额，从木楼上坠落下去。

张巡不仅打退了敌人一次一次的进攻，他还趁敌人稍有懈怠的时候突然出兵袭击，或者在夜深人静的时候偷踹敌营，使敌人防不胜防。

张巡和将士们吃饭的时候都穿着铠甲，随时准备作战；受伤的将士把伤口一裹，立即又上战场。这样坚守了六十多天，经历了大小三百多次战斗，叛军终于退却了。

叛军虽然屡遭失败，但是并不死心。雍丘城里平静了没有多少日子，令狐潮第三次领兵前来攻城。令狐潮过去与张巡是朋友，这次他先围而不攻，派人把一封劝降信送到城里。劝降信上叙述了一番过去的友情，然后说：天下大势已经很明显，你困守孤城有什么好处呢？不如趁早投降，我保你加官晋爵、安享荣华富贵。

张巡召集手下的将领，把令狐潮的劝降信给他们看。那时长安已经失守，皇帝生死不明，敌我兵力又如此悬殊，人心不免动摇。有六个将领也劝张巡投降。张巡沉吟片刻，叹息一声，答应投降。

次日，张巡把皇帝的画像挂在大堂上，领着将士们朝拜。然后一声令下，雷万春和南霁云带着士兵一拥而上，把那六个将领捆绑起来。张巡厉声斥责他们背叛朝廷，喝令士兵将他们和令狐潮的信使一起斩首，把他们的首级悬挂在城头上。将士们见主将如此大义凛然，守城的决心也越发坚定了。

令狐潮看见那七颗首级，知道张巡的决心不可动摇，于是加紧攻城，却又屡攻不下。

双方僵持着。城里的箭快用完了。箭是守城的第一利器，有足够的箭，就能阻止敌人逼近城墙；如果没有箭，人数又比敌人少得多，就很难守住城池。张巡想出一个巧妙的计策。他叫士兵捆扎了上千个草人，给草人穿上黑衣。入夜后，把草人沿着城墙放下去。那天夜里有月光，从远处看得见有人影，却又不甚清楚。叛军看见城墙上有人在移动，以为是守军趁夜出来偷袭，不敢贸然出战，命令士兵一齐放箭。霎时间万箭齐发，那些草人都被射成了刺猬。等到叛军发现是草人时，城中已经得到数十万支箭。

过了几天，张巡命南霁云带领五百士兵，深夜缒下城去。叛军以为又是草人，全然不加防备。南霁云和五百士兵乘机掩杀过去，在敌人军营里横冲直撞，又在四下里放起火来。叛军大多数人都在睡梦中，被杀声惊醒，见火光冲天，顿时大乱，各人只顾逃命。南霁云追杀了一阵，从容回到城里。

令狐潮十分恼怒，天亮后，亲自披挂上阵，督兵攻城。这时张巡和南霁云都去休息了，雷万春在城头上指挥守城。

雷万春刚刚哭过，泪痕未干，两眼红肿，右眼的眼白上有一大块鲜红的血斑。半夜里有探子潜回城里，带来一些信息，其中有一个信息是说雷海青在洛阳殉难。

雷海青是雷万春的哥哥，他是一个著名的宫廷乐工。皇帝喜欢戏曲和音乐舞蹈，专门养了一批戏子和乐工，亲自调教。雷海青弹得一手好琵琶，很得皇帝恩宠。叛军攻陷长安后，安禄山叫人把这班戏子和乐工送到洛阳。安禄山在洛阳苑的凝碧池畔大张筵饮，宴请百官。宴席上，安禄山穿戴着皇帝的龙袍冠冕，洋洋得意，文武百官竞相阿谀奉承。安禄山命乐工奏乐。在一片喜庆的乐声中，忽然响起悲哭声。安禄山大怒，命卫士查看。卫士发现乐工中有一个人怀抱琵琶，低着头在那里痛哭。这人正是雷海青。安禄山问他为什么哭。雷海青站起来，指着安禄山大骂，骂他是乱臣贼子，必遭天戮。一边骂，一边把手中的琵琶向安禄山掷去。因相隔较远，琵琶没有掷到安禄山身上，在半途落地。雷海青又转身朝着西面痛哭。卫士们把雷海青打倒在地上，刀剑齐上，一阵乱砍。雷海青至死哭声骂声不绝。

雷万春得知哥哥殉难的消息，万分悲痛。他在一个没有人的角落哀哀恸哭，直哭得眼睛出血。听到敌人又来攻城，他抹干眼泪，匆匆跑到城头上指挥作战。他的脸色凝重，毫无表情，如同一块铁板。周围的士兵都看不出他刚刚哭过。

敌军在城外万箭齐发，箭如急雨般射来。守城的士兵都躲在女墙后面避箭，唯有雷万春直挺挺地站着，不肯后退一步。他的脸上中了六箭，仍然屹立不动，高喊："杀贼！杀贼！"令狐潮在远处望去，怀疑那是一个木头人。但是接着就看见他从脸上拔下一支箭，搭在弓上向城外射来，才知那是一个真人，心中大为惊骇。问手下人，手下人说那是雷万春。叛军被雷万春震慑住了，都说他是射不死的神将，一时人心惶惶，不知所措。

这时张巡登上城头。令狐潮策马上前，向城头上喊道："张兄，我看见雷将军如此神勇，知道很难胜你。但是你知道天意难违吗？"张巡说："你往日也曾大谈忠义，今天你的忠义在哪里呢？可见你连人伦都不懂，还敢奢谈什么天意！不必多说，我们还是来决战吧！"

令狐潮叹息说："再战也没有用。我暂且撤退，且看天意如何吧！"说罢，他果真领军撤退了。

至此，张巡率领两千多将士，坚守孤城四个月，击退敌军几万人，而且以少胜多，每战克捷。

整个战场局势却日益恶化。

叛军将领尹子奇领兵攻打雍丘东面的睢阳，睢阳太守许远十万火急派人到雍丘向张巡求救。张巡深知睢阳是江淮屏障，不可失守，于是率兵撤出雍丘，沿睢阳渠赶往睢阳，与许远合兵一处，守卫睢阳。

张巡住在太守府的后院。太守府的后院有两进,前面一进住着几个幕僚和文职官员。晁梦麟和袁不方也住在这里。后面一进原是太守许远住的,许远没有带家眷,身边只有一个叫金蟾儿的书童。张巡来了以后,许远就把院子隔成两半,分一半给他住。

他住的屋子里有一点微弱的光,他知道朵儿没有睡,还在等他。推开虚掩的门走进去,伏在桌子上假寐的朵儿立即惊醒了。她把油灯捻亮一点,用手掠一下有点蓬散的头发,向他迎过来,替他脱掉战袍。

朵儿跟张巡在真源的时候,身边有两个丫鬟伺候,还有一个跑腿做粗活的衙役,名叫王九。王九是个五十来岁的单身汉。张巡起兵时,身边只留下王九,把两个丫鬟遣送回家了,伺候他饮食起居的事情就全落在朵儿身上了。朵儿很喜欢做这些事情,并不觉得辛苦,反而有一种做主妇的感觉。

一脱掉战袍,精神就松懈了,张巡疲惫地在桌子旁边坐下来。桌子上有一壶酒,还有一个盘子,盘子上盖着一个碗。朵儿说:"喝点酒吧?有牛肉呢,是许大人叫金蟾儿送来的。"

她揭开盘子,盘子里盛着切好的牛肉。张巡顺手拈了几片牛肉塞进嘴里,咀嚼了一会儿,忽然想起了什么,说:"晁梦麟和袁不方到睢阳来了,没有什么东西款待他们,你明天把这牛肉给他们送去吧。他们就住在前面的院子里。"

"袁先生来了?"朵儿惊喜地说。她在昏黄的灯光中显得晦暗的脸色霎时明亮起来。她很奇怪袁不方怎么会跑到这个被围困的孤城来,但是她没有问张巡,她知道他不喜欢女人多话,而且明天见到袁不方自然就会明白的。

张巡的脸上有几块污迹,不知是泥污还是血迹。朵儿拿着铜盆到水缸里舀来一盆水,替他把脸擦干净,又替他脱掉靴子,除下套在发结上的乌纱网。他躺到了床上。

朵儿吹灭油灯,上床,偎依着他躺下。他向她转过身,把脸贴在她的胸前,舒适地轻叹一声,安详地闭上眼睛,不久就发出轻微的鼾声。

朵儿不能很快睡着。她看着这个男人。黑暗中看不清什么,只觉得心里有一股柔情像羽毛一样飘荡着。这个比她大三十多岁的威武雄壮的男人,像婴儿一样无知无觉地睡在她的怀里,使她有一种朦胧的仿佛做母亲的感觉。

她想起在平康里和在真源的时候,他并没有在她怀里睡觉的习惯。到雍丘的那天夜里,他没有像平时那样很快睡着,辗转反侧了很久才响起鼾声。她见他睡着了,方才放心。就在她迷迷糊糊正要睡着的时候,忽然听见他大叫一声,好像是叫:"娘!"她悚然惊醒,借着从窗口透进来的一点微亮的天光,看见床上竖起半截黑乎乎的人影,是他坐了起来。她问他怎么了,他不作声,只是喘着粗气,又躺下来。她摸一下他的脸,湿粘粘的竟全是冷汗。他把头埋在她怀里,好像要躲避什么。这是以前从来没有过的事情,她很惊讶,却没有说什么,抱着他的头,温柔地抚摸着他的脸,像哄婴儿一样喃喃地低语:"睡吧,噢,睡吧……"

朵儿不知道他为什么会这样,心里却很愉悦。她知道他在家乡有妻子儿女,可能还有一个或者几个妾,她只是他新娶的一个小妾,在他的族谱和宗庙里不会有她的位置,只有他在她怀里鼾睡的时候,她才觉得这个男人是属于她的。

张巡心里明白,儿时的恶梦又回来了。

他五岁那年,有一天在村子里玩耍,正好看见有人在杀牛。那是一头羸弱不堪的老母牛,身上很多地方的皮毛都脱落了,屁股和四肢瘦得像支楞着的劈柴,肚子却大得像一口横放着的大水缸,一条条肋骨仿佛要穿到薄薄的皮肤外面来。开始有人说它是怀孕了,可是等了一年多还不见它生小牛。后来就都说它是生了鼓胀病,还有人说它的肚子里有牛黄。牛黄是名贵药材,若是真有牛黄,那比一头牛可要值钱得多。主人家就把牛宰杀了。

那头牛太羸弱了,无须把四个蹄子捆起来,它自己就跪倒了。屠夫把锋利的尖刀刺进牛的脖子,割断它的气管,鲜血像瀑布一样喷出来。这时候他还很好奇地看着,并没有感到害怕。屠夫把牛肢解了,牛头被砍下来扔到一边。他和几个小孩围过去看。他看见牛的眼睛睁得圆圆的,凝固着极深的悲哀和无奈,像无边的黑暗和无边的空虚。这时他的心蓦然一沉,像从高处跌落下来。但也只是一瞬间的感觉,很快他就忘记了,又跑到一边去玩耍。

夜里，他本来睡得很沉，忽然做起恶梦来。他梦见晴朗的天空变黑了，黑得像泼了墨一样。两只巨大的眼睛布满了天空。那眼睛睁得圆圆的，凝固着极深的悲哀和无奈，就像那头牛的眼睛。忽而那眼睛好像长在他母亲的脸上，像两只极深极深的黑洞。他觉得自己的身体飘了起来，似乎要被那黑洞吸进去。他大叫一声："娘！"就吓醒了，浑身冷汗，哇哇大哭。他是和奶妈睡在一起的，奶妈知道他做恶梦了，把他紧紧搂到怀里，轻轻拍着他的背，哄他："乖儿，别怕，乖儿，睡吧……"他这才哽咽着睡着了。

从这天以后，他天天都是在奶妈怀里入睡的，不然就会惊恐不安。过了一年，那恶梦在他心里渐渐消失，奶妈也被家里辞退了，他开始一个人睡觉，后来把这件事情就忘记了。

他领兵到雍丘的那天，刚进城，令狐潮就赶回来了，把城池围住。他命士兵把令狐潮的妻子儿女绑到城头上斩首。他和令狐潮是老朋友，那女人是认识他的，他过去曾经叫她"嫂夫人"。女人被反绑着双臂，低着头跪着。刽子手举刀向她的脖子砍下去。那刽子手是个新兵，功夫还不到家，这一刀只把她的后颈和颈椎砍断了，前颈的筋肉还没有砍断。女人扑倒在地上，鲜血浸染了她的脸和头发。他想亲手把她的头颅扔给令狐潮，表示他的决绝、他与令狐潮的誓不两立。他俯身抓住女人的头发，却没有把她的头颅拎起来，那头颅还连在脖子上。他拔出佩剑，把她的脖子完全割断，然后把头颅拎起来。这时他不经意地朝沾满鲜血的头颅看了一眼，突然发现她好像还没有死，本来闭着的眼睛竟然睁开了。她仿佛在与他对视，她的眼神中深藏着极深的悲哀和无奈，像无边的黑暗和无边的空虚。

他冷不丁打了一个寒战。他想起士兵们把她绑到城头上来的时候,她也是这样的眼神,她没有向他乞求饶命,就这么望着他。他扭过头,不再看她,使劲把那颗头颅扔向城墙外面敌人的阵营。接下来就是激烈的攻城和守城,他一心指挥作战,无暇再想刚才的事情。

打了一天,敌人被击退了。到了夜里,他回到衙门歇息。他的身体已经很疲倦,头脑却很亢奋,翻来覆去好半天才混混沌沌有点睡意。刚刚睡着,儿时的恶梦就回来了。梦境几乎是一模一样的,唯一不同的是母亲的面孔变得苍老了,苍老得像干瘪的木乃伊。他大叫一声:"娘!"猛然坐了起来,冷汗淋漓,心怦怦乱跳。重新躺下的时候,恍惚间,他好像又睡在奶妈的怀里,他把脸贴在她的胸脯上,听着她温柔的低语,心才慢慢地平静下来,慢慢地沉入睡眠。

这一夜过去了,但是恶梦并没有离开。恶梦像蛛丝一样若有若无地粘在他心里,一到夜深人静的时候就会缠住他,使他心神不宁,常常要偎在她的怀里入睡,好像只有这样他才能睡得安稳。

他不会把这个恶梦告诉她,他绝不肯让她看见他像铁一样坚硬的心脏里有一根脆弱的筋脉。

拂晓时叛军发动了一次进攻。报警的士兵把张巡叫醒。一听到警报,张巡立刻变得精神抖擞,他匆匆穿好战袍,把头盔铠甲披挂齐整,骑上马,从边门冲出太守府。

袁不方和晁梦麟被惊醒了,晁梦麟说:"我们也去看看!"

两人看见张巡骑马的身影一晃便不见了,便赶紧追出去，却不知道方向。一边跑，一边问，紧赶慢赶跑到城头上的时候，战斗已经结束了。他们看见叛军正在整齐有序地撤退，城墙外面倒着几架破损的云梯。原来这是叛军的一次试探性的进攻。叛军见城里防守严密，无懈可击，摇旗呐喊了几下就撤走了。

张巡带着袁不方和晁梦麟在睢阳城里转了一圈，认识了太守许远和张巡手下的两员骁将——雷万春和南霁云。许远是个温文尔雅的中年人，面白无须，说话声音绵软。他的年龄比张巡大，职位比张巡高，但他很佩服张巡的勇武和韬略，就把兵权交给张巡，自己只管文案和后勤供应的事情。雷万春身躯矮壮，黑脸，络腮胡子，性情爽直。南霁云身长肩宽，浓眉阔口，仪表堂堂，威风凛凛，因排行第八，亲近的人都叫他"南八"。

中午，袁不方和晁梦麟回到太守府。朵儿已派王九来打探过几次，听说他们回来了，就端着酒和牛肉，亲自送到前面来。

朵儿见到袁不方，像见到娘家的亲人一样，欣喜得眼泪都快流出来了。袁不方细细端详着朵儿，见她比以前消瘦了许多，人就像长高了，腰身越发显出窈窕。她穿着齐胸的长裙和衣襟敞开的无领窄袖短上衣，露出粉嫩的脖子和纤细的锁骨，脸上不施脂粉，却有淡淡的天然的红晕。头发盘成一个高高的发髻，发髻上没有簪花，只插着一支玉钗，很恬然很素净的样子。

朵儿问起裴三娘。袁不方把他知道的事情告诉她。朵儿听到平康里的雏妓被叛军蹂躏至死，又听到裴三娘也被迫接客，不禁流下了眼泪，唏嘘不止。

袁不方笑道："你正好在这节骨眼上跟张兄走了，也算是好运气啊。"

朵儿抹着眼泪,点点头。

袁不方问朵儿:"你还画画吗?"

朵儿说:"画是画的,只是画得不多。什么时候我把画拿来请先生指教。"

袁不方说:"那你这儿一定有纸笔颜料吧?"

朵儿说:"有啊,还是从京城带出来的呢。先生也想画吗?"

袁不方把张巡叫他画皇帝像的事情说了,朵儿高兴地拍着手说:"我来给先生磨墨!"

朵儿叫王九到后面院子去,把笔墨纸张颜料和她画的画都拿过来。袁不方先看她的画。她画的多半还是莲花,像她人一样,她现在画的莲花比以前画的素淡清丽。袁不方称赞了几句,指点了几句。

朵儿要帮袁不方铺纸磨墨,袁不方说:"你别急啊,我还没想好怎么画呢。"

朵儿说:"那你和晁先生喝酒吧。喝了酒说不定就能想好呢。"

朵儿给袁不方和晁梦麟斟酒。两人喝着酒,嚼着牛肉。那牛肉虽然隔了夜,味道仍然很好,卤汁浸透了,煮得也烂,还有嚼劲。晁梦麟因与朵儿不熟,刚才半天插不上嘴,这时嘴里塞满牛肉,卷着舌头,叽里咕噜说:"真香啊!好久没有吃这么好的东西了!"

九

到底是画皇帝的画像，不能像画春宫那样随心所欲，开始几天，袁不方没有落笔，只在心里打着腹稿。

等到人物的眉眼神情都在心里呼之欲出的时候，朵儿替他铺好纸，磨好墨，调好颜料，他不假思索地挥笔就画，仿佛一眨眼的工夫就画好了。

他画的新皇帝与老皇帝面貌相似，也是端坐在龙椅上，但是年轻许多，脸庞略微圆润些，眼神中含着睿智。老皇帝的画像是用工笔重彩画的，皇冠和龙袍还用了金粉点缀，富贵气十足，显得滞重呆板。他画的新皇帝的画像线条简洁，色彩清淡，却很传神。

朵儿是第一个鉴赏者，她说："先生就是先生，一出手就不一样！"

张巡和许远看了，也都说画得好，形似和神似都有了。唯有晁梦麟不满意，他说画是画得不错，但是还缺少一点气势和感召力，若能表现出现在的特殊情势，那就最好不过了。

张巡和许远听晁梦麟这么一说，不由频频点头。袁不方也觉得他说得有点道理，于是重新构思起来。

苦思冥想了几天，终于画出了一张新图。在这张图上，皇帝没有坐龙椅，而是骑着一匹枣红色的骏马，头戴皇冠，一身戎装，十分威武。皇帝左手执缰绳，右手握剑，举向斜上方，做指挥千军万马冲锋杀敌的姿态。

这幅画人人都说好，张巡叫人挂到太守府的大堂上，他和许远率领官员和将领们每天参拜。

晁梦麟提出一个建议，他说，除了官员和将领，还应该让所有的士兵分批到大堂来参拜，最好把老百姓也召来参拜，并且由他来宣讲天下大势，必能鼓舞军心民心。

张巡和许远对晁梦麟的建议深为赞许，委托他立即去办这件事，还派了两个官员协助他。

晁梦麟确实有才干，他把一件看起来浩繁琐碎的事情做得井井有条。

他估算了一下：守卫睢阳城的将士有六千多人，以一百人为一批，轮流参拜，这样就不会影响守备。一天六批，就是六百人，十天左右可以参拜完毕。睢阳城里的老百姓大约有五千多户，每户派一人做代表，以一百人为一批，一天六批，就是六百人，也是十天左右可以参拜完毕。

先从军队开始。军队是训练有素的，轮换，参拜，都很顺当。老百姓就很麻烦。要派人一家一家去通知，让他们每家派一个代表，凑满一百人就领来参拜。每家派出的人参差不齐，有老有少，有男有女，有穷有富，有抱着小孩的，有搀着老人的。一些还没有轮到的人也来看稀奇。太守府外面就像赶庙会一样，人来人往，唧唧喳喳，热热闹闹。参拜之前先要教他们怎样三跪九叩，怎样山呼万岁。有时要花很多时间才能教会他们参拜。亏得晁梦麟不怕麻烦，和协助他的两个官员奔来跑去，费尽口舌，总算把一批一批的老百姓都招呼好。但是这样一来时间也花得多，原来计划一天六批就做不到了，只能改成一天四批。

无论是军队还是老百姓，在参拜之前，晁梦麟都要宣讲一番，讲天下大势；讲年迈的老皇帝如何顾全大局，把天下托付给年富力强的新皇帝；讲新皇帝如何英明伟大，力挽狂澜；讲朝廷必胜；讲朝廷必胜的第一原因就是有年富力强、英明伟大的新皇帝；讲每个臣民的职责是把生命和鲜血奉献给皇帝陛下……

其实他并不知道老皇帝是怎样把皇位让给新皇帝的，也不知道新皇帝是怎样吃饭睡觉的，他用自己的想象来填补和丰富这些空白。他愈讲愈详细，愈讲愈逼真。他说皇帝每天只睡一两个时辰；他说皇帝吃粟米饭，喝盐水汤；他说皇帝戒了酒，把西域进贡的美酒赐给前方的将士；他说皇帝身边只有一个老婆，不像别的皇帝有三宫六院七十二御妻。讲得有鼻子有眼的。

他每天要讲六次或四次，讲得唇焦舌敝，嗓子都哑了，但是声音始终高亢有力，情绪始终慷慨激昂。听的人都被他的声音和情绪感染，有的人甚至听得热泪盈眶，参拜的时候就格外虔诚，仿佛皇帝真的就在眼前。

太守府的大堂每天都传出响亮的呼喊声："万岁！万岁！万万岁！"

许多士兵在参拜之后流着眼泪高喊："杀敌！杀敌！"

过去，老百姓们打招呼都说："吃了没？"这些天变成了："拜过皇帝没？"或者说："听过晁先生宣讲没？"

老百姓们议论的话题也离不开皇帝，大家都说皇帝长得英俊，长得神武，果然是天子的相貌。很多人对皇帝只有一个老婆感到不可思议。有人说："皇帝只有一个老婆哎，这可是从古到今没有的事啊！"有人说："可不是吗，乡下老汉多打了几斗粮食还要娶个小老婆呢！"最后都说："有这么好的皇帝，是咱们老百姓的福气啊，咱们就是死也不能对不起皇帝！"

可是也有人为皇帝担心。有位姓朱的老秀才说："皇帝怎么能只有一个女人呢！要是这个女人是块荒地，皇帝播下的龙种岂不都浪费了！那龙种可是金贵得不得了的，是几千年的日精月华凝结而成的，咋能浪费呢！皇帝还是应该有许多女人才对，就像种庄稼一样，广种薄收，怎么也会有收成。"

听到这话的人，都觉得这话说得有道理，于是有人建议："啥时候咱们也给皇帝写个那啥折子，让许大人给递上去，请皇帝多要几个女人，多播些龙种，这天下才能千秋万代坐得牢啊！"

这些人公推朱秀才执笔，写了一篇请愿书，叩请皇帝多纳嫔妃，多生皇子，以旺龙脉，以慰民心。有几百个人在请愿书上签名画押盖手印。朱秀才在参拜皇帝画像的时候把请愿书交给晁梦麟，晁梦麟又转交给许远。

许远是个谨慎细心的人，又有多年的官场阅历，他看了请愿书，对晁梦麟说，皇帝有儿子呀，这请愿书恐怕不宜呈上去。晁梦麟说，老百姓虽然无知，但是一片忠心可嘉，皇帝看了这请愿书一定会龙颜大悦。许远说，皇帝立嗣，历来是非常微妙非常敏感的事情，做臣子的不能随便说话，这请愿书似乎有干预皇帝立嗣的嫌疑，弄不好会犯大忌。

晁梦麟却不以为然，他在请愿书上稍微修改了几个字句，然后自作主张，把请愿书夹在别的奏折里，一起发了出去。

张巡和许远都去看过参拜的情景,看见军心民心这样高昂,对晁梦麟大加赞扬。张巡翘起大拇指说:"晁老弟的这个主意,抵过十万兵马!"许远慢条斯理地说:"军心民心如此,何愁乱贼不败!"

张巡和许远都许诺,以后给皇帝写奏折的时候,一定要为晁梦麟请功。

晁梦麟忙得不亦乐乎,袁不方却无所事事。

许远在太守府里办公,袁不方与他碰面的机会多些,有时候就闲聊几句。许远也很忙,几千人马的粮草和武器的供应就够他费心费力了,因此袁不方也没有和他深谈过。

有一天中午,晁梦麟的宣讲还没有结束,袁不方在住处等着开饭,许远叫金蟾儿来请他到后院去吃酒。平日袁不方和晁梦麟都是和文官幕僚们一起吃饭,伙食很差,粗茶淡饭,菜通常是辣酱和腌菜,偶尔有点荤菜,新鲜蔬菜是绝对没有的。城里的人以往都是吃城外菜农种的蔬菜,现在城池被围得像铁桶似的,城外的菜农没法进城,哪里还有新鲜蔬菜呢?

许远已经备好了一桌酒菜。说是一桌,其实也就是一盘蒸腊肉,一盘炒鸡蛋,一盘香菇烧豆腐。许远说:"袁先生和晁先生自愿到睢阳来吃苦,真是难为你们了。一向也没能好好招待你们。今天弄到一点好吃的,就算是为两位接风吧。晁先生还在前面忙着,等会儿我叫金蟾儿去请他。袁先生,你大概也饿了,我们先一边吃一边聊吧。"

袁不方肚子本来已经有点饿了,看见这几样平日见不到的好菜,馋虫不觉爬到了喉咙口。他咽了一口唾沫,说:

"等晁先生来了一块儿吃吧。"

许远说:"给晁先生留着菜呢。袁先生就不必客气了。"说着,端起酒杯向袁不方敬酒。

于是袁不方就不再客气,喝了一口酒,拿起筷子夹了一片油汪汪的透明的肥肉塞进嘴里。

许远笑道:"看得出袁先生也是个豪爽的人。"

袁不方又吃了一大块黄灿灿香喷喷的鸡蛋,这才觉得略略解馋,放下筷子,自我解嘲说:"民以食为天,这话真是不错。人是怎么也拗不过嘴巴的。"

许远称赞袁不方的画,袁不方谦虚了几句。许远说,他小时候也喜欢绘画,曾经跟一个画师学过两年,后来家长要他一心一意考科举,就把绘画丢了。

袁不方把酒杯里的酒喝干了,金蟾儿过来给他斟酒。袁不方看着金蟾儿,夸奖说:"这孩子长得真好!"又问金蟾儿:"多大年纪了?"

金蟾儿腼腆地笑着,低声说:"十四岁。"

金蟾儿的五官长得非常秀气,眉毛细细黑黑弯弯的,眼睛水汪汪的,眼珠转动起来似有清波荡漾。他的皮肤极其细嫩光滑,脸色白里透红,小巧的嘴唇像涂了胭脂一样。他说话的声音细柔娇婉,活脱是女孩子的声气。笑的时候尤其迷人,嘴边会露出一个米粒大的小小的酒窝,那神态像羞涩又像妩媚。

袁不方说:"这孩子要是穿上女装啊,只怕比朵儿还要美呢!"

许远并不知道张巡的爱妾名叫朵儿,眼神有点茫然,但他知道这是赞美金蟾儿的话,就呵呵笑起来。袁不方自知说漏了嘴,女人的名字是不该让外人知道的。他佯装被酒呛了，咳了几声。

许远说："这孩子最是善解人意。我一天都离不开他呢。唉，这么好的孩子，命却很苦，从小就没有爹娘。"

金蟾儿甜甜地笑着，说："我哪里命苦啊，我能跟着爷，是我几世修来的福气呢！"

许远轻轻抚摸着金蟾儿的手，说："这孩子很聪明，什么东西一学就会，去年我请人教他吹箫，没多久他就吹得像模像样了。金蟾儿，你吹个曲子给袁先生听听。"

金蟾儿去取来一支箫，站在许远身旁，呜呜的吹起来。他吹得倒也有韵有调的，只是箫声漂浮，似有柔媚之气。袁不方以为箫声还是以沉着深远为好。

一曲罢了，袁不方说："一个小孩子，能吹得这样，也算难得了。"

许远说："他还想学画画儿呢。我教过他几天，可我自己也是半桶水，只怕会误了他。袁先生，你能不能教教他？"

袁不方听了这话，觉得许远对这个书童实在不一般。一个老爷大人，为一个书童这样费心，像对自己的子弟一样，真是很罕见。

他还没想好怎么回答，许远又说："也不是想请袁先生真正收他做弟子，师徒的名分是不敢奢望的，他以后学不好，也不会坏了袁先生的名声。只是想请袁先生有空时点拨他一下，就够他受用了。我并不指望他像袁先生这样有所成就，不过是让他陶冶陶冶性情罢了。希望袁先生不要嫌他出身微贱。"

话说到这个份儿上，袁不方只好点头答应了。

虽然说好不是正式拜师，许远还是叫金蟾儿给袁不方磕了三个头。

许远亲自到里屋去拿来两锭银子,说是一点小意思,一定要袁不方收下。袁不方怎么也不肯要。两人推让了半天,袁不方脸都急红了。他说:"在这个城里,以后是生是死都不知道,我要银子有什么用呢?"

许远听他这么说,想想也有道理,就说:"那就等以后有机会再向袁先生道谢吧。"

这时,一个衙役急匆匆跑来报告,说叛军又来攻城了。许远的脸色一下子变得凝重起来。他对袁不方说:"我要到前面去照管着,看前方需要什么东西。袁先生请慢用。"又对金蟾儿说:"等会儿别忘了去叫晁先生来吃饭。"

说完他拔腿就走。袁不方看出他是一个很镇静很细心的人,在这样的时刻都还记得晁梦麟没有吃饭。睢阳城能守住,还真少不了这样一个大管家。

到睢阳以后,袁不方还没有见过一次战斗的场面,现在正好有了机会,他决定到城头上去看看。

叛军这次从别处调来两万兵马，兵力大增，发动了一次最大的攻势。他们从东南西北四个方向进攻，主攻的方向是东城。

袁不方站在东城的城头上，看着城外密密麻麻的叛军，又紧张又兴奋。

在东城指挥作战的是南霁云。张巡的总指挥部也在东城的城楼里，但他并不经常在总指挥部，他还要到西城、南城、北城去巡视。

东城外的叛军已经布好进攻的方阵。

最前面的方阵是先锋队。这个方阵有六十个小方阵，即六十个小队，每个小队五十人，五排十列，一列五个人，就是一个"伍"，"伍"是最小的作战单位。这个方阵的士兵穿厚铠甲，左手执长盾牌，右手执兵器。先锋队要防备城里的兵马冲杀出来和城头上射来的箭矢。

第二方阵是弓箭队。人数和排列与先锋队一样。他们的武器主要是弓箭。队伍达到箭矢射程时，便向城头上射箭，压制守城的士兵，以利于后面的队伍攻城。

第三方阵是攻城队。这个方阵人最多，是攻城的主力，带着云梯和各种攻城器具。士兵执圆形盾牌和短兵器。

这三个方阵都有各自的旗帜,第一方阵是黄色的虎头旗,第二方阵是青色的龙头旗,第三方阵是红色的鹰头旗。每个小队一面旗帜,由一名彪悍的士兵执掌。

第三方阵的后面是鼓队。三十面大鼓架在三十辆战车上。战车是红色的,大鼓是红色的,鼓手穿红衣红裤,头缠红巾。这三十辆战车就像三十团熊熊燃烧的烈火。

鼓队后面是一群骑马的将领和卫士,叛军的主将尹子奇就在这群人当中。他们的后面是骑兵队的方阵,这个方阵有两千人,旗帜是白色的马头旗。

黄色的青色的红色的白色的旌旗在风中猎猎飘扬。

鼓声响了。

咚!咚!咚!咚!咚!咚!咚!

鼓声钝重雄厚,节奏不疾不徐,像从天边滚过来的隆隆雷声。

袁不方在城头上听见这鼓声,心脏也像擂鼓似的扑通扑通跳起来。他看看旁边的士兵,他们都很镇静,显然是听惯了这鼓声。他们各自把武器准备好,眼睛紧盯着城外。

叛军的方阵在鼓声的节奏中向前推进。

到达双方的弓箭射程时,鼓声变了。

咚咚!咚咚!咚咚!咚咚!咚咚!

第一方阵的士兵都半跪下来,躲在长盾牌后面。第二方阵的士兵分成两拨,轮流向城头上射箭。几千支箭飕飕飕飕向城头上疾飞。

城头上的官兵躲在女墙后面,并不急于还击。他们的箭数量有限,要留在紧要的关头用。

密集的箭把守军压在女墙后面。鼓声又变了,变得急骤如狂风暴雨。

咚咚咚咚咚！咚咚咚咚咚！咚咚咚咚咚！

第一方阵和第二方阵的士兵横向靠拢，两个小方阵之间便空出一条通道，第三方阵的士兵从通道蜂拥而出，开始攻城。冲在最前面的人把一块块跳板搭在干涸的护城河上。

在这同时，第二方阵仍然不停地向城头上射箭。

南霁云一声令下，官兵开始还击。他们纷纷从堞口现身，张弓搭箭，瞄准进攻的叛军，把一支支箭射出去。他们占着居高临下的优势，命中率比叛军高，一批正在冲锋的叛军被箭射中，扑倒在地。

但是叛军并没有停止进攻，他们越过死者的尸体，在鼓声的催促下如潮水一般漫过护城河，涌到城墙下面，搭起几百架云梯，向上攀登。

袁不方看见这阵势，心跳得更厉害了。

官兵一部分继续射箭，一部分搬起石头往下砸，还有一些人把铁杠插在云梯最上面的横档里，用力撬动，几十架云梯被撬翻了，云梯上的叛军接二连三地坠落下去。

因为要作战，官兵不能再靠女墙做屏障，身体都暴露出来，叛军的弓箭队有了靶子，箭射得更加密集，不少官兵中了箭，被射中要害的当场倒下，没有被射中要害的顾不上疗伤，继续作战。

不少叛军快攀到城头了，弓箭队怕误伤了自己人，箭射得稀疏了。袁不方躲在女墙后面，他身旁的一个士兵咽喉中箭倒下了。他从堞口探头一看，一个叛军蹬着云梯快爬上来了。他大声呼叫近旁的士兵："看哪！看哪！有人爬上来了！快爬上来了！"

士兵都忙着对付各自眼前的敌人，没有人理会他。那个叛军离城头只有几尺远了。袁不方情急之下搬起脚边的一块石头，高高举过头顶，对准那个叛军用力砸下去。石头不偏不倚，正好砸在那人的头上，那人大叫一声，抓着云梯的手松开了，翻身跌落下去。

袁不方高兴得哈哈大笑起来，心脏不再狂跳了。他又搬起一块石头往下砸，居然又砸中一个叛军。他越发来劲，一块一块搬起石头，一块一块砸下去。

一支箭从他耳边飞过去，他竟浑然不觉。

城下的叛军中有个擎旗的小头目，是个胡人，高鼻深目，满脸卷曲的络腮胡子，身形壮硕，赤膊，浓密的胸毛上面连着胡须，下面一直长到脐下。他被守军的箭射中了擎旗的右臂，一下子狂怒起来，像一只受伤的猛兽，拔出右臂上的箭，把旗帜交给身旁的士兵，抽出腰刀，嗷嗷大叫着，抓着云梯往上攀。

袁不方在城头上看见这个胡人爬上来，搬起石头对着他砸下去。胡人挥舞腰刀，把砸下来的石头拨开。钢刀与石头相碰，乓的一声，溅出几颗火星。袁不方又砸了几块石头，都被他用刀拨开。袁不方心里有点发慌，再砸下去的石头就没有准头了，全都落空。

胡人已攀到云梯的最上端，他一手扳住女墙，腾身一跃，跳上城头。胡人脚跟还没有站稳，就举刀向袁不方砍去。

袁不方看见亮闪闪的刀刃迎面劈来，吓得浑身寒毛一炸，想都没想就往旁边一跳，那刀锋擦着他的肩膀劈下去。

旁边的官兵已发现爬上城头的胡人，有三五个人立即冲过来，围住胡人，用枪刺，用刀砍。袁不方趁机溜到一边。

那胡人被几个人围攻,却一点也不畏惧,一把弯刀舞得像风车一样,密不透风。他守住了他冲开的这个缺口,又有两个叛军从这缺口爬上来,加入战团。

一个官兵被胡人砍倒,其余几个一步一步后退。情势危险,这个缺口若不能堵住,爬上来的叛军会越来越多,就会像堤坝决口,一发而不可收拾。

站在城楼上指挥的南霁云发现了这边的险情,但是他来不及派人过来解救。情急中,他从箭囊里抽出一支箭,搭在弓上,嘴唇翕动着,拉满弓弦,瞄准那胡人,嗖的一箭射去。南霁云的箭术十分高超,几乎是百发百中,这一箭本该射中胡人,哪知那边一团混战,人形移动,箭射到时,恰好一个官兵跃到胡人面前,那支箭正中他的后脑,他当即扑倒。南霁云见射中了自己人,并没有丝毫迟疑,又抽出一支箭,瞅准时机,向胡人射去。这一箭力道更足,去势迅疾,正中胡人的咽喉。胡人被射中了要害,脖子向后一仰,手中的弯刀却仍在挥舞,刀锋劈进一个官兵的锁骨,然后才松开手,圆睁着双眼倒下来。那个受伤的官兵也倒下来,锁骨上嵌着那把弯刀。其他官兵一拥而上,乱刀乱枪杀死了另外两个爬上城头的叛军。

缺口堵住了。

袁不方在一旁看得惊心动魄,好半天才回过神来。这时他觉得右耳很疼,用手一摸,发现耳垂竟缺了一小块,再看看手,满手是血。他怎么也想不起来是什么时候受的伤。

这里虽然暂时脱险,叛军的攻势却越来越强。咚咚咚咚的鼓声震天动地,叛军就像被飓风扇动的海潮,一浪高过一浪，冲击着城墙。城墙在凶猛的攻势下像一只即将倾覆的小船。

南霁云赶紧派人把这边的情况报告张巡。张巡立即从南城赶过来。他与南霁云并排站在一起，眉头紧紧地皱着。

张巡向城外瞭望片刻，说："敌强我弱，须得想个办法才能击退敌人。"

南霁云说："有什么好办法呢？"

张巡指着叛军鼓队后面那群骑马的将领说："擒贼先擒王，如果能杀死或者杀伤他们的主帅尹子奇，或许能迫使他们退军。只是不知道哪一个人是尹子奇。"

张巡思索了一会儿，对身边的一个亲兵吩咐了几句。那亲兵转身向城下跑去。

过了不到半个时辰，许远亲自带着十几个士兵，把一捆捆细竹枝搬到城头上。这些细竹枝和箭杆一般粗，一般长。

张巡叫南霁云把这些细竹枝分发给一部分士兵，要他们当作箭矢射出去。

南霁云和士兵们都不知道张巡的用意，但是他们都照他的命令做了。

一支支没有箭头的光竹枝射出去，落在叛军的阵地上，没有伤到一个人。

城头上的人看见叛军士兵捡起竹枝交给小头领，小头领又交给大头领。有个大头领拿着竹枝跑到鼓队后面，把竹枝呈交给一个骑雪青马的将领，指手画脚地说着什么。那将领身躯肥胖，黄脸长须，头盔上有一簇红缨。他正是叛军主将尹子奇，安氏朝廷的汴州刺史兼河南节度使。那个大头领向尹子奇报告，说官兵竟把竹枝当箭射，可见他们的箭不多了。

张巡对南霁云说:"好!那个人就是尹子奇!现在就看你的本事了!"

许远、南霁云和周围的士兵们这才明白了张巡的用意。

南霁云走下城楼,站在堞口后面,目测了一下距离。尹子奇离城头稍微远了一点,已在射程之外,他没有几分把握。但他必须射中,否则城池就危险了。他挑了一把最硬的弓,又挑了一支箭头最锋利的箭。

他把箭搭在弓上,站稳脚跟,平心静气,稳稳地把弓慢慢拉开,拉满。同时闭上左眼,右眼顺着箭杆瞄准尹子奇。

尹子奇全身裹着铠甲,连脖子都护住了,头上戴着头盔,只露出大半张脸。南霁云瞄准的就是这大半张脸上的一只眼睛。眼睛是尹子奇露在外面的唯一的要害。

为了不让敌人觉察南霁云的目标,南霁云两旁的士兵向叛军的阵地射出密集的箭。

在拉弓和瞄准的时候,南霁云的嘴唇翕动着,似乎在自言自语。熟悉他的人知道这是他射箭时的习惯,他们都以为他是在祈祷或者念咒语,其实他是在无声地念叨:"今天有鱼吃,今天有肉吃,今天有鸡吃……"

小时候父亲教他射箭,总是向他许诺,射得好就有鸡鸭鱼肉吃。他在射箭的时候一想到这些美味,浑身就来劲,嘴里不由自主地默念:"今天有鱼吃……"久而久之就成了习惯,好像不念箭就射不准。

弓已拉满,箭头已瞄准,他的嘴唇停止了翕动。他把右手一松,那支最锋利的箭像一道闪电,倏地射向尹子奇。

尹子奇的手里还拿着那根竹枝,正在微笑着对身旁的副将说:"看样子今天就能攻下睢阳。"不提防那支闪电一样的利箭劈面飞来,不偏不倚正好射中他的左眼,他大叫一声,翻身落马。

在那样远的距离,恰恰射中眼睛,这几乎是不可能的,仿佛冥冥中有一只看不见的手把箭插进了尹子奇的眼睛。

这一箭,不知道是睢阳老百姓的幸运还是不幸。

叛军鼓队后面的方阵顿时乱了。将领们纷纷下马救护尹子奇。鼓手们也发现身后出了事,都把目光转过来,鼓声也就乱了。鼓声一乱,前面的队伍就失去了锐气,进攻的势头缓了下来。

主帅受了重伤,就像雁群失去了头雁,不知道再往什么方向飞。尹子奇在剧痛和昏沉中还有一丝清明,他感到了死亡的恐惧,他不想死,此刻他必须立即疗伤,不能再攻城了。他聚起残剩的精力,吃力地说:"收……收兵。"

副将命令鼓手鸣金收兵,又派人到南城、西城和北城,向攻城的军队传达收兵的命令。

鼓手敲起了铜锣。

喤!喤!喤!喤!喤!喤!

惊涛拍岸的潮水在锣声中悄然退去。

睢阳城屹立不动。

袁不方望着城外撤退的叛军，手抚胸口，长长地舒了一口气。耳朵上的伤口不再流血，已经凝成血块，但是还有点儿疼。刚才双方拼死厮杀，竟忘记了害怕。现在风平浪静了，想到那种千钧一发的场面，不禁感到后怕。他今天至少有两次可能死掉。如果那支箭射得偏左偏下一点，就会射中他的咽喉。如果南霁云的箭没有射中尹子奇，叛军攻破了城，他也必死无疑。但是转念想到他竟然也能亲手杀死几个敌人，不禁又感到有点儿自豪。

凭着这点自豪，他挺起胸膛，踱着方步，潇潇洒洒地在城头上遛达。

城头上的官兵欢欣鼓舞，三三两两地聚在一起说笑。这时有探子传来消息，说尹子奇被南霁云射中了左眼。于是大家愈发激动，都说这一箭太神奇了，分明是老天爷存心要叫叛军失败。

袁不方不知不觉走到了南城。这里的人和东城的人一样，个个兴奋莫名。一小队士兵在清理阵亡者的尸体，他们也是一边搬运尸体一边说笑，脸上并没有哀悼阵亡者的悲戚。

袁不方看见了雷万春。雷万春的黑脸和络腮胡子在人群中很显眼。他是守卫南城的主将，经过一场大战，他的脸上和战袍上都有血迹，战袍的前襟划破了一个大口子。

雷万春见了袁不方，惊讶地说："袁先生，你也在这里？刚才这一仗打得真是凶险，你不怕啊？"

袁不方老老实实地说："刚开始是很怕，敌人那个鼓啊，就像敲在心上似的，一颗心扑通扑通乱跳。后来看见敌人快爬上城来，反倒不怕了，我还拿石头砸了他们几个人呢。等到敌人退走了，再想想又有点儿后怕。"

雷万春看见袁不方凝结着血块的伤残的耳垂，大声说："嘿！你受伤了！"

袁不方摸一下耳垂，表情豪迈地说："这点儿小伤算什么呀。我看过晁梦麟写的文章，他说雷将军在雍丘的时候脸上中了六箭，还像没事人似的。那才叫英雄啊！"

说到这里，他想起了什么，眼睛盯着雷万春的脸，仔细地看了又看。雷万春的下巴和左脸颊各有一个小指甲盖大小的陈旧的疤痕。

雷万春说："你老盯着我看干什么？我是美女啊？"

袁不方疑惑地说："你脸上中了六箭，应该有六个伤疤呀，可是我怎么只看见两个小伤疤。是不是伤疤都长平了？"

雷万春哈哈大笑起来，笑得眼泪都迸出来了。

袁不方被他笑得莫名其妙。雷万春止住了笑，用手背抹一下眼睛，说："这件事情，看来不光把敌人骗住了，自己人也被骗住了。来，我给你看一个东西。"

雷万春把袁不方领到城楼上。他在太守府附近有一处住所，但他通常都住在城楼上。城楼朝东的角落里有一口油漆剥落的旧木箱,他打开木箱,拿出一个东西递给袁不方。

袁不方一看,原来是一个木头制作的面具,这面具做得非常精巧,颜色涂得像真人的肤色,连胡须也做得栩栩如生。放在稍远处看,几乎与雷万春的面貌一模一样。这么好的面具,上面却有大大小小的几个窟窿眼。袁不方默默地数了一下,正好是六个窟窿眼。他心里隐隐有点明白了。

雷万春说,他哥哥雷海青是著名的宫廷乐工,宫廷的戏班子里有一个做面具的师傅,手艺精湛,做出来的木壳面具就像真人的面孔一样。有一次,他去看望哥哥,那师傅说他相貌威武,就仿照他的面貌做了一个面具送给他。张巡在雍丘使用"草人计"的那天夜里,他得知哥哥在洛阳殉难的消息,忍不住大哭了一场,哭得眼睛出血。天刚亮,敌人就来攻城。他到城头上指挥作战,因为不愿意让人看到他眼睛红肿、泪痕未干,就把这个面具戴在脸上。那时天色尚未大亮,头盔又把面具的边缘遮住了,一时竟没有人看出他戴了面具。敌军在攻城前照例是先射箭,他身边的士兵都躲在女墙后面,他满腔悲愤,一心想报仇,就那么直挺挺地站着,不肯躲避。这样他就成了众矢之的,箭像雨点似的向他飞来。因为有盔甲护身,那些箭都射向他的脸,射在面具上。一共有六箭,其中两箭射透面具,箭头插进皮肉,其余的四箭都只是钉在面具上。他从面具上拔下一支箭,向城外射去,一边高喊:"杀贼!杀贼!"敌人以为他射不死,被吓住了,无心再战,很快撤走了。

袁不方听雷万春讲完,拍手笑道:"我今天亲眼看见南将军射中尹子奇,又亲耳听到雷将军这么精彩的故事,真是大开眼界!"

夜里无事,袁不方和晁梦麟在住处闲聊。袁不方把一天的见闻讲给晁梦麟听。晁梦麟听说袁不方亲手用石头砸翻了几个敌兵,又听说张巡用竹枝当箭诱骗叛军主将暴露,南霁云如有神助地射中尹子奇的眼睛,心中不禁痒痒的,一迭声地大叫后悔,后悔自己没有到城头上去。

袁不方把脸凑到晁梦麟面前,指着残缺的右耳说:"你看你看,我这耳朵被敌人的箭射掉了一块肉,都不知道是什么时候射掉的。要是射得偏过来一点,我恐怕就一命呜呼了。你说玄不玄乎啊?"

他的表情和声音似乎很沮丧,但是晁梦麟却觉得他是故意在用沮丧掩饰得意,于是揶揄说:"想不到袁先生也成英雄了!"

晁梦麟拿来纸笔,叫袁不方把他的见闻再详详细细讲一遍,他要记录下来。袁不方不善描述,本来很生动的故事,却讲得简单枯燥,翻来覆去就是那么几句话。晁梦麟问南霁云射箭时的神情举动怎么样,他说没注意;又问尹子奇是怎样的长相,他说不知道。

晁梦麟摇摇头,撂下笔,叹口气说:"听你讲故事,真是味同嚼蜡。以后写的时候,还得我自己加点佐料。"

袁不方想起雷万春的面具,问晁梦麟:"你在《雍丘之战》里写雷万春脸上中了六箭,你知不知道雷万春当时戴了一个木头做的面具,那些箭其实都射在了面具上。"

晁梦麟淡淡地说:"我知道。"

袁不方诧异地说:"你知道?你不是常说你写文章要像写史书一样吗?你既然知道,怎么不说实话呢?"

晁梦麟把身体坐端正了，肃然说："我并没有说假话。我没有写雷万春戴了面具，但是我也没有写他没有戴面具。这就证明我没有说假话，只是有些话没有明说而已。况且我写他'脸色凝重，毫无表情，如同一块铁板，周围的士兵都看不出他刚刚哭过'。这里就隐含了他戴着面具。这正是我的得意之笔。这样写，是为了表彰忠勇，弘扬正气，为后世立表率。也是为了激励士气，灭敌人之威风。所谓历史，三分是人做出来的，七分是人写出来的。历来写史书，都不是有什么写什么，都是有取舍、有剪裁的。怎么取舍，怎么剪裁，哪些详写，哪些略写，哪些不写，心里要有一把尺子，这把尺子上刻着两个字：'天下'。也就是江山、社稷。"

袁不方觉得晁梦麟这番话里透着一股凛然正气，虽然心底还有一点疑惑，但一时也想不明白，便拱拱手说："到底是你的学问大，讲起道理来一套一套的，叫我不佩服你也不行啊。"

大概是兴奋过度的缘故，这天夜里袁不方竟失眠了。

睡在对面的晁梦麟早已发出时起时伏的鼾声。

袁不方是个不大有心事的人，一向很能睡，此刻却翻来覆去睡不着。眼睛一闭上，白天的景象就像一幅一幅的图画，在黑暗中浮出来。密集的飞箭，潮水一般涌过来的敌兵，凶恶的胡人，迎面劈来的雪亮的刀刃，喉咙冒着血泡的尸体，翻倒的云梯，南霁云满满地拉开弓弦，叛军主将中箭落马，雷万春的黑脸像箭靶一样插着六支箭……渐渐又出现另外的一些图画，老皇帝出逃的马队，被车马碾死的宫女，围着火堆乱舞的叛军，撕破的画页在火焰中飘飞,叛军轮奸女孩,赤裸苍白的女孩两腿间鲜血淋漓,女孩在冰冷混沌的井水中漂浮,平康里雏妓的痛苦呻吟,裴三娘被粗野的叛军压在身下,原野上大片大片的官兵、叛军和老百姓的尸体,野狗在尸体堆里撕咬……这些图画先是像走马灯似的一幅一幅依次出现,渐渐交错,穿插,重叠,融合,仿佛变成了一幅无边无际的大画,布满了全部黑暗的空间。

初夏的天气,夜里还是有点凉意,他却觉得燥热。辗转翻身的时候,受伤的耳朵几次压在竹枕上,已经结痂的伤口磨破了,一阵阵的疼痛。他把手在眼前扇动,想驱走那些图画。但是无法驱走。他索性睁开眼睛,眼前是一片黑暗,杂乱的图画终于消失了,他的心却依然不能平静。那些图画深深地嵌进了他的心中,像一股淤塞的气流,像一堆阴燃的暗火,翻腾着,躁动着,寻找着冲决和燃烧的通道。

微白的月光透过窗棂,把屋里的黑暗稀释了一些,他感到眼前不再像蒙着一块黑布,影影绰绰看见了窗前桌子上的一些东西。他知道那是笔筒、砚台、调颜料的瓷盘,还有零散的画纸。他心里忽然一动,从床上坐起来。

他扯一件衣衫披上,下床,摸索着点亮床头的油灯,把油灯端到桌子上。他在砚台里倒了一点水,开始磨墨。才磨了一会儿,墨水刚变黑,他就迫不及待地展开一张纸,用笔蘸了淡淡的墨汁,龙飞凤舞地在纸上画起来。

他几乎不必记忆,刚才在他眼前浮动的那些图画随着笔锋的移动,一幅一幅出现在纸上。

淤塞的气流从笔端流走,阴燃的暗火变成明亮的光芒。他的心慢慢地平静下来。画完最后一幅,他把画笔一掷,懒懒地坐下来,眼睛凝视着散乱的画纸。那些画只是粗粗勾勒的草图,但是他隐约看到了画的魂魄。

看了一阵,他突然站起来,把画笔砚台笔筒瓷盘统统推到桌沿,腾出地方,然后把那些单幅的画在桌子上颠来倒去地拼装,组合,变成一幅大画。又看了一阵,摇摇头,重新拼装,组合,变成了两幅大画。

这次他满意了,兴奋地拍了一下桌子。他拍得很重,放在桌沿的笔筒被震倒了,滚落到地上,乓啷一声,摔碎了。

晁梦麟被惊醒了,半睁着睡眼嘟哝:"你在做什么?还不睡啊?"

袁不方抱歉地笑笑,说:"睡不着,画了几幅画。"

晁梦麟揉揉眼睛,下了床,摇摇晃晃地走到屋外。袁不方听到一阵嘘嘘的响声,知道他是在撒尿。那泡尿大概是憋得久了,厚积薄发,嘘嘘嘘响了好一会,晁梦麟才摇摇晃晃地走回屋里。袁不方拉住他说:"嗨,你来看看我画的东西。"

晁梦麟甩脱他的手,嘟哝着:"看什么!我要睡觉!"

他往床上一倒,很快就发出鼾声。

袁不方却没有一点睡意。他仍然很兴奋,像喝酒喝得恰到好处,极想找个人说说话,把刚画的画给他看。晁梦麟不肯做他的知音,他马上就想到了朵儿。

他把画拢到一堆,随便卷起来,夹在腋下,趿着鞋子,兴冲冲地往后面的院子走去。

院子里有枝叶肥大的梧桐,朦胧的月光透过枝叶在地上泼了浓浓淡淡的水墨。四周一片宁静。睢阳城正在宁静的睡眠中,白天的那场惨烈的大战仿佛是很久以前的事情。

袁不方走进张巡住的院子，迎面吹来一阵凉风，他打了一个寒噤，头脑冷静了许多。他立刻想到不妥。这么晚，朵儿肯定已经睡了。即使还没有睡，他半夜三更地跑来不是招惹嫌疑吗？虽然朵儿是他的学生，毕竟还是男女有别，何况朵儿已经做了张巡的妾，张巡再大度，也不至于肯让自己的女人和一个男人在半夜里聊什么图画吧？

他拍拍脑袋，骂一声："荒唐！"转身往回走。

走着走着，忽然觉得不大对头，好像没有回到自己住的院子。往四下看看，才发现走错了，没头没脑地怎么走到了许远住的院子。正想离开，却听到一种奇怪的声音。

若是在张巡的院子里听到这种声音，他不会觉得奇怪；在许远的院子里听到这种声音，他就觉得奇怪了。声音虽然很轻，在万籁俱寂的静夜，却是清晰可闻。这分明是女人的声音，这种声音以前他听得多了，绝不会错。

但是许远身边没有女人呀，怎么会有女人的声音？他陡然生出了好奇心，蹑手蹑脚走近许远的屋子，躲在窗外偷听。

屋子里黑黑的，没有点灯。因靠得近，他听见了男人的沉重模糊的喘息声，又听见女人梦呓似的低语："爷！爷！我的亲爷呀！……"

听着听着，他觉得女人的声音有点耳熟，在记忆里迅速搜索了一遍，猛然醒悟。

那不是女人，是金蝉儿。

他暗暗嘲笑自己太蠢了，早就该想到是金蝉儿。白天许远对金蝉儿的那种宠爱和金蝉儿的那种情态，已经露出了端倪。

他想象着屋里的情景，不由联想到自己的老师。

老师去世前不久，把一个绝大的秘密告诉了他。老师说，世人都知道天地有阴阳，人间有男女，却不知道阳中有阴，阴中有阳，男人中有女人，女人中有男人。只有既做男人又做女人的人，才能领悟世界的真谛。老师说，男女交欢，男人是施者，女人是受者，因此世人只知道男人的快乐，不知道女人的快乐，更不知道女人的快乐大于男人的快乐。男人的快乐是电闪雷鸣后的一阵暴风骤雨，霎时而来，霎时而去。女人的快乐是绵绵春雨中的花蕾，一点一点吸吮着雨水，一片一片舒展着花瓣，直到绽放最鲜艳的颜色。女人的美唯在动情时方才真正显露，在交欢时达到极致。种种婉柔，种种娇媚，种种令人销魂的颜色，都在此时自然而然显露并且达到极致。女人发之于心而波及全身的快乐也在此时达到极致，身体由内到外都会被情欲牵引着动作。这就是情不自禁。老师又说，好的春宫贵在画出女人微妙的情态，初夜时，动情时，高潮时，种种微妙的情态。但是男人只能看到女人的表象，而不能感受女人的内心。这样怎么能画出那种种微妙的情态呢？那就只有做女人才行。戏台上有男人扮女人，但那只是皮相，反而显得矫揉造作。男人要想知道女人的美，女人的快乐，只有身为女人，而且是身为交欢时的女人，才能体味其中的神髓。老师坦承，自己就是既做男人又做女人的人，既尝过做男人的滋味，又尝过做女人的滋味，所以能画出与众不同的春宫，所以能把男人和女人的情态都画得入木三分。这就是老师的秘诀。当时听了老师的话，他极为震动。他不知道老师为什么要把自己最大的隐私告诉他，也许这就是老师留给他的遗产。但是他无法继承这份遗产，因为他不能既做男人又做女人。那好像是一种天生的禀赋，不是人人都能做到的。由此他也知道了自己画的春宫永远比不上老师。

屋里的男人忽然像泄气似的长叹了一口气。接着听到那个像女人的声音娇柔地说:"爷,你今儿怎么不高兴啊?是金蝉儿没有把爷伺候好吗?"

男人说:"乖儿,不怪你,是我自己心里有事。"

袁不方听得真切,果然是许远和金蝉儿。

金蝉儿说:"爷,你有啥心事,说给金蝉儿听听嘛。"

许远说:"今天打了胜仗,本该高兴的,可是敌人刚退走,上面派来要粮食的人就到了。我们这儿粮食已经不多,给了他们,我们以后怎么办?可军令如山,不能违抗啊!"

金蝉儿说:"爷,那你也不要一个人憋在心里发愁啊,怎么不去跟张大人商量商量呢?"

许远又叹了口气,没有说话。

金蝉儿说:"爷,爷,别发愁了,让金蝉儿来好好伺候你。"

袁不方不再听下去,悄悄回到自己屋里。

探子来报,叛军撤走了,方圆几十里,看不见叛军的踪影。

睢阳城里的人都松了一口气,只有许远心事重重。叛军刚撤走,虢王李巨的信使就连夜进了城。虢王命令许远把睢阳的军粮分一半给濮阳和济阳的守军。许远深感为难。把粮食给他们吧,睢阳的军粮必然不够;不给吧,那就是违抗军令,他承担不起。他想了一夜,仍然没有想出一个办法。金蝉儿的尽心伺候也不能稍稍消散他的忧虑。

天亮以后,他还是决定去和张巡商量。张巡看了虢王的信,问许远,如果把粮食拿走一半,睢阳的军粮还能维持多久?许远说,最多维持一个月。张巡皱着眉头,沉默半晌,说:"你是太守,这件事还是你拿主意吧。"

许远不知道张巡在想什么,他很失望,但又觉得张巡的回答是在意料之中的。他和张巡现在是同舟共济,他佩服张巡的谋略和勇猛,因此把兵权交给张巡,但他与张巡并不是推心置腹的朋友。除了谈公事,他们之间很少交谈,更不说深谈了。有时候他觉得张巡的心很深,很难猜透这个人的心思。

许远是极有涵养的人，他虽然感到失望，面上却不动声色。说到底，筹集和调配军粮的事是他的职责，他确实不能让张巡来分担这个职责。他只好自己来拿主意。

再三思忖之后，他使了一个"拖"字诀。他给虢王回信说，叛军撤走是暂时的，随时都可能再来攻打睢阳，睢阳必须有足够的军粮才能固守，如果把军粮调走，睢阳就有失守的危险。睢阳一旦失守，江淮失去屏障，叛军就能长驱直下。身为睢阳太守，坚守城池是他的首要职责。他恳请虢王审时度势，不要调走睢阳的军粮。

过了几天，虢王又派人送信来，也不说什么道理，直截了当地命令许远立即把粮食运去。

许远回信说，据探子报告的消息，叛军虽然撤走，他们的驻地却离睢阳不远，运送粮食的途中极可能遭遇叛军，若被叛军劫走粮食，损失就太惨重。最好是等叛军走远了，再把粮食运去。

这封信送走后，有好几天不见虢王派人来，许远稍微宽心一点，他希望这件事就此拖过去了，甚至希望叛军再来攻城，就能有借口不把粮食运走。

叛军没有来，虢王的人却来了。这次来的不是一个信使，而是虢王手下一个姓朱的大将。这位朱将军不仅带来了虢王的信，还带来两百个士兵。虢王的信措辞极其严厉，他叫许远把粮食交给朱将军带走，如不照办，就要以军法从事。按军法，违抗军令是要斩首的。许远明知不可为，却还要做最后的努力。他恳求朱将军体谅睢阳的处境，给睢阳多留一点粮食。

朱将军倒是一个通情达理的人，他说："我也是带兵的人，怎么会不知道'兵马未动，粮草先行'的道理，我也知道你们的难处,但是虢王有话,这次哪怕少运走一粒粮食,不光你要掉脑袋,我也要掉脑袋啊。"朱将军还坦率地说,虢王给了他生杀予夺的权力,许远如果不服从命令,可以就地正法。

话说到这里,许远无计可施了。他只能眼睁睁地看着朱将军带领两百个士兵把粮食一车车运走。

许远盘算了一下,剩下的粮食如果精打细算的话,可以吃一月。叛军绝不会就此放弃攻占睢阳的企图,必然还会来攻城,一定要趁眼前短暂的休战期补充军粮,否则后果难以设想。好在银库里还有以往积攒的银子,眼下又正是麦收时节,可以派人出去收购粮食。

他派了几个干练的衙吏分几路出去买粮。过了几天,这几路人陆续回来了,总共只买到几车粮食。他们说,眼下虽是麦收时节,但是农民的粮食刚收割,就被附近的官兵和叛军强行拿走了。白花花的银子竟然买不到黄灿灿的麦子。有一个衙吏没有回来,拿着买粮食的银子逃走了。

他又派人到更远的地方去买粮。但是派出去的人都没有回来,有消息说买到的粮食都在路上被叛军劫走了。

外面买不到粮食,那就只剩下一个办法了:向城里的老百姓买粮。许远也知道这是一个没有办法的办法,因为城池被围困了几个月,这几个月又正是夏收之前青黄不接的时候,老百姓手里不会有很多粮食。城里的十来家粮栈早都关门大吉。这些粮栈的存粮一部分被官兵收购,其余的被老百姓买空,新粮又无处可买。果然,到城里兜了一圈,除了一些大户人家屯有余粮,一般人家都没有多少余粮,有些人家甚至已经断粮。衙门派去买粮的人费尽口舌,才在几个大户人家那里买到几十石粮食。

许远正在为粮食忧心忡忡的时候,袁不方跑来找他,说他想画两幅壁画。

袁不方那天夜里兴之所至画的两幅图画是粗略的草稿,线条杂芜,墨水太淡。他又花了几天时间,认认真真地重新画了两幅。这两幅画是彩色的,画面也大得多,比皇帝的画像还要大,大约有八尺长、六尺宽,是把几张纸拼贴起来挂在墙上画的。他以前从来没有画过这么大的画,因为他以前画的都是春宫,春宫画通常是秘不示人的,一般都是小幅的。过去有帝王喜欢把春宫画挂在墙壁上欣赏,那样的画虽然大些,但也不过三五尺而已。这两幅画的风格也和以前大不相同,以前都是写实的,这两幅画却是变形的,魔幻的,诡异的。

朵儿仍然当他的助手,替他磨墨、洗笔、贴纸、调颜料。朵儿看着画纸上一点一点地出现各种色彩和图形,惊异地说:"我从来没有看到过这样的图画,也没有想到先生会画这样的图画。看得我真是心惊肉跳!"

金蝉儿有时也跑过来看。他来了,必会恭恭敬敬地问候袁不方,然后就站在一边观看,眼神里透着敬佩。他总会在恰当的时候给袁不方递上茶杯或者换掉用脏的洗笔水。袁不方对他说:"我答应教你画画儿的,可这阵子没空,以后有时间再教你。"金蝉儿腼腆地笑着,细声说:"能这么亲眼看着先生画画儿,就是我的福气。我真是大开眼界呢。"袁不方觉得这孩子确实招人怜惜,难怪许远那么宠爱他。

金蝉儿每次过来待的时间都不长,他怕许远那边随时会有事找他。许远的饮食起居都离不开他,办公的时候也需要他在一旁伺候。

晁梦麟主持的军民参拜皇帝画像的事情已经结束了,文案那边事情也不多,就待在屋里写他的文稿。写累了,也会饶有兴趣地看看袁不方画画儿。在看袁不方画的时候,他一直没说什么,等袁不方画完了,他站在两幅画前面仔仔细细看了一遍,叹口气,摇了摇头。

袁不方说:"晁兄,你不喜欢这画吧?"

晁梦麟说:"不是不喜欢。正好相反,是很喜欢。我叹气、摇头,是因为我一向倒是小瞧你了,这两幅画真要让我对你刮目相看呢。我相信我的文章是可以传世的,你这两幅画就像是为我的文章配的插图,若是能留下来,也是可以传世的。"

袁不方说:"我倒真没想过传世什么的,不过是把心里想到的东西画出来。要是不画出来,心里就好像堵得难受。"

朵儿告诉张巡,袁不方画了两幅"很怪"的图画。张巡得空也过来看了一下。金蝉儿也跟许远说过这两幅画,许远却正在为粮食大伤脑筋,没有时间也没有心情过来看。

张巡看过之后,大为赞赏,然后问:"你这画准备挂在什么地方呢?挂在这屋里,就只能让我们几个人看到。最好是能让很多人都看到。"

袁不方说:"你看挂在什么地方好?"

张巡想了想,说:"干脆,你找个什么地方,把它们画在墙壁上,可以画得更大,这样很多人都能看到了,可以激发军民同仇敌忾。你看怎么样?"

袁不方拍一下脑袋,叫道:"哈!这个主意好!"

袁不方先到太守府的大堂去看了看。他想能不能画在大堂两侧的墙壁上。可是大堂上挂着皇帝的画像，不太适合画这样的壁画。而且这里也不能经常让人随便来来往往。

太守府既然不合适，他就满城去找合适的地方。

睢阳城不大，也没有什么特色，和一些差不多大小的城一样，主街是一条大十字街。这条大十字街贯穿了东西南北，把城分割成四大块，每一大块里纵横交错着许多小街小巷。大十字街是城里最繁华的地方，不过与长安比起来，这繁华就相当有限了，无非是有几家酒肆饭铺，几家青楼妓馆，几家客栈骡马店，几家布店、鞋店、成衣店，再就是沿街摆摊的小贩们，卖菜，卖肉，卖小吃，卖水果干果，卖零零碎碎的杂货。这还是太平时候的景象。在城池被叛军围困的日子，满城笼罩着恐慌和紧张，人心惶惶，商贩们又不能出城去进货，吃的东西尤其匮乏，酒肆饭铺多半关了门，卖吃食的小贩难见踪影，客栈也没有过往的旅客来住店，昔日热闹的街市就日益萧条冷清。唯有青楼妓馆入夜后还有几分昔日的热闹，有些人怕城池随时会被攻破，性命难保，就想趁活着的时候享受最后的快乐。

近日叛军撤走，城门每天开几个时辰，商贩们又可以出城进点货，但是方圆几十里都被劫掠，进的货非常少。虽然如此，街面上渐渐还是有了点活气和热气。

谁也不知道叛军还会不会再来攻城。城里的人受了太多的恐惧和惊吓，很多人想趁休战的机会逃到别处去，却不知道天下还有什么太平的地方，又舍不得抛弃家产，便犹疑着不敢走，都心怀侥幸，企盼叛军不要再来。

袁不方是见过世面的人，睢阳的街市在他看来就像村镇一样，没什么看得入眼的，加上战事又吃紧，所以到睢阳以后也就没怎么逛过街，只到太守府附近的成衣店买过几件换季的衣服。这是他第一次出来逛街。他在大街小巷东游西逛，寻找适合画壁画的地方。找了大半天，走遍了大半个城，也没有找到合适的地方。

走到东门附近的一条僻静的街上，他看见一座寺庙，外面有粉白的围墙，那围墙比一般的围墙都高，有将近两丈，墙上似乎能画壁画，但是不知道庙里的和尚会不会答应。他走进大门，却见里面的庙宇破破烂烂的，殿堂里的佛像蒙满尘埃，梁柱上结着蛛网，里里外外不见一个人影，也听不见和尚念经的声音，好像废弃已久。他返身出来向住在近旁的居民打听。有人告诉他，这里曾经有师徒三个和尚，学过西域的密宗功夫，据说有夜御十女、金枪不倒的本领，在庙里设有密室，专门骗奸到庙里来烧香拜佛的良家妇女，城里城外被害的妇女不计其数。事情败露后，愤怒的民众砸了庙宇，把三个秃驴扭送到官府，太守许远将他们判了死刑。

袁不方心想：难怪围墙修得这么高，原来是在里面做这种勾当。他把那片围墙看了又看，终于还是放弃了在这里画壁画的打算。一是这个寺庙名声太坏，地方又冷僻，恐怕没有多少人会来看；二是他嫌这围墙不够高，画出来大概不会有他想象中那样气势宏大。

走出那条街，不远处就是东城的城门。这时已是黄昏，夕阳像一盏大红灯笼，把金红色的余晖映照在青灰色的城墙上，渲染出阴阳冷暖交融的色调。

袁不方望着高阔的城墙，眼睛一亮。这正是他要找的地方。

城墙有三丈多高，像一幅展开的巨大的画纸，城墙的青灰色冷凝沉重,正好与他的图画的基调相符,现成的可以作底色,不需要涂白。这里是人来人往的地方,地势又开阔,当初为了作战便利,靠近城墙的民居都被拆除了。在这里画壁画,城里的军民很容易就能看到。

他搓了一下手掌,心里说:好,就是这里!

十三

袁不方告诉张巡,他想把壁画画在东门两边城墙的内墙上。张巡也说那个地方好。张巡对他说,有什么需要帮助的,比如费用啊,人工啊,可以去跟许远说。

袁不方拿着画去找许远。许远很忙,除了筹粮,还要筹集其他军需物资。但他还是很仔细地看了袁不方的画,然后说:"袁先生这两幅画,真是惊天地、泣鬼神啊!画法也不落俗套。很好,很好。你需要什么,尽管说。"

袁不方已经想过,画壁画需要颜料和笔,当然不能用普通的颜料和笔,可以用油漆和刷子。这些东西他可以自己去买,他从京城带出来的金叶子还有不少,买这些东西是绰绰有余。他需要许远帮助的是在城墙前面搭两个架子,好站在上面画画。

他把这个意思跟许远一说,许远立即叫来一个衙吏,吩咐他马上跟袁不方去把这件事情办了。

那衙吏办事很干练,很快招来一帮民工,只用了大半天的工夫,就把两个架子照袁不方画的示意图搭好了。

袁不方去买油漆,跑了半个城,竟找不到一家油漆店。天气很热,他走得又累又热又渴,拖着疲惫的脚步,在街上胡乱地走,胡乱地找。走到一家小茶铺前面,他买了一碗凉茶,坐在凳子上喝。歇了一会儿,站起来正要走,对面一家店铺吸引了他的目光。那是一家棺材铺,两个伙计正在漆一口棺材。他连忙走过去,向那两个伙计打听,他们的油漆是在哪里买的。两个伙计都说不清楚。这时老板走出来了,笑眯眯地问他要买什么样的棺材。他说不是买棺材,是问一下哪儿有卖油漆的。那老板倒也热心,指点他:"往前走半里路,到十字路口往西拐,看见一家兴隆客栈再往南拐,那里有一条双柳巷,巷子口有两棵歪脖子柳树,巷子里面就有一家油漆店。"

袁不方知道了路径,人似乎轻松了许多,边走边问,走了不到半个时辰,就看到了两棵苍老的歪脖子柳树。

这是一条很窄很深的小巷,这小巷就像在打盹一样,静静的,大白天里也听不到人声。袁不方走进去,东张西望。小巷两边好像没有什么店铺,许多人家都关着门。原来这里是几座大宅院的背面,那些关闭着的门都是后门。走了好一阵,才看见有一家店铺的门半开着,屋檐下挂着一块破旧的招牌,招牌上的字迹已经漫漶残缺,但是还能看得出是"钟氏漆店"几个字。进到幽暗的店堂,里面没有柜台,也没有人,杂乱的堆着一些木桶之类的东西。

袁不方大声喊:"有没有人哪?"

过了一会儿,店堂的后门出现一个人影,从身形看,像是一个纤瘦的少年,走近了,才看出是个年轻女子。她的头发随随便便地绾着一个发髻,和男人的发式差不多,猛一看还真不知道是个女子。她穿一件轻薄宽松的短衫,短衫的式样很像半臂,袖子却比半臂长,领子没有半臂敞露。看得出里面没有穿别的衣裳,身体和双臂稍动时,微颤的乳房便在袖口和领口时隐时现。袁不方想，半臂是穿在衣裳外面的，像这样贴身穿，倒也别致，看来这女子有点不寻常。她下面穿着一条肥大的裤子，这也和时尚不一样，时尚是穿曳地的长裙。她的脚上是一双平头小花细草履，和衣裳裤子配在一起，显得清爽凉快。袁不方对女人的衣着一向很注意，看见这身不拘一格的穿着，心里暗暗喝了声彩。

女子见袁不方在打量她，微笑着说："你有什么事情吗？"

袁不方说："哦，我想买油漆。"

他的眼睛仍然看着她。她的脸上没有化妆，与袁不方见过的许多女人相比，也不算十分美貌，但是她神情非常明朗，说话微笑间有说不出的生动。她被这个陌生的男人注视着，却没有一点羞涩，很随意自在地望着他，说："油漆？你要什么样的油漆？这儿大概只有黑色和红色的油漆。"

她指了指那些木桶。袁不方的画是彩色的，只有黑色的和红色的怎么办？他思忖了一会儿，心里有了主意。只用黑色和红色两种颜色，或许更能表现出他的画的立意。而且黑色和红色可以调出类似生褐、熟褐、赭石的各种颜色，画面也不至于单调。

袁不方问她，把这些油漆都买下来要多少钱？她睁大眼睛，惊讶地说："漆棺材要这么多油漆吗？"

袁不方笑起来，告诉她不是漆棺材，是要在城墙上画两幅很大的壁画，他也不知道需要多少油漆，干脆都买了去。她也笑起来，说："以前有几次来买油漆的都是漆棺材的。我以为你也是呢。你要是用得着，就把这些油漆都拿去吧。"

袁不方大为困惑,觉得她不像店主,哪有这样做生意的?他从腰带上解下装金叶子的小布囊,松开系口的带子,递到她面前说:"怎么能不要钱呢?你看要多少钱,你自己拿吧。"

她探头看了一下,高兴地说:"哟,金子!那我就随便拿啦!"

她伸手从小布囊里拈出一片金叶子,在袁不方眼前晃了晃,笑着说:"这回我可赚了大钱啦!"

袁不方还想说什么,她已经跑到门口,回头说:"我去叫人帮你搬运。"说完人就不见了。

等她回来的时候,身后跟着两个汉子。她指点两人把油漆桶一个一个往停在门口的毛驴车上搬。

袁不方问她有没有刷子,她说好像有,就在几个旧柜子里翻来找去的,真还找到一捧大大小小的刷子。她把刷子交给袁不方,随即声明:"这是奉送的,不收钱。"

袁不方笑笑,谢了她,吩咐两个汉子把油漆运到东门,他拿着刷子,跟在毛驴车后面走。那两个人路熟,这次是从小巷的另一头走出去的,拐过几条街巷,就到了太守府前面的那条街。袁不方这才知道,双柳巷离太守府并不远。

赤日炎炎。袁不方挥汗如雨地站在架子上画壁画。过往的男人和不当值的士兵多半都光着膀子。袁不方平日穿衣虽然很随意,但是不习惯光膀子。他在架子上爬上爬下,用木炭条在城墙上勾画轮廓。他画得很快,汗也出得多,衣裳的前胸后背都湿透了。他想喝口水,却想起忘了带水来,只能忍着。本来朵儿是很愿意来给他当助手的,但是被他谢绝了。朵儿是张巡的妾,在大庭广众之下过于抛头露面,毕竟不太合适。金蝉儿又是许远离不开的人,也不能来帮他。

时近中午,天气更热了,他准备回太守府去歇一会儿,喝点水,吃点东西。他正要从架子上爬下来,听见下面有人叫:"嗳!画画的!"

他往下一看,竟是"钟氏漆店"的那个女子。她今天没有穿那件半臂式的短衫,穿了一件圆领窄袖的衣裳,头上戴着一顶宽檐笠帽,手里提着一只竹篮。

还没等袁不方说什么,她已经很轻捷地爬上了架子,来到袁不方身边,从竹篮里拿出一个水壶,说:"喝点水吧。"

袁不方是渴极了,也不客气,拿过水壶就咕噜咕噜喝起来。喝够了,舒坦地抹了抹嘴,随口说:"谢谢你,掌柜的。"

女子说:"你不要叫我掌柜的,我叫钟七月。"

袁不方说:"你也不要叫我画画的,我叫袁不方。"

两人都笑起来。

袁不方说:"你叫钟七月,一定是七月里出生的吧?"

钟七月说:"是啊。你叫袁不方,是什么意思呢?"

袁不方说:"没什么意思,其实就是一句废话。圆的自然不是方的,这不是废话吗?"

钟七月又笑:"你这人真有点傻,哪有这样糟践自己名字的?"

袁不方喝足了水,也不觉得那么热了,就在架子上坐下来。钟七月坐在他旁边,从竹篮里拿出几个碗盏,是一碗小米粥、一叠煎饼、两个咸蛋、几根洗净的大葱和一碟酱萝卜。袁不方喜出望外,笑嘻嘻地说:"哎呀,这么丰盛啊,我很久没有吃过这么好的东西了!"

因储备的粮食不多,又是休战时期,军队的口粮减少了许多,通常每餐只能吃一个面饼和一碗稀粥,袁不方、晁梦麟和太守府其他的人也一样。

钟七月说:"那你就都吃掉吧。"

袁不方津津有味地吃起来,吃得差不多了,才想起钟七月还没吃,连忙停下,歉疚地说:"你怎么不吃啊?我一个人都快吃光了。"

钟七月说:"我吃过了。你只管吃。"

袁不方就把剩下的东西都吃了,摸着肚子,心满意足地说:"痛快啊痛快!"

钟七月说:"早上我就到这儿来看过。你真厉害,画这么大的画。"

袁不方说:"我也是第一次画这么大的画,画得好画不好心里也没底。"

钟七月说:"听口音,你是京城人吧?"

袁不方说:"是啊。你去过京城吗?"

钟七月说:"我在京城住过几年。就住在开元寺后面。"

袁不方说:"开元寺的烤鸭很好吃的。"

钟七月说:"好吃是好吃,就是太油腻了。"

吃饱喝足了,歇也歇过了,袁不方重新开始画起来。钟七月见帮不上什么忙,就把那壶水给他留下,收拾好碗盏,提着竹篮回去了。

袁不方勾画好两幅壁画的轮廓,太阳已经西斜。他见时辰不早,人也很累了,就收工回去了。

第二天,袁不方开始涂颜色。这活儿比用木炭条勾画轮廓要费心费力得多。他没有用油漆画过图画,一开始把握不好,油漆滴得到处都是。摸索了半天,才找到窍门,画起来就顺手多了。他用黑色和红色调出各种层次的中间色,画出来的效果和他想象的一样,他感到很满意,心里就有了底。

钟七月又在中午给他送来茶水和饭菜。袁不方也不推辞,拿来就吃。吃完饭以后,钟七月没有回去,留在那里给他当助手。袁不方把调好的颜料放在不同的碗里,一会儿要用这种颜色,一会儿要用那种颜色,换来换去不方便,正好需要一个助手帮他拿拿颜料、洗洗刷子,做点杂事。

以后钟七月每天都来,给他送茶饭,给他当助手。

青灰色的城墙上每天都有新的变化,墙面上出现越来越多形形色色的图像。观看的人也越来越多。走过东门的人几乎都要停下来看一看。有些人还特意从别的地方跑来看。

钟七月像个小孩似的,看的人越多她越有劲,一会儿拿块湿巾给袁不方擦汗,一会儿把茶水递到袁不方手里,也不顾自己满脸是汗,鬓发都沾在了脸颊上。袁不方说:"看你这样子,好像比我还忙。"钟七月说:"你不知道我天天闲在家里都快闷死了,有事情忙才好呢。"

天气越来越热。袁不方是个不会照料自己的人,从来不洗衣服,换下来的衣服都扔在床边,每次洗过澡就随手捞一套穿上。钟七月看见他的衣服上有一圈一圈白色的汗渍,还有一块一块斑斓的油漆,忍不住说:"这么脏的衣服,你穿着不难受啊?你把衣服脱下来,我帮你洗一洗。"

袁不方说:"脱下来,我穿什么啊?我最不喜欢光膀子。"

钟七月说:"那就等收工了到我家去,我帮你洗,你可以穿我爹的衣服。"

袁不方到过"钟氏漆店"的店堂,店堂里堆放的油漆搬走以后,屋子里空荡荡的,又脏又暗。他跟着钟七月穿过店堂,从后面的一扇小门进去,眼前豁然一亮,他没想到里面竟是一个很大的院子,院子里有几棵枝叶繁茂的大树,还有修剪整齐的花草。院子东面靠近围墙有一座假山,西面有一排五间房子。

钟七月领着袁不方到中间的几间房子里看了看。房子里的陈设很简单,却很洁净。袁不方东张西望,没有看见一个人,不由问:"你家里怎么没有别的人啊?"

钟七月说:"就我一个人住在这儿。"

钟七月到里屋去找出一套男人的衣服,把袁不方带到最北面的一间小屋。小屋里有一个很大的木盆,靠墙的大水缸里盛满了清水。钟七月说:"你就在这儿洗个澡吧。洗完了把这衣服换上。这是我爹的衣服,好像稍微大了点,将就穿穿。"说完就出去了。

袁不方把水缸里的水舀到木盆里,稀里哗啦地洗起来。

洗完澡,换上干净的衣服,袁不方浑身舒泰,哼着小曲走到院子里。钟七月已经在大树下面放了一张竹榻。袁不方坐在竹榻上,仰头看着天空。天空中的淡红色被铅灰色侵染着,渐渐消失,天色越来越暗。

钟七月搬来一个小桌子,在小桌子上放一盏油灯,然后从厨房端来两碗面条,面汤上漂着葱花,闻起来很香。

两人一边吃,一边说话。钟七月问袁不方怎么舍得离开家小跑到这危城来,袁不方说:"我是孤家寡人一个,四海为家。"袁不方问钟七月怎么一个人住在这里。钟七月说:"这可要从头说起了。"

她说,她从小丧母,跟着父亲长大。父亲是做油漆生意的,生意曾经做得很大,经常到京城去。她十七岁时嫁到京城,婆家是开灯笼作坊的,家里只有娘儿两人。她丈夫生性懦弱,婆婆却精明强干。她很喜欢到作坊去看灯笼,尤其是快到元宵节的时候,各种各样的灯笼非常好看。她爱和工匠一起做灯笼。婆婆说她太"野",又看不惯她穿着大胆随意,常常数落她。嫁过去三年,她还没有生育,婆婆整天板着脸,丈夫夹在中间也很苦恼。后来婆婆要给儿子娶妾。她就对丈夫说,我们结婚几年,我没有给你多少快乐,反让你增添烦恼,大约也是我们缘分不合,既然这样,不如放我回去。丈夫犹豫再三,终于给她写了一张"放妻书"。前年,她回到睢阳,和父亲一起过。今年年初,父亲患病去世。她就把剩下的货物半卖半送,准备着"钟氏漆店"关张。

袁不方从来没有见过"放妻书",觉得很稀奇,就说想看看。钟七月回到屋里去把那张"放妻书"拿来。袁不方凑在油灯前看。"放妻书"上说:夫妻本应是天定因缘,若是两人不合,反生诸多烦恼。如今我俩难同一心,情愿放妻归去。今后无怨无悔,两不相干。愿娘子归去之后,另选佳偶,重缔良缘。

袁不方看完,笑着说:"娘子准备什么时候另选佳偶、重缔良缘呢?"

钟七月微笑不语,只是望着他,眼睛在夜色中亮亮的,好像有两只萤火虫飞进了她的瞳仁。

离开钟家，走在幽暗宁静的小巷里，袁不方想，这女人是喜欢他的，他也是喜欢她的，她和他以前遇到的女人都不一样。这么想着，他的心里荡起从未有过的愉悦。

十四

袁不方每天多了一件事情。他早上把换下来的脏衣服带到画壁画的地方，收工的时候把钟七月洗干净的衣服带回去。他好像刚刚才发现，穿干净的衣服比穿脏衣服舒服得多。

一天午后，钟七月说家里没有菜了，街上又很少有卖的，她要到城外去买点菜。袁不方叮嘱她不要走太远，一定要赶在城门关闭之前回来。

过了一个多时辰，钟七月还没有回来，袁不方心里有点不安，画画的时候总是朝城门看。天色渐渐阴霾，好像要下雨了。袁不方几次把颜色涂错。他自己也感到奇怪，他一向独来独往，从来没有像这样牵挂一个人。

眼看快到关闭城门的时候了，钟七月还没有回来。袁不方焦急起来，从架子上下来，正想到城门口去看看，却见钟七月挎着篮子，急匆匆地从那边走过来。这时，城楼上响起了关闭城门的号角。

钟七月满脸是汗，她摘下笠帽，拿在手里扇着，喜滋滋地把篮子给袁不方看："你看我买了什么？"

篮子里有一些新鲜蔬菜，有几个鸡蛋，还有一条半尺多长的鲤鱼，鲤鱼的嘴巴翕动着，尾巴还在摇摆。

钟七月说："我走了好几个村子才买到这些东西，这鱼还是人家刚钓上来的呢。"

袁不方原想埋怨她几句，看见她兴高采烈的样子，又不忍心埋怨她了，只说："这倒真是稀罕物！"

钟七月说："我先回去烧菜，等会儿你过来吃晚饭。"

袁不方又画了一会儿，收拾好东西，正准备走，忽然下起了一阵急雨。他跑到城门的门洞里躲雨。这雨来得快也去得快，过了不到半个时辰，雨就停了，天上的阴云飘散，西斜的太阳重新露出头来，青天白日，一派清爽明净。

袁不方到钟家去，看见屋檐下"钟氏漆店"的招牌摘掉了，门虚掩着。他推门进去，把门关好，走进后面的院子，没有看见钟七月，就喊了一声："嗨，我来了！"

从最北面的小屋里传来钟七月的声音："我在这儿呢！"

那小屋的门半开着，袁不方推开门，刚走进去，人就僵在那儿了。

钟七月刚洗好澡，正站在木盆旁擦干身子。屋子里光线暗淡，侧面的窗口有亮光透进来，她的身体就成了半明半暗的，亮光在她身体上勾勒出圆滑起伏的曲线。她的头发披在肩上，身上还在滴着水珠。空气中仿佛有暗香飘浮，是新鲜的女人肉体的气味。

袁不方整个身心都感觉到了这种气味。他想退出去，但是挪不开脚步。

他勃起了。突如其来地，毫无预兆地勃起了。他啊哟一声，狼狈地弯下腰，心里却充满惊喜。他已经很久很久没有像这样生龙活虎地勃起了。

钟七月看得分明，抿嘴一笑，说："我原来以为你很文雅呢！"

袁不方苦笑说："文雅什么，我本来就是一个大俗人。"

钟七月说："那就来做大俗人的事情啊。"

她的声音有点颤抖，眼光迷离，脸颊绯红。

两个人都是迫不及待了，也不讲温柔缠绵，也不要序幕，直截了当就在湿冷的地上做起了"大俗人"的事情，做得痛快淋漓，大汗淋漓。

热潮退去以后，两人依然厮缠在一起。钟七月搂着袁不方的脖子，在他耳边说："你真厉害！"

那天夜里，袁不方没有回太守府，留在钟家了。在钟七月的床上，两人像一对青春年少的新婚夫妇，初尝滋味，贪得无厌，翻云覆雨地几乎癫狂了一夜，直到将近黎明时才精疲力竭、心满意足，相拥相抱着睡了过去。

袁不方觉得四肢百骸气血流通，舒畅之极。他弄不明白，以前他看过、画过那么多裸体女人，早就无动于衷了，怎么会在看到钟七月裸体的一瞬间，像遭了雷击似的，身上一根淤塞的经脉好像突然就打通了，使他重新变成血气方刚的少年。

一连几天，袁不方白天在东门画壁画，晚上在钟家过夜。他自己也感到奇怪，夜夜欢娱，白天却比原来更有精神。

他对钟七月说："你一定是一支千年人参。"

钟七月做个鬼脸说："我是千年狐狸精。"

钟七月仍然每天给袁不方送茶饭，给他当助手。她不管周围有许多人在观看，众目睽睽地就敢和袁不方亲昵。袁不方悄悄说："你再这样，我可要出丑了！"她就笑得浑身乱颤。

晁梦麟几天不见袁不方的踪影，跑到东门来找他。晁梦麟说："这几天你住在哪里啊？我还以为你离开睢阳了呢。"袁不方支支吾吾。晁梦麟看看站在他身边的钟七月，心里有几分明白了，就不再问什么，背着手，昂着头，看城墙上的画。

这天晚上，袁不方跟钟七月说好了，要回太守府去住两天，看看有什么事情。钟七月不太情愿，袁不方趁周围人少的时候捏一下她的鼻子，说："你不知道吗，小别胜新婚。"钟七月说："我哪有你知道得多。"

回到太守府，晁梦麟告诉他，有消息说叛军可能又要来攻打睢阳。"你如果想离开睢阳，就趁早走，不然恐怕就来不及了。"袁不方说："我们是一起来的，你不走，我怎么会走。"晁梦麟说："好！我早就说过，现在正是千载难逢的建功立业的大好时机，怎能错过？"

过了两天，叛军并没有来。袁不方抓紧时间画画，直到天黑看不见了，才和钟七月一起回到她家。

那天，天气热得异乎寻常，入夜后仍然热气蒸腾，没有一丝风。钟七月去做饭，袁不方先洗了澡，光着膀子坐在竹榻上乘凉。说是乘凉，哪有半点凉意，不一会儿身上又粘乎乎了。钟七月在厨房忙碌，更是热得难受。她一回家就换了一件式样像诃子的薄薄的内衣。诃子是没有肩带的，要在胸脯下面系两根带子，她穿的内衣有半寸宽的肩带，无须在胸脯下面系带子，比诃子更通透。虽然穿得不能再少了，还是热得汗流浃背。

钟七月把饭菜端到院子里。两人草草吃完饭，钟七月收拾了碗筷，端一盏油灯，拉着袁不方的手说："走，我带你到一个凉快的地方去。"

袁不方不知要到哪里去，就跟着她走。她拉着他走到院子东头的假山后面，拨开两棵小树，假山显露出一个半人多高的洞口。弯腰走进洞口，跨过一道尺许高的石坎，钟七月把油灯交给袁不方，俯身掀起一块铁板，露出一个方形的地洞。从地洞下去，有一级一级的台阶。走下台阶，袁不方看见一间密室，心里不由暗暗叫奇。那密室有一丈见方，一人多高。钟七月已经把密室收拾得干干净净，地上铺着枕席，角落里有便桶和一盆清水。

袁不方说："奇怪呀，你家怎么会有密室？"

钟七月说，这所房子原来的主人是一个江洋大盗，被官府缉获后处死了，房子被官府拍卖，她父亲见卖得便宜，地方又僻静，适合养老，就买了下来，住进来以后很久才无意中发现了这个密室。

袁不方说："有没有发现金银财宝啊？"

钟七月说："哪有什么金银财宝，只有一些破被褥什么的。"

钟七月去洗澡。袁不方东瞧西看，看见顶壁上有几个酒杯大的小孔，小孔里插着竹管，料想是通气的，不知通向什么地方。

密室里暑气不侵，比地面上阴凉得多，待了一会儿，袁不方身上的汗就收干了。

钟七月洗澡回来，竟光着身子，只跐一双鞋。

袁不方说："哈，你真豪放！"

钟七月说："外面黑咕隆咚的，又没有人，怕什么。再说，就是穿上衣裳，这会儿不还得脱掉吗？"

袁不方说："有道理，有道理。"

两人在席子上躺下来。油灯就放在枕边。两人第一次在一起过夜的时候,钟七月要把灯吹灭,袁不方说看女人动情时的神态是一大享受,以后就一直亮着灯行事。

旷了两夜,两人的情欲都已喷薄欲出,袁不方却忍耐着,使出行家的本领,慢慢地细细地调弄她,弄得她嗯呀哎呀的,又像笑又像哭,又像舒服又像难受。袁不方存心要吊足她的胃口,故意在她身上磨磨蹭蹭。

钟七月终于忍不住,半是撒娇半是调笑地说:"蓬门早已为君开,为何迟迟不进来!"

袁不方嘿嘿坏笑着说:"娘子如此好客,莫怪小生莽撞了!"

说罢,昂然而入。钟七月呀了一声,脸上立时阳光灿烂。袁不方被这阳光眩惑,情不自禁地亲吻着她的脸。

钟七月昏迷似的闭着眼睛,身体却在微微颤抖。她把袁不方抱得更紧,不让他稍有松脱。

静默片刻,钟七月像从沉睡中醒来,叹息说:"真好,真舒服。"

袁不方说:"你是结过婚的人,难道以前就不知道有这么舒服?"

钟七月说:"那不一样。"

她说,她丈夫在床上只会直来直去地闷头做事,做得又快,三下两下就完事大吉,弄得她总是像一锅烧得半热的水突然没有了柴火。还不能有声响,缩手缩脚的,生怕婆婆会听见。婆婆疼爱儿子,常常在外面听,听见什么动静,就叫着儿子的名字说:"早点歇息啊,别弄坏了身子!"因此结婚三年她还没有真正畅快过。

说到这里,她停了一下,睁大眼睛望着袁不方,皱着眉头，忧心忡忡地说："自从遇到你，我怎么就老是想做这事呢？你说我是不是变成了一个荡妇啊？"

袁不方把她揽到怀里，抚摸她的头发，笑着说："荡妇好啊，我就是喜欢你这个小荡妇呢。你是荡妇，我是浪子，天造地设的一对。"

钟七月也笑起来，笑得傻傻的，很开心。

壁画完成了。

左边的一幅壁画标题是《炼狱图》。色彩以黑色、红色和不同深浅的褐色为主。最上面是一片无边无际的黑色，让人联想到无边无际的炼狱一般的黑暗、沉重、冷酷、恐怖、绝望。中间是像土地一样的大片褐色，褐色渐变，过渡到红色。最下面是一片无边无际的红色，让人想到无边无际的血海，被黑色压榨出来的鲜血。左上角是一个庞大的怪物，怪物的头像龙又像鳄鱼，身体像猪。怪物大张着嘴，那无边无际的黑色就像是从它嘴里喷出来的。右上角是一只形似乌鸦的红色的大鸟，大鸟头朝下，脚朝上，两只翅膀折断了，无力地耷拉着，正在向下坠落。这只大鸟就是太阳。大鸟的下面是一排排人形，有男有女有老有少，全部倒悬，头朝下、脚朝上，有的头颅与颈项断裂，有的缺胳膊少腿，纷纷向血海坠落。中间的大片褐色中，浮雕似的画着一个老妇人的脸，脸上的皱纹像干旱的土地龟裂了，她的眼睛闭着，没有任何表情，默默承受着苦难。老妇人的左边，也就是龙头猪身的怪物的下面，是一群面目狰狞的恶人，正在烧杀掳掠。有个恶人用刀劈开一个孕妇的肚子。另一个恶人的脸上没有眼睛鼻子，只有一张血盆大嘴，大嘴里吞噬着一个婴儿。老妇人的下面是四个张嘴大笑的恶人，他们的胯间都翘起一根像狼牙棒一样长着刺的阳具，他们的脚下躺着一个赤裸的少女，少女四肢张开，两腿间流淌着鲜血。

右边的一幅壁画标题是《决胜图》。色彩也是以黑色、红色和不同深浅的褐色为主。但是正好与《炼狱图》相反，最上面是一大片红色，最下面是一大片黑色，中间也是渐渐变化的褐色。这是暗寓反击叛军的战火正在驱走黑暗。画面的右上部分画了三个威风如金刚的将军，面貌与张巡、南霁云和雷万春相似，却不是十分相似。貌似张巡的将军高举利剑，怒目圆睁，似乎正在呼喊"杀敌"。貌似南霁云的将军眯着眼睛，张弓搭箭，弓弦已拉满，正待射出。貌似雷万春的将军脸上插着六支箭，血流满面，他仰天怒吼，一只手拔出插在脸上的一根箭杆。画面的下半部分是横亘的城墙，画了雍丘保卫战和睢阳保卫战的三个场面。右边是叛军大举攻城，官兵用刀枪、弓箭和石块与叛军殊死战斗。中间是"草人计"，城墙上挂着许多草人，城外的叛军纷纷射箭，草人身上插满了箭矢。右边是最近的一场大战，叛军主将翻身落马，左眼插着一支箭，官兵人马冲出城门，冲向敌阵，叛军丢盔撂甲，抱头鼠窜。

那几天，这两幅壁画成了睢阳城里最大的新闻。几乎全城的人都陆陆续续跑来看稀奇。谁也没有看过这么大的壁画，又是画得这么惊心动魄。每天从早到晚都有人站在壁画前面，惊叹，咋舌，指指点点，议论纷纷。看了左边的壁画，很多人说，若是叛军攻破了睢阳城，我们只怕也是这样的下场啊！看了右边的壁画，很多人说，多亏有张大人他们拼死守城！第一次看的人免不了要问是谁画的，看见过袁不方画画的人就不厌其烦地一次一次告诉他们是怎样怎样的一个人画的。知道一点底细的人说是京城来的一个画师画的。但是谁也不知道画师的名字。那份叩请皇帝多纳嫔妃、多生龙子的请愿书的发起人和撰写人朱秀才用权威的语气说,一定是皇帝派来的宫廷画师画的。朱秀才素来有些人望,他这么说,大家怎么能不相信呢?

朵儿也去看了壁画。朵儿自从到睢阳以后,没有迈出太守府一步。她叫金蝉儿陪她去看。看到老师的画引起全城轰动,她觉得自己脸上仿佛也有光彩,虽然别人并不知道她是那位画师的学生。她很想和袁不方说说话,但是看不见袁不方的人影。袁不方有很多天没有到太守府去了。

外面很热闹,新闻的中心人物却没有露面。袁不方画完壁画,大大地松了一口气,躲在钟家闭门不出,清闲了几天。

说是清闲,也没有完全闲着,袁不方为钟七月画了一幅像。

他对钟七月说,那天他看到她洗澡的时候,心里就想为她画一幅像。

画这幅画的时候他的心境与画壁画的时候截然不同。在画了一个多月的黑暗、鲜血、杀戮和恐怖之后,再来画一个女人的美丽的身体,他的心境就像万里晴空。

在这幅画中,裸体的钟七月屈膝坐在草地上,头发披在肩后,身体稍向右边倾斜,右手撑地,左手搭在腿上,姿势很随意,很自然。她的眼睛和嘴角隐隐含着笑意,表情也很随意,很自然。以时尚的眼光来看,她的容貌和身材都不够完美,她没有贵妃式的艳丽的满月脸,也没有柔若无骨的丰腴的肌体,但是在她的脸上和身上,在她随意自然的笑意和姿态间，处处透出生气和活力，就像地上的青草一样。

袁不方在这幅画上尝试了一种新的技法。那天他看见钟七月的身体在半明半暗的光线中显得特别诱人，印象非常深刻。他跳出以往只用线条勾画形体的窠臼，用不同深浅的颜色渲染人体的明暗色调，画中的裸女果然有了立体和肉质的感觉，异常逼真。这是他的老师也不曾用过的技法，他心里很是得意。

他把这幅画题名为《奇花图》。

钟七月看了画，说："我有这么好看吗？"袁不方笑而不答。她在画上看来看去，又说："奇花图？我怎么没有看见花啊？花在哪儿呢？"

袁不方指指她的鼻子说："你就是花啊。人都说女人如花，但不知此花不是彼花，彼花是草木之花，此花却是天地阴阳历经几千几万几亿年交合方才生出来的奇花。"

钟七月说："你说得太深奥，我可听不懂。"

说是听不懂，她脸上却溢满笑容。

叛军卷土重来。

主帅仍然是尹子奇。两个月前,尹子奇被南霁云一箭射中左眼,因为距离太远,那支箭后劲不足,箭头没有深入脑髓,他保住了性命,左眼是无法挽救了。随军郎中把那支箭连同破碎的眼珠一起剜出来,留下一个狰狞可怖的血洞。伤口愈合以后,他戴上了一个黄金做的眼罩。

叛军到达睢阳以后,第一天和第二天在城外安营扎寨,第三天开始攻城。尹子奇派他的副将在阵前指挥,自己坐在营帐里遥控。他戴的黄金眼罩太显眼,他不想再做一次箭靶。这次卷土重来,他自认为胜券在握。他做了充足的准备,补充了兵员、粮草、武器、装备,打造了新的攻城器具,而且他深信已经摸准了敌人的脉搏,即使他不去亲自督阵,也能够获胜。

攻城的一方有备而来,守城的一方也不曾有丝毫懈怠,在休战期间做了充足的准备。城头上到处是一捆一捆的箭和一堆一堆的石块。这些箭是工匠们夜以继日制作的,石块是士兵和民夫一锤一凿从附近的山上采来的。

张巡和南霁云站在东城的城头上,遥望敌阵。东城外面地势开阔，一向是敌军的主攻战场。

时令已入秋，清晨有些凉意。城头上的官兵有一半手执兵器，严阵以待；还有一半横七竖八地躺在地上睡觉。在敌人没有发动进攻的时候，他们轮流休息。他们都睡得很熟，露水浸湿了衣甲，凉气渗进肌肤，他们却浑然不觉。

太阳升起，视线中的景物越来越清晰。张巡看见敌阵中出现了一个小山丘，看得出是用装满泥土的草包堆起来的。这是昨天没有的。他一时还猜不透敌人的用意。敌阵中还有几个极其庞大的家伙，像一座座小城堡，巍峨耸立，下面还有轮子，显然是一种新式的攻城器具。这是前一天就看见的。他数过，一共有八座。这些东西并没有使他感到威胁。他手里也有新的秘密武器。他相信，战争的胜负，说到底是靠人，再说到底，是靠天意。

袁不方和晁梦麟也在张巡身边观看。晁梦麟上次没有机会参战，这次唯恐又错过机会，拉着袁不方，每天都跑到城头上来。袁不方这几天住在太守府，没有到钟七月家里去。他虽然自称浪子，却也知道大敌当前，不能独自躲在温柔乡里享艳福。

叛军开始调动人马，排兵布阵。脚步声、马蹄声踏碎了清晨的寂静，初升的太阳在飞扬的尘土中失去辉煌，变得混沌昏沉。

张巡命令号手吹起号角。躺在地上睡觉的士兵被号角声惊醒，纷纷拿起武器，各就各位。

叛军的阵势与以前大致相似，最前面的方阵是先锋队，第二方阵是弓箭队，第三方阵是攻城队；不同的是第三方阵中多了那个小山丘和八个小城堡似的庞然大物，小山丘的前面和两边空出了几条通道。

进攻的鼓声响了。

袁不方有过一次经历,不再像上次那样心脏狂跳。晁梦麟表面看起来很镇定,眼睛却不停地向四处张望,好像在寻找什么。过了一会儿,他终于忍不住,悄悄问袁不方:"这儿有没有撒尿的地方?"袁不方说:"在这儿还讲究什么,随便什么地方都能撒。"晁梦麟说:"人多我撒不出来。"袁不方回头看看,指着城楼说:"你去看看,那后面大概没有人吧。"

晁梦麟自己也不知道是怎么回事,半个时辰之前撒过一大泡尿,这会儿又憋得尿脬像要胀破似的。他跑到城楼后面的角落,那里果然没有人,只有刺鼻的臭气和臊气,地上尿液横流,还有几坨干结的和新鲜的粪便,一群绿豆苍蝇围着粪便嗡嗡乱叫,飞来绕去。他感到恶心,就抬头望天,眼不见为净,一边扯开裤子,放开闸门。他原以为会有一场滂沱大雨,不料只洒下几滴细雨。他抖抖余沥,系好裤带,回到前面。

叛军正在向城头上射箭,晁梦麟不知厉害,没有猫下腰,直着身子走到女墙后面,几支箭嗖嗖地从他身边擦过,其中一支掠过他的头顶,把他的帽子射飞。吓得他"哎呀"一声大叫,一屁股坐在地上。

袁不方听到他的叫声,吃了一惊,急忙猫着腰过来,问他受伤没有。

晁梦麟发了一阵呆,方才清醒,伸手摸摸头顶脸面,又摸摸身体四肢,没有发现受伤的地方,一颗心才放回胸腔。他恨恨地骂:"驴鸡巴日的,差点要了老子的命!"

袁不方与他相处几个月,第一次听他用粗话骂人,不由嗤的一声笑起来。

在箭雨的掩护下，叛军开始攻击。第三方阵的士兵大约有一半排队跑到那个小山丘下面，每人扛起一个装满泥土的草包，冲到护城河前面，把草包扔进护城河，然后再返回去取草包。护城河里没有水，一个个草包扔进去，尘土像烟雾一样腾起来。以前进攻的时候，他们都是把跳板搭在护城河上，通过跳板到达城墙下面；这次显然是要把护城河填平，好让那些带轮子的庞然大物靠近城墙。

南霁云命令城头上的士兵射箭。许多叛军中箭，或死或伤，更多的叛军仍然来来回回扛着草包往护城河里扔。那个小山丘眼见着低下去，护城河底眼见着高起来。有些叛军在填了一半的护城河上中箭倒地，后面的人不管他们死活，继续扔草包，把他们埋在下面。护城河里不时传出凄厉的惨叫。

攻守双方的箭射得更加密集。袁不方像上次一样，举起石块往下扔。晁梦麟经过一场虚惊，已镇定下来，也学袁不方的样子，探头探脑地往下面扔石块。扔了几块，忽然想到自己应该比袁不方更加英勇才是。他看见旁边有一张弓和几支散落的箭，是受伤的士兵丢弃的，就去捡起来，猫着腰，把箭搭在弓上，用力拉开，然后快速站到垛口后面，也无暇瞄准，惊鸿一瞥，就把箭放了出去。箭一脱手，又快速闪到女墙后面，一副身手敏捷的架势。一连射了几箭，可惜膂力不逮，虽然用足了全身力气，弓弦也只拉开一半，射出去的箭就像老头儿撒的尿，虚飘飘的，飞到中途就落下去了。即使这样，他心里已经很满意，毕竟亲身参加过战斗，做一个历史撰写者的底气就更足了。

叛军付出死伤数百人的代价，在护城河上平铺了八条通道，每条通道有六七丈宽。

一声号令，那八个庞然大物同时启动。因为高大宏伟又有轮子，叛军把它们叫作"冲天车"。叛军在攻打雍丘的时候，使用过木楼，这冲天车有类似木楼的地方，却比木楼大得多，也不像木楼那样直通通的，它有从后向前升高的阶梯式的五层平台，每层平台可以站五十人。最高也是最前面的一层平台比城墙高出大约三尺，可以居高临下地攻击守军。冲天车的两侧和中间各有六个大轮子，两侧还各有五根六尺来长的推杆，每根推杆配五个壮汉。推杆前面有倾斜的木板，遮挡从前上方来的箭石。最高一层平台上站着一个人，穿戴厚重的铁盔铁甲，脸上戴铁面罩，刀枪箭矢不能伤身，称为"铁人"。铁人动作笨拙，无法作战，他的职责是指挥冲天车。

冲天车太庞大，天底下没有任何一条道路可以让它行走，所以是可拆装式的，运载的时候拆成几大块，到达目的地后再拼装起来。

八座冲天车一字排开，对准护城河上铺平的八条通道，车顶上的铁人高喊口令，下面的壮汉们齐声呼应，倾力推车，车轮吱吱尖叫着，缓缓向前移动。

冲天车一开动，攻城的队伍立即紧跟在后面，向城池靠近。冲天车就像巨大无比的盾牌，挡住了城头上射来的箭。

冲天车碾过护城河上的通道，在离城墙五六尺远的地方停住。铁人退到下面一层平台，举着一面三角旗，高声呼喊："冲上去！冲上去！"

跟在冲天车后面的人迅速爬到车上，五层平台眨眼间站满了人。更多的人从冲天车的两侧散开，把一架架云梯靠在城墙上，向上攀爬。

城头上的官兵已经做好准备，把兵力集中到冲天车靠近的地方。他们对付冲天车的主要武器是弩、长枪和火。弩是有机械装置的弓，射程没有弓远，但是操作便捷，有的弩还能连射，因此适用于较近距离作战。

叛军刚爬上顶层平台，官兵的弩箭队立刻扳动机括，几十支利箭齐出。因距离近，力道足，不须瞄准也很容易射中目标。长枪队用丈把长的长枪向叛军乱刺乱戳。叛军或中箭，或中枪，死伤多半。死伤的叛军有从高高的车顶坠落下去的；有倒卧在平台上的；还有翻滚到下面一层的，下面的人便不管他们死活，毫不犹豫、毫不留情地把他们抛出去。

登上冲天车的人是看不见前面车顶上的战况的，后面又站满了人，堵塞了退路。他们就像过河的卒子，只能进，不能退。这正是冲天车最厉害的地方。前面的人一批一批倒下来，后面的人仍然蜂拥而上。冲上去的人一露头就用弩箭还击，官兵也有不少人中箭。冲到更前面的人挥舞刀剑，奋力向城头跳跃，但是都被官兵的箭雨和枪林阻挡，一个个从高空跌落。

在弩箭队和长枪队后面的官兵把一支支燃烧的火把投向冲天车。火把是灌了油脂的草捆，张巡在雍丘保卫战中用它对付叛军的木楼，大见成效。

叛军也知道木制的冲天车怕火攻，这次预先做了准备，给每座冲天车配备了一个救火队。每个救火队有数十人，有四辆灌满水的车子，还有形似扫帚的扑火器具，绑在两丈多长的竹竿上，用来扑打高处的火。救火队的人一律穿红坎肩，分成两拨，一拨在冲天车下面，一拨爬上冲天车，分别站在每层平台的两侧。

火把落在冲天车上，油脂沾到哪里，哪里就蹿起火苗。很多人身上着了火，但是他们既不能退却，又无处躲藏，只能拼死往上冲。冲天车的木架也有着火的地方。车下的红坎肩用木桶灌了水传递给车上的红坎肩，向着火的地方浇泼。

有一座冲天车多处着火，车上恰好有很多新兵，一些新兵见身上着火，吓得惊慌失措，喊爹叫娘的，乱拍乱打，车上乱成一团，救火队的水桶不能及时传递上去。没有水的遏制，火就得势不饶人，到处蔓延，越烧越旺，整座车渐渐被熊熊火焰包围，冲天车变成了冲天火。在毕毕剥剥的燃烧声中，车上的人推来挤去，争抢着跳车逃命。那庞然大物被烧得筋断骨折，嘎吱嘎吱地呻吟了一阵，再也支撑不住，轰然坍塌。车上的人掉进火中，车下的人四下逃散。

这座冲天车坍塌之前，车上所有的人并非都在仓皇逃命，也有一些凶悍的家伙做了最后的拼死一搏。这拼死一搏的结果是官兵这边有十几个人死伤。受伤的人当中有晁梦麟。

晁梦麟受伤纯粹是阴差阳错。他本来在离这边一百多步的地方，用他独特的惊鸿一瞥的招式兴致勃勃地射着箭，看见这边火势猛烈，红色的火焰和黑色的浓烟交缠在一起翻滚舞蹈，场面煞是壮观，不由兴奋起来，高声咏叹："壮哉！美哉！"他想看得清楚些，以后好写进文章，就叫袁不方："走！过去看看！"也不等袁不方回应，自己先跑过来。

跑到官兵的弩箭队和长枪队后面，脚跟还没有站稳，前面的人忽然像被洪水冲垮的房屋，哗啦啦地倒下来。他糊里糊涂地被撞倒，又被前面倒下来的人压在下面。倒下的时候，他的后脑勺重重地磕在地面上，眼睛一黑，失去了知觉。

他也是运气不好。他刚跑到这里，正碰到叛军发起最后的拼死一搏。这座冲天车顶层的叛军眼见难逃烈火焚身或坠落摔死的厄运，有人呼啸一声，其他的人就像听到号令，不顾死活地一起向城头扑去。他们把自己当作石头，一块一块砸向城墙，砸向枪尖，砸向官兵的身体。官兵们没有提防这种自杀式的攻击，一时乱了阵脚，很多人被扑倒，又把自己人撞倒。叛军和官兵在地上翻来滚去地搏斗、厮杀。刀枪使不开，就拳打脚踢、乱掐乱咬。好在官兵这边及时过来援救，总算把扑过来的叛军全都收拾了。

晁梦麟睁开眼睛的时候，映入瞳仁里的是袁不方的面孔。袁不方把他从横七竖八的人堆里拖出来，喊着他的名字，噼噼啪啪地拍打他的脸，把他打醒了。清醒以后，他发现他不只摔晕了，还莫名其妙地受了伤。他的左大腿上有一个两寸多长的血肉模糊的伤口，不知道是怎么弄伤的，也不知道是被什么兵器弄伤的。他并没有跟谁打斗，大概是旁边的人在混战的时候无意中伤到了他。

袁不方找人替他包扎了伤口，搀扶着他走了几步。好像没有伤到骨头。他略微放心了，但是伤口疼得厉害，他嘶嘶地吸着气，咬牙切齿地骂："狗日的！"

袁不方嘿嘿笑道："你都不知道是谁把你弄伤的，你骂谁呀？"

晁梦麟恨恨地说："我骂我自己！"

十六

叛军虽然死伤惨重,攻势却毫不减弱。一座冲天车烧毁了,其余七座车仍然向城头猛攻。

时间一长,官兵承受的压力越来越大。冲天车牵制了官兵的精锐,对付云梯的兵力就不够了,有好几处发生险情,差点被叛军攻上城头。

南霁云手下有三支机动的救援队,每队三十人,都是善战的士兵。哪里有险情,他就把救援队派到哪里去支援。通常只需派出两队就能缓解险情,现在三队都派出去了,可见形势危急。

张巡站在城楼上瞭望,始终不动声色。这种危急的场面他见得多了,并不能扰乱他的判断。他看得很清楚,自己这边虽然危急,但是敌人那边也竭尽了全力,双方都像绷紧的弦,如果哪一方能够再增加一份力量,对方的弦就会绷断。他手里的秘密武器该出场了。眼下正是最好的时机。

他对南霁云说:"放毒火飞龙。"

南霁云转身对站在旁边的一个人说:"吴师傅,发信号!"

从叛军开始攻城的时候,这个吴师傅就站在这里,等待这句话。他是个六十多岁的老头儿,矮得出奇,瘦得出奇,身高不过四尺,胳膊腿像又干又硬的劈柴。他的脸更是古怪,左半边脸与常人无异,右半边脸像剥去了一层皮,颜色粉嫩如婴儿,却凸凸凹凹地布满伤疤,右边的眼睛和嘴角都歪斜着,看起来像个厉鬼。

就是这个像厉鬼一样的老头儿,制造了毒火飞龙。

一个多月前,叛军撤走后不久的一天深夜,张巡在城头巡查,忽然听见城南响起一串爆炸声,接着看见几丈高的火焰腾空而起,映红了一角浓黑的夜空。张巡心里一震。城南是屯放军粮的地方,他怕是奸细纵火烧了军粮,急忙带人赶过去。到了那里,才知道失火的是一所民房,与屯放军粮的地方还隔着两条街。虽然没有烧到军粮,但是张巡疑惑,民房失火怎么会有爆炸声?火扑灭了,士兵们把一个老头儿带到张巡面前。张巡看到这个老头儿的怪相,暗暗吃惊。他亲自审问老头儿,弄清了事情的原委。这老头儿姓吴名响,做了几十年的烟花爆竹,他的脸就是在一次意外的事故中烧伤的。吴响说,他曾经听他过世的父亲说过一种叫作毒火飞龙的火器,非常厉害,最适合守城用。他父亲知道毒火飞龙的配方,却没有做过。他想把它做出来,助官兵一臂之力。他试验了几次,失败了几次。这天又一次试验,终于成功了,不料手下的伙计一时大意,引起火药爆炸,把几间房屋都烧毁了。幸好做成的样品还在。天亮后,张巡把吴响带到城头上,照吴响的要求,叫士兵把两匹伤病的马和几只狗拴在城外墙脚下,吴响放出毒火飞龙,那东西果然厉害,顷刻间那些马和狗就倒毙了。张巡立即与许远商议,派人装扮成客商到外地去采买原料,拨三十个士兵给吴响，大批制造毒火飞龙。

这毒火飞龙说起来厉害，模样却是土头土脑，没有半点像龙的地方。它是一块圆形泥饼，两寸厚，直径一尺半，周边有八个小孔，晾干后，在小孔中灌入硫磺硝石，再掺入毒药，埋进引线，封堵小孔。最后把泥饼固定在木框里。虽然其貌不扬，一旦被火药激活，它就会显出龙的神威。

现在就是它大显神威的时候了。

吴响得到南霁云的命令，应了一声，走下城楼。已有伙计在城楼旁边的一块空地上安放了一个三尺高的爆竹，吴响点燃引线，爆竹喷着火焰蹿向天空，一边发出尖利的嗖哨。蹿到半空，爆竹炸开，连续响起三声震耳欲聋的晴天霹雳。

攻城和守城的人被这突如其来的巨响震撼，一时间都像被施了定身法，停止动作，抬头望天。

就在这时候，东城西城南城北城的官兵同时放出了毒火飞龙。

放毒火飞龙最要紧的是要掐准时机，必须在引线快要燃尽的一刹那把泥饼掷出去。如果掷早了，泥饼要落地后才喷火，威力大减，甚至可能摔碎；如果掷晚了，泥饼还在手上就开始喷火，那就会伤到自己人。放毒火飞龙的士兵都受过训练，个个胆大心细、眼疾手快，他们都恰到好处地把握了时机，把一个个嗤嗤作响的泥饼向城下掷去。

泥饼向下坠落的时候，引线已燃尽，周边的小孔喷射出火焰，那是含有剧毒的火焰，血红中透着惨绿，妖艳诡异。火焰推动泥饼急速旋转飞行，碰到城墙或者别的东西，它就弹开，继续旋转飞行。泥饼越转越快，黑黄色的烟雾越来越浓，终于看不见泥饼的形迹，只看见灼灼耀眼的火焰在烟雾中忽上忽下忽前忽后忽左忽右地蹿来蹿去。土头土脑的泥饼在火焰中涅槃，变成了一条条吞云吐雾、盘旋飞腾的火龙。

这火龙飞到哪里，毒火就喷到哪里，人的皮肤只要沾到一点毒火，毒气立刻深入脏腑，夺去性命。更可怕的是它带来的不仅是死亡，还有极大的恐惧。毒火飞龙掠过的地方，正在攻城的叛军接二连三地倒下，他们脸色青紫，七窍流血，睁大的眼睛里布满惊骇和恐惧。在战场上，死亡是最寻常的事情，但是像这样的死法却令他们感到胆战心惊。他们没有被箭射中，没有被刀劈枪刺，也没有从云梯和冲天车上摔下来，莫明其妙地就死了，这不能不让他们感到恐惧。活着的人更感到恐惧，他们不知道那神出鬼没的毒火什么时候会喷到自己身上。他们无处可躲，无法还击，想找人拼命都拼不成。恐惧于是像烟雾一样扩散，瓦解着他们的斗志。

官兵趁机向冲天车和云梯投掷火把。叛军已乱了章法，像没头苍蝇一样乱撞乱碰。救火队自顾不暇，哪还管救火，眼看着几座冲天车被火烧着了，车上的人还没躲开毒火飞龙的攻击，又陷入火海。

但是没有听到收兵的号令，谁也不敢后退。

指挥攻城的副将也乱了方寸，是进是退，难以决断。犹豫再三，还是去报告主将尹子奇。

尹子奇走出营帐，骑马到阵前，前后左右簇拥着铁甲卫士，给他充当盾牌。他看了战况，眉头微微皱了一下，随即恢复常态。他知道在休战期间张巡必然有充分准备，攻城受挫也是意料中的事情，原本就没有指望今天能够一举拿下睢阳城。

他语气平静地说:"收兵。"

副将传令鸣金收兵。叛军撤到营地。

这一仗,官兵死伤三百多人;叛军死伤两千多人,冲天车损毁三分之一。

官兵大胜。

叛军撤退后,南霁云派两个士兵和袁不方一起把晁梦麟送回太守府。

晁梦麟的伤口仍然很疼,但是他的心情很好。官兵的胜利像一剂良药,消除了受伤带给他的沮丧,疼痛就变得可以忍受了。不仅可以忍受,他甚至感到一种类似于生病初愈时的欣快。

伤口疼痛的时候,他不再叽里咕噜地骂粗话了,他高声诵读:"天将降大任于斯人也,必先苦其心志,劳其筋骨,饿其体肤,空乏其身,行拂乱其所为,所以动心忍性,增益其所不能……天行健,君子以自强不息……"

诵读的时候,他眼睛微闭,头颅高昂,神色刚毅,语调铿锵。袁不方听了,不由得肃然起敬。

夜里躺在床上,伤口疼痛加上心情激动,他久久不能入眠,两眼望着屋顶,心潮澎湃,浮想联翩。他越想越觉得这次受伤实在是值得。岂止是值得,简直就是幸运。睢阳之战必将载入史册,在这必将载入史册的战斗中受伤,是何等荣誉啊!而且这伤又伤得恰到好处,没有性命之忧,也没有伤到筋骨,但是看起来血肉模糊,正好可以饱蘸墨汁,浓浓地写上一笔。

想到这里,他躺不住了,坐起来,点亮床头的油灯,把两条腿挪到床下,支撑着站起来。刚走了一步,受伤的左腿一阵剧痛，哎呀一声，歪倒在床边。

他只好把已经睡着的袁不方叫醒。袁不方睡眼惺忪，含含糊糊地说："你要撒尿？夜壶就在你床边啊。"

晁梦麟说："帮个忙，你把我扶到桌子那儿去。睡不着，想写点东西。"

袁不方爬起来，把他扶到桌子旁边坐下，又把油灯端过来，然后回到床上去重新睡他的觉。

晁梦麟一边磨墨，一边思索，等墨磨好了，他也想好了，提笔就写。他写这一天的战事，写叛军的冲天车，写吴响和毒火飞龙，写自己向敌人射箭，一路写得很流畅。写到自己受伤的时候，思路却堵住了。他怎么也想不起来自己是怎么受伤的。望着忽幽幽的灯火想了半天，忽然灵光闪现，思路豁然开通了。

他继续写。

　　我写睢阳之战，其中的事情十有八九是亲眼目睹的。不仅是亲眼目睹，很多事情都是亲身参与的。这天的战事，我不仅亲身参与，还亲手杀死杀伤了敌人，自己也被敌人杀伤。遗憾的是我竟然不知道是怎么受伤的。我只记得我正在向攀登云梯的贼兵射箭，看见大约百步外敌人的一座攻城车被火烧着了，车上的贼兵无处可逃，孤注一掷，玩命地向城头猛扑，情势万分危急。我没有多想，就朝那边跑去。刚跑到那里，一个贼兵正好从女墙上扑下来，举刀向我方一个士兵砍去。这一刀是从斜刺里砍过去的，那个士兵在对付正面的敌人，没有提防侧面的敌人。我借着跑过去的冲劲，用身体撞开那个士兵。因冲劲太大，我和那个士兵一起扑倒在地上，我的头重重地磕了一下，眼睛一黑，接下去的事情就不知道了。等我醒来的时候，城头上已经没有贼兵了，我的左大腿上有一个很深的伤口，鲜血往外直涌。我猜想，大概是我把那个士兵撞开的时候，贼兵的那一刀砍在了我的腿上。

写完这一段，他默读了几遍，越读越得意。这段文字写得合情合理，含蓄而不含糊，真是神来之笔。读完之后，他完全相信这就是事情的真相。先前之所以想不起来怎么受伤的，只是摔晕后一时失忆而已。现在记忆恢复了，一切都顺理成章。

他放下笔，伸展双臂，慵懒舒适地打了个呵欠。不远处有雄鸡啼鸣，夜已阑珊。

接下来的两天，叛军继续攻城。叛军并没有找到对付毒火飞龙的方法，一旦官兵施放毒火飞龙，他们就鸣金收兵。官兵的毒火飞龙数量有限，总在最紧要的关头施放。因叛军心有余悸，攻城的势头没有第一天猛烈，双方就像演习攻守战似的，打得温文尔雅，点到为止。

官兵们都说敌人被打怕了，还有人说再这么打几天叛军必然会像上次那样撤走。官兵的士气很是旺盛。可是张巡的脸上却没有丝毫欣喜的表情。这种态势反而使他感到不安。他心里有很深的忧虑。他怕这种不温不火的态势后面会出现他最不愿意看到的局面。

这两天，袁不方和晁梦麟都没有到城头上去。晁梦麟在太守府里养伤，袁不方是被他拉住了，他说一个人待着太寂寞，要袁不方陪陪他。

从第三天开始，叛军停止攻城，在城外修筑工事。他们围着城池挖了一条一丈宽、六尺深的壕沟，又在壕沟后面竖起木栅栏。睢阳城被团团围住。

张巡最不愿意看到的局面终于出现。

他深知自己的弱点。这不是一般的弱点，这是致命的弱点。睢阳城里只剩半个月的军粮。这两个月，许远不断派人出去采购粮食，却极少收获。十多天前，许远又派出几批人去采购，这些人还没有消息，叛军就先到了。粮食就是睢阳守军的命脉。如果叛军一直围困下去，后果可想而知。

时间，现在时间变成了最大的敌人。时间一天天过去，粮食就会一天天减少，城池失陷的危险就会一天天变大。唯一的希望是寄托于整个战局发生变化，叛军不得不撤走。不然的话，城池失陷是迟早的事情。

在叛军的营帐里，尹子奇在和部将喝酒聊天。他没有穿戎装，穿一件轻飘的肥袖长衫，神态悠闲，气度儒雅。他早已把局面看得很清楚。能够快速攻下睢阳当然最好，一时攻不下来也不要紧，他另有制胜的法宝，那就是围而不攻，等待官兵自行崩溃。

在养伤的两个月里，他一直处心积虑地谋划着怎样攻破睢阳城，报一箭之仇。密探带来一个消息，说睢阳的军粮被调走一半，城里剩下的军粮已经不多。听到这个消息，他好像看到了睢阳守军的死穴。但他并不急于行动，一则是他的伤未养好，二则是他要做好充分准备，一举击中敌人的死穴。他派人到睢阳周围的乡村连买带抢把粮食尽量收光,又派几支人马在各条道路上巡逻,袭击城里派出来的购粮队伍。这些行动已经收到成效,剩下的事情就是等待。时间对守军来说是最大的敌人,对他来说是必胜的武器,只需耐心等下去就是。

他有足够的耐心。

十七

粮食成了头等大事。

许远与张巡商议后,决定采用非常手段向全城百姓征购粮食。许远以睢阳太守的名义发布告示。告示贴在东南西北四个城门的两边,贴在各条大街小巷。告示说:因守备需要,特向全城百姓征购军粮。每户人家留下每人一斗粮食,其余悉数卖给官府,官府以高于市价一倍的价钱收购。若有违抗或隐藏粮食者,官府将以强制手段没收其所有粮食。

告示贴出去的同时,许远派出八支征粮队开始在全城征购粮食。他以大十字街为轴线,把全城分为四大片,每个大片派两支征粮队,从两头并进,挨家挨户收购。征粮队所到之处,除了规定留给每个人的一斗粮食,其余的不管稻黍稷麦豆一律强行买走。

其实城里的百姓大多已没有多少粮食,不要说每人一斗,很多人家连每人一升也没有,靠东挪西借过日子;有粮的只是少数人家。因动作迅速,这些有粮的人家都来不及隐藏粮食,有些事先隐藏了一些粮食的,多半也被搜查出来没收了。

百姓并没有怨言，好像这是理所当然的或者是早已料到的。隐藏粮食被没收的也无话可说，甚至被街坊邻里唾骂。

大家都寄希望于早点有援兵来解围，而且相信一定会有援兵来解围。睢阳是军事重镇，朝廷不会扔下睢阳不管。

派到东城、西城和南城的征粮队进展都很顺利，只有派到北城的征粮队遇到了麻烦。

北城有个大户人家，姓王，是睢阳城的首富。这王首富年轻时在京城经商，还是个马球高手。那时当今皇帝还是皇太子，皇太子也喜欢玩马球，有人把王首富介绍给皇太子，王首富就经常陪皇太子玩马球。有一天赛马球，皇太子这边赢了，赢球的功劳首推王首富。赛完球，皇太子设宴款待球手。宴席上，众人都说王首富球玩得最好。皇太子喝酒喝得已有九分醉意，兴致很高，就说封王首富做"马球王"，还叫人拿来纸笔，要把"马球王"几个字写下来赏给王首富。写的时候，皇太子忽然想起听身边帮闲戏谑时说过的一个"毬"字，一时起了恶作剧的心思，故意把"马球王"写成"马毬王"。王首富明知皇太子是拿他找乐子，仍然是如获至宝，忙不迭地磕头谢恩。后来回到睢阳，他一直把皇太子的这幅字当作无价之宝珍藏着。听到皇太子登基的消息，他就把这幅字像圣旨一样供在大厅里，天天膜拜。他对人说，这"马毬王"的"王"，不是姓王的王，而是王侯的王。征粮队上门的时候，他叫人把字高悬在大门口，说是见字如见皇帝，果真把征粮队唬住了，都在门口畏畏缩缩的，谁也不敢越雷池一步。王家门前围满了看热闹的人，有人冷眼相看，有人胡乱起哄。僵持多时，队长只好去禀报许远。

许远立即赶来。到了王家门口,他二话不说,扑通一下跪倒在地,对着"马毯王"三个字恭恭敬敬、一板一眼地行三跪九叩的大礼,然后起身,吩咐手下把那幅字"请"到一边,自己拔剑在手,率先跨进大门,征粮队紧跟着一哄而入。

王家的家丁中有几个蛮横大胆的,拿着棍棒蠢蠢欲动想过来阻挡。许远用剑指着他们,厉声喝叱:"我是睢阳太守,谁敢阻挡,格杀勿论!"

那些家丁被他的威势镇住,一个个面面相觑,不敢动弹。

王家不愧是睢阳首富,家里环廊相连,有百余间房屋。许远命令征粮队仔细搜索每一间房屋。两个多时辰方才搜完,搜出一百多石粮食,按王家人口留下每人一斗,其余的全都拿走。

一车车粮食从王家运走的时候,门外看热闹的老百姓齐声喝彩。

灭了王家的气焰,北城再没有人敢违抗。

征粮队在全城征购到几百石粮食。这几百石粮食虽然不能扭转大局,但是能使断粮的日子迟来几天也是好的,战局瞬息万变,多支撑几天就多几分希望。

天黑尽以后,袁不方踱出太守府,到双柳巷钟七月家里去。

昨天夜晚,他得知官府要在全城强制征粮的消息,当时第一个念头就是想把这个消息告诉钟七月,好让她藏一点粮食。已经走出太守府,却又犹豫起来,觉得自己的行为实在是很可耻。徘徊片刻,又踅进太守府。回到屋里,却又坐立不安,不知不觉又走出太守府。这样几次走出去,几次又走回来,最后暗自叹口气,下定决心,再也不跨出太守府一步。

今天征粮的事情已经结束,他才走出太守府。

双柳巷白天就很幽静,到了夜晚更是黑黢黢的不见一个人影。他不由生出一点侥幸心,希望征粮队漏过了这个僻静的小巷。

叛军围城以后,袁不方是第一次到钟家来。钟七月见到他,自然是欢喜异常。两人顾不上说话,就像磁石和铁块一样,紧紧粘在一起。

正亲热着,钟七月忽然听见咕咕的声音,就说:"咦,好像哪儿有鸽子在叫?"

袁不方说:"哪有什么鸽子啊,是我的肚子在叫呢。"

钟七月说:"你饿了?"

袁不方说:"上午喝了一碗稀糊糊,下午吃了一小块饼,到这时候能不饿吗?"

早在叛军围城以前,官兵的口粮就削减了三分之一;叛军实行围而不打的策略以后,官兵的口粮又削减了一半,每人每天不到三合粮食。太守府里的人因不参与作战,口粮就更少。

钟七月说:"我去给你弄点吃的。"

袁不方说:"你还有多少粮食?"

钟七月说,她家里原先储存了大约半石粮食,今天征粮队来过以后,就只剩下一斗粮食了。

袁不方说:"你也只剩这么一点儿粮食了,以后日子还长着呢,我怎么能吃你的粮食呢?我在太守府里,好歹每天还有点儿东西填填肚子,总还不至于饿死吧。你的这点儿粮食,吃完了可就没有了,还是你自己省着点儿慢慢吃吧。"

钟七月说:"我看见你饿着肚子,心里难受。"

袁不方说:"你不用替我难受,我自有办法。"

钟七月说:"你能有什么办法?"

袁不方笑道:"何以解饥,唯有秀色。"

他捧住她的头,作势在她脸上乱啃乱咬,啧啧着说:"又香又鲜又嫩,好吃啊,真好吃!"

钟七月被他弄得痒兮兮麻酥酥的,软软地笑着,喘着气说:"要吃就到床上去吃啊,我都站不住了。"

两人脱掉衣裳躺到床上,袁不方正要爬到她身上,她却像幡然醒悟似的,忽地坐起来,说:"哎呀,不行!不行!"

袁不方说:"你怎么啦?神神怪怪的。"

钟七月重新躺下,说:"我差点儿忘了,郎中跟我说,这些日子不能做这事。"

袁不方说:"你生病了?"

钟七月说:"我怀孕了。"

袁不方一脸茫然地说:"你怀孕了?你怎么会怀孕了?"

钟七月瞅着他的脸说:"你是不是饿傻了?你问我怎么会怀孕了,该问你自己呀,都是你做的事啊!"

春宫画家袁不方的风流史上有过许多女人,但那都是些风尘女子,风尘女子通常是不会怀孕的,况且他与她们一向是玩过就完事,从来没有想到怀孕这回事,更没有想到女人怀孕和自己会有什么相干。听了钟七月的话,他好像有点明白,又好像并不十分明白,疑惑地说:"你说你结婚三年都没有怀孕,现在怎么就怀孕了?"

钟七月说:"就是呀,我结婚三年都没有怀孕,一遇到你就怀孕了,所以我早就说过你厉害嘛!"

袁不方伸出手,小心翼翼地抚摸着她的肚子,怀着一种近似于敬畏的心情说:"造物真是神奇,我和你相好,你的肚子里怎么就会变出一个小人儿来?"

钟七月忍不住笑起来,拍拍他的脸说:"瞧你又说傻话!这是最最普通不过的事情,天底下的男男女女都是这样的,有什么神奇的?"

袁不方说:"照你说的,你肚子里的这个小人儿是我的小孩?"

钟七月说:"是啊,你喜不喜欢?"

袁不方没有回答,两眼直瞪瞪地望着屋顶发呆,待了一阵,忽然大笑起来:"哈哈!想不到我袁不方也要有后代了!"

钟七月见他得意忘形,原本也想笑,却有忧虑涌上心头,把脸贴着他的胸脯说:"有孩子自然是好事,你高兴,我更高兴,可是天下不太平,城被围着,粮食也快没了,以后还不知道会怎么样?"

袁不方说:"我在太守府听人说,睢阳东面的彭城和临淮都有朝廷的兵马,离睢阳不远。睢阳是兵家必争之地,朝廷不会不管。现在的粮食省着吃可以支撑个把月,在这个把月里,大概总会有救兵来的吧?"

钟七月说:"救兵要能早点儿来就好了。"

两人叽叽哝哝说着话,无非是说些情人间的傻话、痴话、废话。到底是饿着肚子,精神不济,袁不方说着说着就疲倦了,眼睛慢慢合拢,钟七月说话的声音愈来愈远。

朦胧间,他的身体轻悠悠地浮起来,像风筝一样在云雾中飘飘摇摇，不知飘到了什么地方。那地方风景绝佳，四野杳无人迹，只见松涛如海，瀑布飞流，山谷中弥漫着濛濛水雾，水雾中幻化出一弯七色彩虹。他依稀觉得眼熟，好像以前曾经到过这个地方。他在山野中遨游，看见前面有一个湖泊，湖水很浅，很清澈，清澈得像水晶，清清楚楚看得见湖底圆溜溜的鹅卵石和蹿来蹿去的小鱼儿。这时发生了奇怪的事情，原本像镜面一样平坦的湖心凭空出现了一个绿洲，有一个裸体的女子屈膝坐在草地上，她的头发披在肩后，身体稍向右边倾斜，右手撑地，左手搭在腿上，眼睛和嘴角隐隐含着笑意。他认出那是钟七月，正是他为她画的《奇花图》里的那个姿势和神情。一转瞬，钟七月的姿势变了，她坐直了身体，怀里抱着一个和她一样赤裸的肥肥白白的婴孩，婴孩嘻嘻笑着，一只小手抓着她的乳房，她慈爱地俯视着婴孩，嘴里好像在唱着什么歌。袁不方想，那婴孩就是他的孩子，心中一喜，一脚跨进湖中，踩着鹅卵石，蹚水向绿洲走去。眼看就要靠近绿洲了，湖面上呼拉拉的刮起一阵大风，那绿洲竟像浮萍一样随风漂流起来。他紧步追赶，却总是差着几丈远的距离，怎么也追不上。他发急了，一边追赶，一边大声喊："七月！七月！"……

这时他醒了，是睡在身旁的钟七月把他摇醒的。钟七月说："你喊我干什么？我就在这儿呀。"

袁不方懵懵懂懂说："我看见你在湖里……"

钟七月说："我怎么会在湖里呢，你是在做梦。"

袁不方眨眨眼睛，清醒了，回味着梦境说："我是在做梦，我梦见到了一个非常美丽的地方，青山绿水，没有人烟，简直像世外桃源。"

他把梦讲给钟七月听,只是隐去了她和婴孩被风吹走那一段。他自己也不知道为什么要隐去那一段,就是觉得那个情景破坏了整个梦境的完美,使他心里有一种说不清的不爽。

钟七月说:"美是美,可惜是梦。"

袁不方说:"也不全是梦。我想起来,我确实到过那个地方,是在从长安到睢阳的途中。当时我就想,将来我要到这里来度过我的下半生。在这里搭一个茅屋,每天钓钓鱼,画画山水,逍遥自在。我还想,我要找一个红颜知己和我一起住在这里,两人朝夕相伴,天天欢爱。现在我已经找到了你,等这里的仗打完了,我就带你去。当时我没有想到的是还会有一个小孩,一个我和你生的小孩。这真是太好了,太圆满了。"

钟七月说:"你讲得真好,但愿真有那一天。"

袁不方说:"你放心,会有那一天的。"

十八

张巡在深夜回到太守府。他已有十多天没有回太守府了,一直住在城楼。敌人虽然停止攻城,守军却不能疏于防范,必须提防敌人随时可能发动的进攻。因此,他的身心始终绷得紧紧的,实在很需要松弛一下。

今天入夜后,许远派人告诉他,征购粮食的事情已经顺利完成。这件事是许远主持的,本来无需他操心,但他仍然挂记着,唯恐会有意外。现在这件事可以放下了。他到城头上巡视了一周。城外的敌人没有异常动静,自己这边的防备也没有什么漏洞。根据这几天的观察,他相信敌人这段时间确实是只围不攻,这才略微放心,趁夜深人静的时候回到太守府。

屋子里很暗,床边的桌子上点着一盏油灯,只露出米粒大的灯芯,灯光淡如萤火。朵儿和衣躺在床上。她侧身躺在床沿,是随时准备起身的姿势。天气温暖,她只穿着家常的单衣单裤。她每天夜里都是这样躺着,等候张巡回来。起先她睡得很警醒,稍有声响就会醒来,好几次被在屋梁上奔跑的老鼠惊醒。夜渐渐深了,她越来越疲乏,渐渐睡沉了,竟不知道张巡回来。

张巡本想喊醒她，但是看见她睡眠中的姿势和容颜，心里一动，改变了主意。她双手合掌，贴在腮边，脸蛋白嫩嫩红扑扑的，像个熟睡的孩童。

张巡摘掉帽子，脱去战袍和靴子，坐到床沿上。他看着她的脸，不觉心神荡漾，伸手去解她的衣纽。刚碰到她的衣裳，她就醒了，睁开眼睛惊问："谁？"

看清是张巡，她松了口气，埋怨自己："哎呀，我怎么睡死了！"说着就要起身。

张巡说："别动。"

他继续解她的衣纽。她稍稍动了动身体，转成仰卧。她有点受宠若惊，又有点纳闷，不明白今天张巡怎么会屈尊替她脱衣裳。这可是头一次啊。张巡在战场上是英雄，在床上是大丈夫，驾驭女人就像驾驭胯下的战马，从来都是女人伺候他，取悦他。以往每次都是她先为他宽衣解带，再脱光自己，温顺地躺在他身边，随他的动作婉转逢迎，让他方便舒适地享用她。

张巡解开了她的衣纽，一步就跨到床上。

男人把女人充满的时候，男人的头脑就空虚了。张巡此时无思无虑，平日睡梦里也缠绕不去的战争、敌人、城池、军粮……都悄然遁去，只有女人的肉体给予他的欢愉在他周身涌流。

一阵畅快之后，张巡浑身松弛了，瘫软在朵儿身旁。朵儿静静地躺了一会儿，悄悄看看他的脸。他的脸原是淡金色的，夏日酷烈的日晒把淡金色烤成了深褐色。他闭着眼睛。朵儿知道他并没有睡着，小声说："你一定饿了吧？这儿还有一块饼，我去给你拿来。"

张巡没有说话。

朵儿轻手轻脚穿好裤子,下床,拉拢衣襟,随便扣上一个纽扣。

靠窗户有一张方桌,桌子上有茶壶、茶杯,还有一个盖着碗的盘子。朵儿走到桌子前面,倒了一杯冷茶,揭开盘子上的盖碗,拿起盘子里的一块饼。她拿着茶杯和饼走回去,坐在床沿上,对张巡说:"你起来把这饼吃了吧。"

张巡睁开眼睛,坐起来,看了看那块饼,说:"这饼是那儿来的?"

朵儿说:"是我自己的那一份啊。"

她和太守府里的人一样,每天两餐饭,通常是上午一碗稀糊糊,下午一块饼。她总把这块饼留着,想等张巡晚上回来给他吃。如果张巡不回来,第二天她就把这块隔夜的饼吃掉,把新发的饼留着。这些天张巡晚上一直没有回来,她仍然每天留一块饼。

张巡说:"那你自己吃吧。"

朵儿说:"我这些天着凉了,肚子不舒服,吃不下。"

张巡不再说什么。朵儿把饼递给他,他接过来咬了一口。他本来就饿了,这一口饼咽下去,胃里顿时蠕动起来,更加觉得饥饿。他也不管这饼又冷又硬,张大了嘴,三口两口就把饼吞进了肚子。

朵儿说:"喝口茶吧。"

张巡从她手里接过茶杯,只喝了一口,听见外面有人叫:"大人!大人!粮库起火了!"

张巡听出是他随从的声音,惶急的话音中夹着粗重的喘息。

张巡的手一抖,茶水荡出茶杯。他把茶杯扔到地上,一把推开朵儿,跳下床,拿起扔在床边椅子上的衣裳,急急忙忙穿上,再急急忙忙把战袍和靴子穿好,冲出门去。

张巡是在粮库外面遇到许远的。

那天晚上,许远一直有点心神不宁。他亲眼看见征购来的粮食都运进了粮库,照说应该放心了,但是他隐隐觉得好像有什么地方不太妥当,却又说不清楚究竟是什么地方不太妥当。这种感觉就像一根蛛丝粘在心里,挥不去,抹不掉,看又看不清楚。

离开粮库,他到军械营去督造兵器,又到吴响那里去看他制作毒火飞龙,午夜后才回到太守府。

忙碌了一天,又饿又累。饿是没有办法的,全城的人都在挨饿,他虽然是掌管军粮的,也不肯比别人多吃一口。累了倒是可以歇息。但他心里不清静,不想马上就睡。他坐在椅子上,金蝉儿站在后面替他揉肩捏背。

揉捏了一会儿,金蝉儿见许远两眼微闭,神情疲惫,就把脸颊贴在他的腮帮上摩挲着,细声说:"爷,睡觉吧。"

许远睁开眼睛,正想说话,一阵凉风忽溜溜地从窗外吹进来,把蜡烛的火苗吹得摇摇曳曳、忽明忽暗。他心里一震,猛然想起使他一直心神不宁的原因。

火!

他轻轻推开金蝉儿,站起来,拿起放在桌子上的佩剑,拔腿就往外走。军粮都放在一间库房里,倘若有人纵火或者不小心失火,那就损失惨重了。他要立即到粮库去,叫人把粮食分开放置。

金蝉儿说:"爷,这么晚你到那儿去呀?"

许远边走边说:"到粮库去。"

金蝉儿说:"我也去。"

许远没有说什么。金蝉儿紧赶几步,跟在他身边。

几个随从睡在前面的偏院里,许远顾不得叫醒他们,径自走出太守府。

以前没有打仗的时候,许远出门通常是坐轿子;打仗以后,骑马的时候比较多;偶尔也有步行的时候,但身边多有随从。像这样只带着一个小书童半夜三更在黑黢黢空荡荡的街道上行走,还是第一次。

太守府离粮库不远,过两个街口,到第三个街口拐进去,再走一百多步就到了。许远和金蝉儿刚拐进第三个街口,就看见粮库那边腾起一片火焰,又听见一片嘈杂声。许远叫声"不好",急忙向那边奔去。这时有个人迎面跑过来,后面跟着一群人,举着火把,呐喊着,似乎在追赶前面那个人。许远拔出剑,阻挡那人。那人刹住脚步,突然向旁边一闪,从许远身边蹿过去,抓住金蝉儿。许远转身,把剑指向那人。那人左手臂扼住金蝉儿的脖子,右手飞快地从靴筒里抽出一把匕首,把刀尖抵在金蝉儿的左胸上,同时向后退,背靠粮库的围墙。

金蝉儿失声尖叫:"爷!救命啊!"

后面那群人赶过来,各执刀枪围住那人。但因那人手里有人质,他们投鼠忌器,都不敢妄动。这群人中为首的是粮库守卫队的一个小队长,他认出许远,慌忙向许远禀报,说那人就是纵火犯,有人看见他放火烧粮库。

在火把的照耀下,许远看清了那人的面孔,不由一愣。那人竟是太守府的一个衙役班头,名叫田秀荣。

那边粮库的火还在燃烧,这边金蝉儿又被挟持,许远心中非常焦躁,表面却很镇静。他对那个小队长说:"这儿留下三个人,其余的都去救火。"

小队长留下三个精壮的士兵，带着其余的人奔回粮库去。

许远问田秀荣："你为什么要放火烧粮库？你知道你犯了什么罪吗？"

田秀荣苦笑说："许大人，我知道我犯了滔天大罪。可我也是没办法呀，我的老母和妻儿都在尹子奇手里，我不这么做，他们就活不成。"

许远说："你既然知罪，你就放了金蝉儿。"

田秀荣说："你放我走，我就放了金蝉儿。"

两边都不肯妥协。正僵持着，张巡带着随从赶来了。张巡弄清情由，对田秀荣说："我看你也像一条汉子，大丈夫敢作敢当，挟持一个小孩算什么！"

田秀荣说："张大人，你不必激我。我可不是什么大丈夫，我只想活命。这小孩也不是什么寻常小孩，他可是许大人心爱的人儿。许大人若是舍得让他死，我就陪他一起死。"

听了这话，张巡沉默不语。事关金蝉儿的性命，他不好决断，只能由许远拿主意。许远明白张巡沉默的含意，但他确实舍不得金蝉儿。金蝉儿在他心里的分量比朵儿在张巡心里的分量还要重，找一个好女人并非很难，找一个好男孩却是绝不容易。

虽然舍不得，但是他知道再不能优柔寡断了，张巡在看着他，那些士兵也在看着他，等他做出决断。他咬咬牙，把剑指向田秀荣，大声命令士兵："把他拿下！"

这个命令一下，士兵们知道可以不必顾忌金蝉儿的死活了，于是一拥而上。

许远听见金蝉儿尖叫一声，他闭上了眼睛，不忍心看见田秀荣把匕首刺进金蝉儿的胸脯。

他睁开眼睛时,看见田秀荣已经被士兵们抓住,金蝉儿伏在地上。他克制着自己,没有立即去看金蝉儿,先命令士兵们把田秀荣押到太守府去,然后才走过去,蹲在金蝉儿身边,把他抱在怀里。

金蝉儿哭着叫了一声:"爷!"

许远听见金蝉儿的声音,知道他没有死,心里一喜,再摸一下他的胸脯,并没有插着匕首,只是衣裳和皮肤划破了。

原来田秀荣并没有真心要杀死金蝉儿,他是拿金蝉儿做筹码要挟许远,看到要挟不成功,也不想多作孽,当士兵们拥上来的时候,他的右手颤动了一下,匕首在金蝉儿的胸前划开一道口子。金蝉儿尖叫起来,他叹息一声,扔掉匕首,松开金蝉儿。金蝉儿又惊又吓,身体早就不听使唤,裤子也尿湿了,田秀荣一放开他,他就瘫倒在地。

张巡和许远赶到粮库的时候,粮库的火已经扑灭了。

幸亏发现得早,粮库平时又做好了灭火的准备,放置了很多储满水的水缸和灭火器具,火势没有蔓延开来,损失不大,大约烧毁了十几石粮食。

许远亡羊补牢,安排人把一半粮食运到太守府储藏。

忙完粮库的事情,天已拂晓,张巡和许远回到太守府,审讯田秀荣。田秀荣自知必死,也不抗拒,问什么就说什么。

田秀荣说,他的家在睢阳城外的一个村子里,家中有老母、妻儿和一个妹妹。叛军上一次攻城的时候,尹子奇曾就驻扎在那个村子,把他妹妹强娶去作小妾。叛军撤走时,把他的老母和妻儿都带走了,后来派人混进城里送给他一封信,要他伺机烧毁粮库。信中对他又是许诺又是威胁,许诺他得手后封他做将军,赏他黄金千两;威胁他若不服从就杀掉他的老母和妻儿。他犹豫再三,还是决定服从。今天征购的粮食入库,是一个最好的机会,他在午夜后潜入粮库纵火,火刚烧起来就被值夜的士兵发现。他仓皇逃出粮库,哪知恰好撞上许远。

天亮以后,田秀荣被绑到囚车上,押赴刑场斩首示众。临走前,他对张巡和许远说:"城里的粮食支撑不了几天,睢阳城早晚要失陷,到那时候,你们也难逃一死。我不过是早走几天罢了。"张巡回答:"人固有一死,或重于泰山,或轻于鸿毛。为朝廷尽忠而死,就是重于泰山;为叛贼卖命而死,就是轻于鸿毛。"

按照预定计划,罪犯先要在几条大街游街,最后拉到大十字街行刑。街道两旁站满了看热闹的老百姓,老百姓都知道了粮库失火的事,个个义愤填膺,纷纷捡起石块砖瓦和乱七八糟的东西,向田秀荣乱扔乱砸。有几个人跳上囚车,抓住田秀荣撕扯啃咬。押解的士兵顺应民心,只吆喝几声做做姿态,并不认真去阻挡。囚车拉到大十字街的时候,田秀荣早已死去多时,全身稀烂,没有一块完好的皮肉。

人虽然死了,还是逃不掉咔嚓一刀。刽子手把田秀荣那颗像烂柿子一样的脑袋割下来,悬挂到东城的城墙上。

南霁云亲自把一支箭射向城外叛军的巡逻队,箭杆上绑着判处田秀荣死刑的告示。

十九

晚餐后,皇帝散步消食,信步走到李泌的住处。

皇帝和他的朝廷已经从灵武迁到凤翔,凤翔在灵武的东南方,离长安只有三百多里。这证明战争胜负的天平开始向李氏皇朝倾斜。叛军那边,安禄山已死在他儿子安庆绪手里,安庆绪继承了安禄山的皇位。这次内讧就是叛军将要败亡的一个征兆。

在凤翔,皇帝没有住县衙。凤翔有个富翁,早年走西域做生意发了大财,在凤翔造了一座大宅子,他把这座宅子贡献给皇帝做行宫,皇帝赏给他一个三品官衔。这宅子不仅富丽堂皇,还有一个花草繁盛的大花园和几个小巧玲珑的小花园。皇帝住的房子在大花园里,李泌住在一个小花园里,小花园的侧门与大花园相通。虽然相通,没有皇帝的召唤,他不会踏进大花园一步。因大花园又大又深,他也听不见那里的动静。

李泌坐在书案后面整理奏章。各地发来的奏章都由他先看一遍,然后挑选重要的呈送皇帝。这些奏章都是前一段时间淘汰下来的,他做事仔细,想看看有没有重要的遗漏在里面,如果没有,就封存起来。

见皇帝进来,李泌连忙施礼,把自己的座位让给皇帝,自己坐在书案的侧面。

皇帝一边与李泌说话,一边随手翻看那些淘汰的奏章。翻着翻着,他看见了睢阳百姓联名写的那份叩请皇帝多纳嫔妃、多生皇子的请愿书,手就停了下来,也不跟李泌说话了,把请愿书反复看了几遍,深深叹一口气,感慨万分地说:"朕的百姓多么明事理啊!"

皇帝现在已经习惯自称"朕",说起来很顺溜,再也不会打梗。

这份请愿书李泌早就看过,他觉得与国事无关,纯粹是老百姓的愚昧想法,便搁到一边了。听皇帝这么说,他也不能装聋作哑,就委婉地说:"百姓诚然是忠心耿耿,陛下也要保重身体啊!"

皇帝说:"先生教朕素女采补法,朕经常习练,似乎已有小成。先生尽可放心。"

皇帝不再翻看奏章,与李泌谈起天下大势和今后的战略。这是皇帝来找李泌谈话的正题。皇帝知道李泌是个直言不讳的人,所以每次有事都是先与李泌商议好,达成默契,次日上朝的时候再讲给群臣听。这样,他就不会当着群臣的面与李泌有争议。

皇帝说:"眼下形势大好,我方已聚集了十几万兵马,离长安又近,正是夺回京城的大好时机,不知先生有什么见解?"

李泌说:"我以为最佳策略是先进攻范阳,范阳是叛贼的巢穴,攻下范阳,敌人就失去了退路。"

皇帝说:"这不是舍近求远吗?"

李泌说:"如果先进攻长安,成功虽然不难,但是敌人可以退回范阳，休兵秣马，以后卷土重来。如果先除掉他们的巢穴，断了他们的退路，然后大兵合而攻之，就可一举奠定胜局，消除后患。"

皇帝说："先生说得很有道理，但是朕非常思念太上皇，想早日把太上皇接回京城。朕实在不能再等待了。"

这是皇帝第一次在重大事情上不听李泌的主张。李泌还想说服皇帝，皇帝摆摆手说："这件事就这样吧。朕还想请教先生，那个七宝马鞍如何处置最好？"

太上皇派人千里迢迢从四川送来一个七宝马鞍，说是张良娣为将士洗衣有功，特意赐给张良娣的。东西是今天送到的，皇帝给李泌看过。那马鞍上装饰着金、银、琉璃、砗磲、玛瑙、珍珠、玫瑰七种宝物，极其珍贵，是天竺国进贡的。因为贵妃用过，太上皇逃离京城时丢弃了那么多宝物，却把它带在身边。皇帝也看到过贵妃骑马时用过这马鞍，睹物思人，不禁想入非非。他想象贵妃丰腴美丽的肥臀曾经与这马鞍亲密接触，忍不住就想亲吻它。因此他不愿意把它赐给张良娣，但是又不好向张良娣交账，就想借李泌的嘴来对付张良娣。他料到李泌一定不同意给张良娣。

李泌果然说："大唐天下全靠将士们在前方拼命，我想还是应该赐给有功的将士。太上皇必然也是这个意思。"

皇帝心里暗暗发笑。都说李泌聪明，他哪里知道太上皇真正的心思。太上皇可比他更懂人情世故。太上皇知道今后要在儿子手里吃饭，就送这马鞍来讨好儿子；太上皇还知道讨好儿子最好的办法就是讨好儿媳妇，所以把马鞍赐给张良娣。

皇帝故意沉吟了一会儿，说："那就先放在库房里，以后谁的功劳最大就赐给谁。"

皇帝心情很好,讲完这些事还不想走,说要和李泌下棋。李泌叫书童把棋具拿来,与皇帝对弈。

李泌从小棋下得就很好。七岁时进宫应试天下神童,正碰到老皇帝在观棋。老皇帝叫人以棋作对联考那些应试的小孩,上联是:"方若棋盘,圆若棋子,动若棋生,静若棋死。"刚说完,李泌就回答:"方若行义,圆若用智,动若聘材,静若得志。"老皇帝非常高兴,说他是"精神大于身体"。

皇帝不是李泌的对手,李泌落子如飞,皇帝却要苦苦思索。李泌也不肯手下留情,直杀得皇帝鼻尖冒汗。

皇帝连输三盘,擦擦鼻尖上的汗,把棋盘一推,呵呵笑道:"先生太厉害了,朕甘拜下风。"

天已很晚,皇帝说:"朕很久没有与先生抵足而眠了,今天不回去了,就睡在这里。"

皇帝叫随侍的太监去跟张良娣说一声,果真留在李泌这里过夜。

过去皇帝当太子的时候,常与李泌同卧一床。那时李泌无拘无束,甚至会在睡梦中稀里糊涂地跟太子抢被子盖。现在身份不同了,难免有点不自在。他和皇帝各睡一头,皇帝睡里侧,他睡外侧。他尽量靠床沿睡,只占了一张床的三分之一。

李泌每天都要在子时练功,和皇帝睡在一起,不好打坐,只能躺着练。他向左侧卧,双膝弯曲,左手贴脸,右手兜肾囊,意想小周天,吐纳行气。但是躺了半个时辰,仍然感觉不到真气流动。皇帝在他身边翻来覆去,他无法入静。

皇帝睡不着。皇帝每天要和女人欢娱之后,身体疲惫,精神爽快,才能沉沉入睡。身边没有女人,他不习惯,怎么也睡不着。他渐渐觉得有尿意,犹豫着要不要起来排泄。越是犹豫,就越是睡不着;越是睡不着,尿胀就越胀。他终于憋不住,想下床撒尿。下床就要从李泌身上跨过去,他一碰到李泌,李泌慌忙坐起来,也不管会不会岔了气。

李泌问皇帝:"陛下有什么事吗?"

皇帝说:"朕,朕想更衣。"

李泌有点为难。他睡觉是不起夜的,屋子里也就没有准备便盆尿壶之类的东西。偶尔起夜,就到外面院子里将就一下。皇帝如此尊贵,总不能让皇帝也到外面去将就吧?想了想,他对皇帝说:"陛下不必下床,我去找个盆子来。"

李泌下床去拿了一个洗脸用的铜盆,双手端着,恭敬地放在床沿上,然后背过身去。他听见皇帝的尿叮叮咚咚地落在铜盆里,断断续续的,不太流畅。过了一会儿,叮叮咚咚的声音没有了,听见皇帝吁了口气,这才转过身去。

皇帝重新躺下。李泌把铜盆拿到窗口下面,回到床上。他不再练功了,静躺着,等候皇帝入睡。

过了半个多时辰,皇帝好不容易睡着了,但是睡得不安稳。李泌听见皇帝的鼾声,便把心情放松,也慢慢睡着了。

到了三更,皇帝又被尿憋醒。李泌又去把铜盆拿来。

天亮前,皇帝第三次起来撒尿。铜盆里积了小半盆尿液,黄澄澄的,散发着骚味。

李泌有点忧虑。皇帝年轻时并不像这样频繁起夜。看样子皇帝现在肾虚得厉害,这可不是长寿之兆。他很后悔,不该把素女采补法传授给皇帝。这素女采补法是一把双刃剑，弄得好可以延年益寿，弄不好就会斫伤身体。皇帝却把它当作"多多益善"的法宝。以后得找个机会劝劝皇帝，不要太沉溺于女色，否则必然会悔之晚矣。

夜里没有睡好，皇帝白天精神萎靡，上朝的时候老是打呵欠。好在有李泌主持一切，皇帝无需多费精神。

退朝后，回到大花园。张良娣问皇帝："昨晚在李泌那里睡得好不好？"

皇帝说："换了地方，还真睡不好。"

张良娣笑着说："不是换了地方，是身边换了人。"

皇帝嘿嘿笑。

张良娣又问："太上皇赐给我的七宝马鞍呢？"

她昨天就从皇帝的随侍太监那里知道七宝马鞍已经送到凤翔了，急切想得到那个宝物。

皇帝说："有大臣建议，那个东西最好还是赐给立了战功的将士。你怀了身孕，不能骑马，要那个东西也没用。"

张良娣睁圆了眼睛，恼怒地说："什么大臣！我知道只有李泌才会这么说！他为什么老是跟我作对！"

皇帝说："你别生气嘛，当心动了胎气。那又不是什么稀罕物件，值得生气吗。"

张良娣已经怀了六个月的身孕，肚子圆鼓鼓的。听了皇帝的话，她用双手轻轻抚摸肚子，像抚摸一个稀世珍宝。蜷缩在她子宫里的胎儿确实是她的至宝，那是任何东西都无法相比的。皇帝说得对，不能动了胎气，因小失大。她不仅自己要当皇后，她还要让那个胎儿将来当皇帝。她相信那一定是个儿子,她也相信她有本事让儿子当上皇帝。等儿子当了皇帝,天下都是她的,还在乎一个马鞍吗?

想到这里,她心平气和地说:"那就依陛下的,算我奖赏给功臣的吧。"

皇帝说:"这才是深明大义啊!"

吃晚饭的时候,皇帝说起睢阳百姓的那份请愿书。皇帝说:"朕可不能辜负了百姓的一片忠心啊!"

张良娣说:"除了昨天晚上,陛下哪一天辜负过百姓的忠心啊!"

皇帝说:"是啊,朕也是勉为其难啊!"

张良娣说:"我可为陛下的'勉为其难'操了不少心呢!"

吃完晚饭,皇帝和张良娣到花园里散步。走了半个时辰,又回到屋里。张良娣说:"陛下昨晚没睡好,今天早点歇息吧。"

张良娣叫太监端来药酒,皇帝一饮而尽。

张良娣怀孕以后,不能侍寝,皇帝就和她分房睡觉。但皇帝离不了女人,张良娣就亲自为他在外面物色女人。她派老成的太监到民间寻找女人,经她过目,挑选合适的留下来,每天晚上送一个到皇帝的寝室去。她挑选女人有四条标准,一是要良家妇女,家世清白;二是要身体健康,年纪在十八岁到二十五岁之间;三是不要处女,因为开垦一块生地很费劲儿,皇帝不想费这劲儿,而且处女不解风情,恐怕伺候不好皇帝;四是不要长得太漂亮的,最好是中上姿色。这第四条最要紧。如果姿色平庸,皇帝不喜欢;如果是绝色佳丽,可能会迷住皇帝,那不是给她自己招来对手吗?这些女人是要经常调换的,每个人最多伺候皇帝三夜，这样皇帝就不会对哪个人留下深刻印象。临时皇宫里通常储备着两三个女人。

太监到民间为皇帝找女人，那是奉旨出朝，选中了谁家的妻女，就留下一笔钱，当即带走，皇帝用完后再送回来。没有哪个人家胆敢抗旨，多数人家反倒以此为荣。

皇帝喝完药酒就回自己的寝室去了。

两个宫女把今天晚上伺候皇帝的女人带到张良娣面前。那女人年纪大约二十出头，不肥不瘦，不黑不白，五官端正。她是第一次去侍寝，羞怯地红着脸，低着头，身体好像在颤抖。

张良娣点点头。

两个宫女把女人带到一个专门的房间洗浴，洗干净了，裹一床锦被，由太监送到皇帝的寝室。

皇帝喝过药酒与女人行乐，颠来倒去的要花很长时间。完事后，已是二更时分。这时皇帝爽也爽了，倦也倦了，很快就睡着了。太监把女人裹上锦被，带回那个专门的房间。

张良娣等候在那个房间里。她要亲自监督完成最后一道程序，才能放心去睡。

那个房间里除了有一个大浴桶，还有一个形状和构造都很奇特的躺椅。太监把女人仰放在躺椅上，把她的脚放在两个脚蹬上，她的腿就自然张开了。一个宫女站到躺椅后面，把躺椅的靠背往下按，躺椅的前端就翘起来，平躺的女人变成上身朝下、下身朝上。另一个宫女站在躺椅的前端，把一根笛子粗细的弯竹管缓缓插进女人的阴道，用漏斗往竹管里灌温水，灌到水溢出来为止。那水是用藏红花浸泡过的，也是一种秘方。然后这个宫女把躺椅的前端往下按，躺椅的靠背翘起来，女人变成上身朝上、下身朝下，灌进她阴道里的水一下子都流了出来。这样反复几次，把皇帝留在女人身体里的龙种冲洗得干干净净。皇帝的龙种宁可浪费，也不能在民间留下龙子龙女，那样岂不乱了纲常。

这个方法是那个为皇帝配制药酒的老太监告诉张良娣的。老太监说，以前在皇宫里，皇帝不想给哪个女人留龙种，就是这样处置的。张良娣就派老太监去找工匠做了这个奇特的躺椅。

宫女替那女人穿好衣裳，送回她住的屋子。

张良娣也倦了，手掩着嘴打了个呵欠。一个宫女端来一碗雪蛤红莲汤。张良娣喝了汤，回自己的寝室睡觉去了。

王九在院子里东转转西看看，寻寻觅觅，想找一点可以吃的东西。

无论许远怎样精打细算，粮库里的粮食还是一天天减少，就像一条失去源头的河流，河水渐渐变浅变细，最后终于干涸。先是每人每天三合粮食，然后减到两合，再减到一小勺。粮食不够吃，就把茶叶和纸捣烂掺在粮食里。茶叶和纸吃光了，就掺树皮和草根。城里的老百姓也都在吃树皮和草根。没多久，睢阳城里的树都变成了白森森的木棍，青草地都变成了黄土地。粮食没有了，茶纸没有了，树皮和草根也没有了。许远和张巡商量，留下三十匹战马备用，把其余的战马都杀掉做军粮。马肉吃了十多天也都吃光了。睢阳城里除了人，大概再没有别的活物。老百姓家养的猪羊鸡鸭猫狗早已吃掉，天上飞的麻雀、地上跑的老鼠，只要抓得到的，也都进了人的肚子。

和太守府里其他的人一样，王九已经两天没有吃东西了。他原本是个中等偏胖的人，饥饿就像一把剔肉刀，把他身上的肉一点一点剔掉，只剩空瘪的皮囊。

饿极的时候，他也曾想过，是不是不该跟张巡到睢阳来？倘若留在真源，即使丢了衙役的差事，做个老百姓，也不会受这份罪。转念又想，天下大乱，无论在哪里，只怕都免不了要受罪的。这么一想，也就不后悔了。

　　转了几圈，没有找到可以吃的东西，人却虚弱得站不住了。他很失望，在院子角落的一块石头上坐下来。他闭上眼睛，把食指放在人中穴上，快速按压三十下，再把食指和中指放在中脘穴上，也是快速按压三十下。他小时候也曾遭遇饥荒，有个老郎中教他这个方法，说是能够止饿。明知并无功效，他还是反复做了几次。做完后，他叹口气，睁开眼睛。院子角落很潮湿，墙脚下有几块错落的碎砖，他看见碎砖上有薄薄的青苔，就拿起一块碎砖，用手指甲把青苔抠下来，攒成一团，塞进嘴里。青苔又苦又涩，他使劲咽下去。抠完这块碎砖上的青苔，又去拿另一块碎砖。刚拿起来，意外地发现碎砖下面竟有一只蜗牛。他迫不及待地抓起蜗牛，把蜗牛壳捏碎，一口就把蠕动的蜗牛吞下去。蜗牛腥腥的粘粘的凉凉的，顺着食管滑进胃里。他觉得胃里好像有无数只小手在争抢这只蜗牛。

　　他抹一下嘴巴，嘿嘿笑着，自言自语说："今天真不赖，有荤有素。"

　　他把几块碎砖都翻开，还想再碰碰运气。但是运气已经跑掉了，不要说蜗牛，连蚂蚁都看不见一只。

　　这时，他听见张巡的屋里传来一声尖叫。他听出是朵儿的声音，心里一惊，急忙站起来，向那边跑去。

　　跑进那间屋子，他看见朵儿站在里屋的门口，手捂着嘴，脸上是嫌恶和害怕混杂的表情。

　　王九问："什么事？什么事？"

　　朵儿指着里屋的一个柜子说："你看！你看！"

那个柜子的门敞开着,柜子前面的地上有一堆棉絮。王九怕有什么歹人躲在那里,握紧拳头,做好防御的架势,一步一步慢慢走过去。走到柜子前面,探头一看,连个人影都没有,却看见柜子里的棉絮上有一窝小老鼠。这些小老鼠刚出生不久,粉红色肉嘟嘟的,眼睛还没有睁开。王九像看见了一碗美味佳肴,两眼顿时放出亮光。

王九正想伸手去捉小老鼠,朵儿在后面说:"还有一只大老鼠跑掉了。"

朵儿说,这些天夜里很凉,她想加一床棉絮,就去打开柜子。柜子里有一摞棉絮,刚抱起最上面的一床棉絮,突然蹿出一只大老鼠,嗖的一下逃得无影无踪,又看见下面一床棉絮上躺着一窝小老鼠。她又恶心又害怕,尖叫一声,扔掉手里的棉絮,跑到门口。

王九听说还有一只大老鼠,知道是刚生崽的母鼠,就想把这窝小老鼠做诱饵,引诱那母鼠出来。他叫朵儿到外屋去,坐着不要走动。他到厨房去拿了一个簸箕、一根筷子和一根细绳。他用捉麻雀的方法拿筷子把簸箕支在小老鼠上面,用细绳拴住筷子,把细绳引到窗外。他站在窗外,手攥着细绳,耐心地等待母鼠自投罗网。

看来老鼠也有母子亲情,过了大约一支香的功夫,一只黑黑的母鼠出现了。它贼头贼脑地在簸箕外面转来转去,似乎知道有危险。那些小老鼠好像知道母亲就在旁边,一个个翕动着尖尖的小嘴,想要吃奶的样子。母鼠终于忍耐不住,跑到小老鼠身边。

王九觑准时机,猛拉细绳,簸箕落下来,把母鼠和小老鼠全都罩住。

王九煮了一锅鼠肉汤。煮汤的时候,一缕缕香气从锅盖下面溢出来，直钻进王九的鼻子，王九不停地吸着鼻子。汤煮好了，王九自己先喝了一碗汤，吃了一只小老鼠。小老鼠很嫩，差不多快煮化了。他不敢多吃，怕昧了良心。他舀了一碗端给朵儿。朵儿虽然饿得发昏，却不肯吃，说是恶心。王九再三劝她，说这汤是如何鲜美，说乳鼠是怎样滋补。朵儿皱着眉头、闭着眼睛勉强喝了一口，还是放下了。

王九要把鼠肉汤送到城楼去给张巡吃，朵儿说分一半给许远，王九就舀出一半给许远送去。

王九提着一瓦罐鼠肉汤走上城楼的时候，张巡刚率领官兵打退了叛军的一次进攻。

叛军在城外安营扎寨以后，并非完全坐等官兵饿死，他们隔些天就要发动一次进攻。他们忌惮毒火飞龙的威力，攻势并不猛烈，也不指望马上攻下城池，主要是为了消耗官兵的体力。

张巡看见瓦罐里的鼠肉汤，真想统统吃光。他和将士们一样饥饿。这饥饿不只是肠胃的空虚，已经弥漫到全身，他好像听到骨髓都饿得咕咕叫，脑袋仿佛渐渐变成空壳，有两只看不见的手正在绞榨着脑汁，把精神和意识一点一滴地榨掉。刚才他用剑刺杀一快要爬上城头的敌人，因为用力过猛，眼睛一阵发黑，差点昏倒。官兵这边受伤的人并不多，却有不少人饿得昏倒了。

张巡捧着瓦罐，用鼻子嗅了嗅，然后喝了两口汤。他知道自己必须吃一点东西，他绝不能昏倒。他若昏倒，没有人主持大计，城池就不能坚守。他克制着还想再喝几口的欲望，把瓦罐交还给王九，让王九跟着他，走到一个昏倒的士兵面前。

那士兵年纪很小，十六七岁的样子。张巡叫王九把鼠肉汤舀在碗里，喂给那士兵喝。那士兵喝了汤，吃了一只小老鼠，脸上渐渐有了活气。

张巡带着王九，看见昏倒的士兵，就叫王九把鼠肉汤喂给他们喝。终究是杯水车薪，很快一瓦罐鼠肉汤就告罄了。

深夜，张巡在城头上巡查。走到南城，他停下来，遥望城外的敌营。敌营里有星星点点的火光。

两三丈外，几个士兵燃起一堆火在煮东西。他们没有看见站在黑暗中的张巡。他们把牛皮做的箭囊割成碎片，放在锅里煮。煮了半个多时辰，坚韧的牛皮还没有煮烂。他们的铠甲上兵器上凡是皮子做的东西都已经吃掉了，这是最后一个箭囊。

一个络腮胡的士兵用筷子从沸腾的锅里夹起一块牛皮，放在嘴边吹了吹，小心地咬了一口。仍然咬不动。他把牛皮扔进锅里，骂道："狗日的，这么硬！"

一个年纪大些的老兵说："你别嫌它硬，明天连这玩意都没得吃了。"

络腮胡说："南将军去求救兵，怎么还没回来？他去了多少天了？"

老兵说："大概有六七天了吧。"

络腮胡说："要是求不到救兵怎么办？"

老兵说："那就死呗。"

当兵的说话粗声大气，张巡都听见了。他很清楚，南霁云去了不是六天，也不是七天，是八天，整整八天了。他每天都在掰着手指头计算。八天前的半夜，南霁云带了二十九个人，骑着最后三十匹战马，从南面冲入敌营。南面的敌营最稀疏，兵力最弱。从那时候到现在，再也没有南霁云的消息，也不知道他们是死是活。如果南霁云求不到救兵，那么只要三天五天，最多七天，饥饿就会使官兵瘫痪，敌人不费吹灰之力就能占领睢阳。

张巡表面像往常一样不动声色，心里却焦虑万分。他睁大眼睛望着敌营，希望看到南霁云带着救兵冲破敌营，千军万马冲杀过来。但是他什么也没有看见。敌营中毫无动静。

肚子里一阵绞痛，眼睛又开始昏朦。他知道必须休息一会儿，不然恐怕要晕倒。他走进城楼，在一个角落里靠着椅子坐下来，合上眼睛。

张巡醒来的时候，已是黎明。他用手掌擦了擦脸，走出城楼。天边晨曦微露，有淡淡的晨雾在天地间飘游，远处的景物朦朦胧胧的像海市蜃楼。

忽然，张巡听见敌营中隐隐有呐喊声、马蹄声。他精神一振，呼喊城头的士兵准备作战。呐喊声和马蹄声越来越响、越来越近。他看得越来越清楚，有两个人骑着马向城池跑来，后面有一大群人在追赶。有一个骑马的人一边奔跑，一边向后面射箭。

等两个骑马的人跑近了，张巡命令城头的士兵向后面的追兵射箭。追兵被密集的箭矢压住，两人很快跑到城墙下面。

这两个人正是南霁云和他手下的一个士兵。不能开城门，怕敌人会趁机冒死冲进来。张巡命令士兵放下吊篮，把两个人吊上来。

南霁云回来了。

没有救兵。

晁梦麟的笔记《南霁云求救》——

南霁云去求救兵，冒了九死一生的危险。

那天夜里，秋雨绵绵，凉意浓重。三更时分，正是敌人最倦怠最疏忽的时候，南霁云带领二十九个人出了南门。为了不惊动敌人，他们一开始没有骑马，各人牵着自己的马，借夜色和雨声的掩护，悄悄向敌营走去。靠近敌营的时候，南霁云发出暗号，三十个人一齐上马，冲进敌营。敌人以为是官兵劫营，一时间惊慌失措，乱成一团。南霁云一马当先，左砍右杀，冲开一条血路，突围出去。出去后，南霁云清点人数，连他自己在内，还剩十一人，十九人在混战中阵亡。

十一个人向东方疾驰而去。

一路上，他们不顾饥饿和疲劳，昼夜兼行，只在马匹太累的时候稍微休息一下。南霁云身上带了一点银两，路过村镇的时候买了一些干粮充饥。

睢阳东面的彭城和临淮都有朝廷的军队。统率彭城军队的将领是许叔冀，统率临淮军队的将领是贺兰进明。他们手下各有数万人马。

南霁云一行先到彭城。

许叔冀听说他们是睢阳派来求救兵的人，竟命令部下紧闭城门，不让他们进城。南霁云先是好言相求，许叔冀始终不为所动。南霁云气愤之极，破口大骂，甚至说要与许叔冀决斗。许叔冀一味地装聋作哑，不敢回应，只是不开城门。

南霁云没有办法，只好转而奔向临淮。

到了临淮，贺兰进明没有像许叔冀那样紧闭城门，他请南霁云一行进城，还设宴款待他们。南霁云向贺兰进明说明睢阳的危急境况，恳求他立即出兵借粮，解救睢阳。贺兰进明说："你出来已经好几天了，此时此刻睢阳恐怕已经陷落，出兵借粮还有什么用呢？"南霁云说："睢阳将士拼死守城，此刻城池一定还未陷落，他们都在望眼欲穿地盼望救兵啊！现在立刻发兵还来得及。如果城池果真陷落了，我情愿以死谢罪。"贺兰进明说："将军能从千军万马中突围出来，真是英勇无敌啊！我最喜爱将军这样的壮士。睢阳既然已经无望，将军就留在我这里吧，我一定会善待将军。"说完，再三劝南霁云进食，还命令乐手奏乐。南霁云面对美酒佳肴，一口也吃不下去，流着眼泪哽咽说："我出来的时候，睢阳将士已经很多天没有粮食吃了，今天你设宴奏乐款待我，我如果独自享受美食，怎么对得起忍饥挨饿的睢阳将士！我不能完成主将交给我的使命，我就把一个手指留在这里，证明我已竭尽全力了。"他霍然站起，拔出佩剑，伸出左手食指，一剑挥去，半截手指被砍落在地上，伤口处鲜血像泉水一样涌出来。在座的人全都惊呆了，有人忍不住哭泣起来。贺兰进明默然无语。南霁云割下一块战袍包扎了伤口，悲愤地说："我这就回去和睢阳将士死在一起！"

南霁云带着十个部下离开临淮。出城的时候，他抽出一支箭，回身射向城头上贺兰进明的旗帜，发誓说："有朝一日我若能破贼回来，我一定要灭了贺兰进明！这支箭就是我的誓言！"

贺兰进明和许叔冀坐拥强兵而见死不救，究其原因，大概是惧怕与叛军作战，想保存实力，将来好做筹码向朝廷讨封赏；或者是心怀忌妒，不想让张巡、许远成功，怕张巡、许远的功劳盖过他们；或者是二者兼而有之。

南霁云一行回到睢阳，突破敌营的时候，又有九人阵亡，只剩南霁云和一个部下。

张巡知道,现在真正到了生死存亡的关头。

张巡独自站在一个隐秘的小院子里,苦苦思索。夜色浓暗。他的身影与夜色融为一体,他的思绪在无边的浓暗中沉浮。

南霁云回来了。南霁云带回来的不是救兵,而是绝望。南霁云回来之前,人人都还怀着一线希望,南霁云回来之后,这一线希望变成了绝望。很多人哭了,很多人咒骂见死不救的贺兰进明和许叔冀。饥饿已经把人折磨得奄奄一息,绝望又在人的心上戳了一刀,人心就要崩溃了,人心一崩溃,城池也要崩溃,敌人将不战而胜。

睢阳危在旦夕。

张巡与许远商议后,召集小队长以上的军官和太守衙门的官吏在太守府聚会。共有一百多人,太守府的大堂容纳不下,就聚集在院子里。这些人个个面黄肌瘦,精神委顿。许远先说话。许远说,今天请大家来,是要商议一件事,那就是今后怎么办。许远说完后,一时无人回应。今后怎么办,照说是无须商议的事情,军令如山,应该由主将说了算,但是在粮尽援绝的情势下,人心涣散,只怕不是主将的一声命令就能把人心收拢的。须得众人心甘情愿、齐心协力,主将的命令才有效用。因此,张巡和许远要大家商议。静默片刻,有个中年军官率先发言。这人是雷万春手下的一个队长,骁勇善战,左边脸上从眉毛到颧骨有一条三寸多长的刀疤,形似蜈蚣。他说:"既然要大家说话,那我就先说。眼前的事情是明摆着的,没有粮食,没有援兵,困守在这座城里,那只有死路一条。人都死了,城还守得住吗?不出三五天,睢阳必然陷落。我不怕死。当兵的战死疆场,马革裹尸,本是理所当然的;但是像这样活活饿死,城池最后还是陷落,实在是太窝囊,实在是心有不甘。不如冒死突围,与敌人拼个鱼死网破,好歹还能活出去一些人。"他越说越激动,那条蜈蚣似的刀疤隐隐泛红。他的话音刚落,周围的人纷纷附和。雷万春对张巡说:"你下命令吧,我第一个冲出去!趁现在还有一点力气,杀一个是一个!"张巡没有回答,等下面的人话说得差不多了,才缓缓说:"我也恨不能此刻就杀出城去,与敌人拼个你死我活。但是睢阳是江淮的屏障,我们若弃城而去,叛贼就会长驱东下,江淮必然落入贼手。况且我们又饥又疲,即使冲出去也走不远,无异于白白送死。如今天下大势,叛贼看起来气焰嚣张,其实已是强弩之末,最终一定失败。临淮和彭城虽然不肯出兵援救,我想其他各镇绝不会没有一个仗义的人,早晚会有人来援救。我们不如坚守下去,等待援兵,守住睢阳城,这样才是对朝廷尽忠啊!"南霁云说:"为朝廷尽忠,饿死也好,战死也好,我没有话说。只是城里的百姓太可怜,能不能放他们出城,给他们一条生路?"许远说:"我是睢阳的父母官,我有保护百姓的职责,我也想放他们一条生路啊!可是怎么放呢？把城门打开吗？城门一开，几万人涌出城去，敌人必定会趁乱而入，那不是把城池拱手送给敌人吗？"这个道理很简单，南霁云无话可说。又静默片刻，还是那个刀疤脸的军官先开口。他说："两位大人讲的道理我都懂，但是人不能不吃东西啊，没有吃的，一切都是空话。"他的话一说完，又响起一片附和声。张巡明白，对快要饿死的人来说，任何语言都是没有力量的，再这样说下去也不会有结果。唯一使他感到宽慰的是毕竟没有人说出"投降"两个字。他跟许远小声商量了几句，然后就要众人先回去，明天早上再到这里来，他说他将会给他们一个最后的决定。

此刻他在这个隐秘的小院子里苦苦思索的就是这个最后的决定。

他从来没有像现在这样清晰地看见了死亡。自从起兵以来，他经历了无数次激烈惊险的战斗，有好几次死亡与他擦肩而过，他也没有嗅到死亡的气息。在战场上，生与死有着太多的偶然和侥幸，时间和空间的稍微偏移，就能决定你的生或死。在那一瞬间，你还来不及感觉到什么，死亡就攫住了你或者放弃了你。现在周围并没有挥舞的刀枪和疾飞的箭矢，他却看见死亡正在不可避免地向他走来。他对将士们说早晚会有援兵来救睢阳，其实从南霁云回来的那一刻起，他心里就像明镜似的清楚，那希望是微乎其微的。朝廷的军队各自为政，甚至相互羁绊、相互倾轧，没有人会来救睢阳。既没有救兵，又没有粮食，睢阳的陷落就是必然的，他的死也是必然的。他不能投降，投降会使他变成千古罪人，他在故乡的亲属将来还会遭到朝廷的清算。他也不能弃城，弃城将被朝廷追问失守之罪。他只有一条路可走，那就是死。

他轻声叹息，仰望苍天。苍天深邃无底，月光惨淡，点点星辰像漫撒在银河里的盐粒。苍天是一个谜，不知道那里有没有神祇和天堂。对人而言，死亡是一个更大的谜，或者是一个最大的谜。自古以来，没有人知道死是怎么回事，没有人能从生死的彼岸回来，把那边的情景告诉这边的人。他看见过无数死去的人，有病死的，老死的，处死的，更多的是战死的。但是他不知道，当一个人在病榻上咽气的时候，当一个人的头颅被刽子手的大刀斩落的时候，当一个人在战场上被敌人的枪尖刺中心脏的时候，那人的感觉是什么？那人看见的是什么？没有人知道。人死之后，到底是如灯火熄灭，如烟消云散，还是有一个灵魂飞离躯壳，升入天堂或堕入地狱？没有人知道。他宁可相信有灵魂，他希望有灵魂。那样，死亡就不是永恒的寂灭，而是一次轮回的结束和另一次轮回的开始。

他思来想去，想不出这个谜底，于是从纷乱的思绪中挣脱出来，转到另一面去想。

既然死亡已是不可避免，那就应该趁死亡来临之前做一件惊天动地的大事，一件前无古人、后无来者的大事。从断粮以后，这件事就像一粒种子，深深埋在他的心底。它一天一天膨胀着，使他感到惶悚惊惧。他刻意压制着它，不让它萌发。此时此刻，在生死存亡的最后关头，他再也无法压制它了，它便迅速地发芽，长大，成形。

他要坚守下去，在没有粮食和援兵的绝境中坚守下去，即使最后城破人亡，也死而无憾。要想坚守下去，必须要有吃的东西。睢阳城里粮食没有了，茶纸树皮草根没有了，牛马猪羊鸡鸭猫狗没有了，连老鼠麻雀也没有了。睢阳城里还有什么可以吃的东西?这是人人都知道的,但是人人都不敢点破。那就只能由他来点破。

一旦点破,就是石破天惊。

他冷不丁打了个寒噤。

这个寒噤使他犹疑了一刹那。但也仅仅只是一刹那。白天虽然没有人公然说出"投降"两个字,但是如果明天他还不能做出最后的决定,这支饥饿到极点的军队难保不会哗变。因此他再也不能犹疑。

他伸出右手,向虚空猛劈一掌。这一掌斩断了最后的一丝犹疑。

下定决心之后,他的心情渐渐平静下来。他捻着胡须,在小院子里慢慢踱步,思考着明天要做的事情的细节。他要把这件事情做得尽善尽美。

袁不方晕晕乎乎躺在床上,自己也不知道是醒着还是睡着了。他希望自己是睡着了,最好一直睡下去,那样就能忘记饥饿。王九就是在这时来叫他的。晁梦麟睡在对面,也不知道睡着没有。王九怕惊动晁梦麟,把嘴凑在袁不方的耳边轻声叫:"袁先生!袁先生!"

袁不方睁开眼睛,有气无力地说:"什么事啊?"

王九说:"张大人请你去一下。"

袁不方从床上爬起来,摇摇晃晃跟着王九走出门。夜风拂面吹来,脸上一凉,人就清醒一些,但是腿脚仍是软绵绵的,走路一脚高一脚低。跟着王九东拐西拐走到一个地方,看见一堵高墙和两扇厚重的大门,门外有两个守卫的士兵无精打采地抱着枪靠在墙上。袁不方在太守府住了几个月,却没有到过这个地方。进了大门,里面是一个小院子，院子里空荡荡的，连棵树都没有。王九带他走进一个屋子，那屋子很怪，四面都没有窗子，正面墙上有一扇紧锁的铁门。屋子里有几个上了锁的橱柜和两个书案，书案上放着笔砚和算盘。张巡坐在一个书案后面。

王九悄悄退出去，把门掩上。

张巡说："这么晚请你来，打扰你休息了。"

袁不方问："这是什么地方？"

张巡指了指那扇铁门说："这是太守府的银库。"

张巡也是第一次到这个地方来，他跟许远说要找个隐秘清静的地方想点事情，许远就叫金蝉儿领他到这里来。这里的确是太守府里最隐秘最清静的地方，一般人都不知道这个地方。

张巡端起书案上的一碗水递给袁不方，苦笑说："没有什么东西请你吃，喝点水吧。"

袁不方喝了水，脑子是更清醒了，肚子却更饿。

张巡说："忽然想起在京城平康里的那几天，就想找你聊聊。"

袁不方暗自诧异。刚才他正在猜想，张巡这么晚找他来，不知有什么要紧的事情，想不到却是这样无关紧要的事情。白天的聚会他也在场，亲耳听到张巡说明天要做出最后的决定，谁知在离明天只剩几个时辰的时候，张巡竟有心思优哉游哉地聊什么平康里的事情，真是风雅之极啊！

虽然诧异，袁不方还是和张巡聊起来。

这天晚上张巡和袁不方谈的事情，除了他们两人之外，没有第三个人知道。当时袁不方很迷惑，想不透张巡的用意，直到第二天发生了那样的事情，他才恍然明白了张巡的深意。很久以后回想起来，这深意还令他不寒而栗。

朵儿在昏暗的灯光下对着镜子化妆。这是一面菱花形的铜镜,她嫁张巡的时候裴三娘送给她的,铜镜的背后有鸾凤双飞的图案,铸造精细。

朵儿平时不大化妆。她青春年少,肌肤天然丰润细滑,脸色天然粉白嫩红,有一次张巡说她不化妆反而鲜活自然,从那以后她就很少化妆。但是这些天她像变了一个人,她几乎不敢照镜子了。她的脸原本是丰满的椭圆形,变成了尖尖的三角形,脸色苍白晦涩,眼窝深陷,眼珠失去了光泽。她听王九说张巡晚上回到了太守府,她想他或许会回家过夜。粮库失火那天夜晚他回来过一次,后来就一直住在城楼,再也没有回来过。今天若是回来,她不想让他看见她饿成这副模样。

她描了眉,在脸上抹了淡淡的脂粉。然后从梳妆盒里找出两片用红色透明的蜻蜓翅膀做成的花钿。夏天时金蝉儿捉了一只红蜻蜓,把翅膀送给她做花钿。她正想把蜻蜓翅膀贴在鬓角,忽然觉得头晕,镜子里的人面变得模糊而遥远。一片红色透明的蜻蜓翅膀从她手中飘落下来。她用手撑着额头,竭力睁大眼睛,好像一闭上眼睛人就会昏晕过去。

不知过了多久,涣散的精神渐渐回到身上,头不那么晕了。她听见有人走进屋里,扭头一看,是张巡回来了。她强打精神站起来,面露微笑迎过去。

张巡也瘦得厉害,胡须乱蓬蓬的像杂草,脸上身上脏兮兮的。他注视着她的脸,眼睛似乎一亮。

朵儿要去端水给张巡洗脸,张巡说:"算了,时辰不早了,睡觉吧。"

两人脱了衣裳,吹灯上床。上床后,张巡仰面躺着,眼睛望着黑乎乎的屋顶，不动，也不说话。朵儿见他不动，也不敢动，静静躺在他身边。

张巡忽然说："南霁云回来了。"

朵儿问："他到哪里去了？"

张巡说："他去求救兵了。"

朵儿问："求到救兵没有？"

张巡说："没有。"

朵儿无语。

张巡又说："城破了，你怎么办？"

朵儿说："你怎么样我就怎么样。"

张巡说："我是要和睢阳共存亡的。"

朵儿说："我和你一起死。"

张巡不再说话。沉默了一会儿，他侧转身，把手放在她的头上，轻轻抚摸她的头发。接着把手移下去，像瞎子要记住一个人的相貌似的，在黑暗中依次抚摸她的额头、眉毛、眼睛、鼻子、脸颊、嘴唇和下巴。在下巴上稍稍停留，然后又往下移，抚摸她的脖子、锁骨、胸脯、肚腹、腰胯、大腿。朵儿在平康里的时候被人称作"小贵妃"，那时她面如满月，肌肤肥白，柔若无骨，现在却瘦得可怜，脸颊凹下去，颧骨凸出来，下巴变得尖削，脖子细得似乎只有一握，乳房萎缩得像两个风干的果子，肋骨像竹排似的一根一根历历可数，腰腹上几乎摸不到肉，只摸到礁石般突棱的髋骨和耻骨。在这个十六岁的小女人的身上，除了皮和骨头，还有几斤肉呢？张巡想到明天将要发生的事情，心脏像被锥子猛刺了一下，一阵胀痛，眼睛不由得潮热了。

朵儿不知道张巡在想什么。张巡是第一次这样抚摸她，她在他粗硬的手掌中感觉到从未有过的温柔和爱怜，心中就一荡一荡地起了波澜，小腹深处一阵阵发热，一阵阵酥痒，好像那里也在渴望男人的抚摸。

张巡却不再抚摸她。他为自己的软弱感到恼怒。大丈夫做大事业，怎能怜惜一个女人？他怕这软弱继续纠缠他，于是突然腾身而起，重重地压到她身上，动作粗暴猛烈。

朵儿轻唤一声。张巡的粗暴弄疼了她。但疼痛很快就被快乐的浪潮淹没。那浪潮从小腹深处滔滔不绝地涌向全身，涌向头顶和脚心。跟了张巡这么多日子，今天她才发现女人也能有这样大的快乐。她羸弱的身体里竟生出一股力气，忘乎所以地把他紧紧抱住，生怕快乐会从她身体里流走。

她在快乐的高潮中飘浮起来，飘浮到另一个世界。那个世界无声无色无人无我，只是茫茫的虚空。她的肉身和魂魄都溶化在虚空中，心里只剩一线若有若无的清明。她迷迷蒙蒙地想，我是不是死了？这就是死吗？那就让我像这样死了罢！

二十二

秋天的早晨。

天地从沉睡中苏醒，正是神清气爽的时辰，天空高远清净，大地万物舒展，天地间阳光明朗，气息清爽，阴阳和畅。

睢阳城里却是死气沉沉，没有人声喧嚣，没有车声辚辚，没有鸡鸣狗吠，没有鸟雀唧啾，连虫豸也无声无息。

太守府里也是一样的死气沉沉，这里虽然聚集了一百多人，但是他们如同木雕泥塑，呆呆的，静静的，默默的，毫无生气。这些人是小队长以上的军官和太守衙门的官吏，张巡和许远昨天曾经召集他们在这里聚会商议，寻求出路，结果是议而未决。过了一夜，在这个神清气爽的早晨，他们重新聚集，等待张巡许诺的最后决定。时间是饥饿的帮凶，经过这一夜，每个人的身体和精神越发衰弱，许多人连站的力气都没有了，萎靡地坐在地上。有几个人没有来，他们已经死于病饿。城里老百姓死的更多，几条街上都有倒毙的饿殍。

许远来到大堂。张巡还没有来。许远的脸色白里透青，眼皮虚肿，他觉得头脑昏昏沉沉的，眼睛看东西像有双影，两条腿软软地像抽掉了骨头似的。他很想坐下来,但他没有坐,坚持站立着。他用右手把佩剑抵在地上,支撑着身体,左手叉腰,竭力做出一副很潇洒的姿势。

金蝉儿站在许远身后。这个十四岁的孩子瘦得缩小了一圈,看起来只有十来岁的样子,衣裳穿在身上空荡荡的。许远叫他留在后院歇息,他却执意要跟着许远出来,他说一个人待着老是听见肚子饿得咕咕叫,到人多的地方或许能忘掉一点饥饿。

许远朝院子里扫视了几遍,该来的人都来得差不多了。他吩咐金蝉儿去请张巡出来。

金蝉儿很快就从后院回来,他悄声告诉许远,张巡正在与朵儿喝酒呢,他看见张巡双手端着酒杯敬朵儿。张巡对他说稍等片刻就出来。

许远微微皱了一下眉头。他不明白张巡在这样的时刻怎么还会有兴致喝酒,而且怎么会屈尊向小妾敬酒?这不像张巡一贯的为人和行事。他疑心金蝉儿是不是饿得看花了眼,但他也没有再问金蝉儿什么,毕竟这是无关紧要的事情。

过了不到半炷香的工夫,张巡出现在大堂,王九跟在他身后。

许远的眼光迎向张巡,似乎想在张巡的脸上看出点端倪。许远昨夜通宵未眠,苦苦思索对策,直到天亮也没有想出结果,心中焦虑万分。但是在众人面前,他还必须故作镇静。今天该怎么办,必须有最后的决断。若是守,没有粮食怎么守?若是走,无异于驱羊群入虎口,况且他还难逃失城之罪。他实在看不到出路,只能指望张巡已经有了主意,却又不敢抱太大的指望。张巡也不是天神,并没有超凡的力量和智慧。他原以为张巡昨夜会与他商议，哪知张巡只跟他说要找个隐秘清静的地方想点事情，他叫金蝉儿把张巡领到银库去，后来张巡再也没有和他碰面，他也没有去找张巡探问。他一向觉得张巡这人心思太深，张巡既不来找他，他去探问恐怕也问不出结果。

除了消瘦和疲惫，张巡的神情一如往常，平静，沉稳，仿佛胸有成竹。许远在他的脸上看不到答案。

张巡看到了许远眼光中的疑问，但他立即把脸转开，不再与许远对视。他不想跟许远说什么。他要做的事情，无法跟他说，不能跟他说，也无须跟他说。

两位主帅出场了，聚集在院子里的一百多人都把目光投向他们。张巡和许远在这一百多双眼睛里看到的是呆滞，无神，空洞，绝望。没有人说话。昨天说话最多、情绪激昂的那个刀疤脸的中年军官也不作声，双手抱膝坐在地上。他们已经没有力气说话，也没有心情说话，谁也看不到生路，谁也不相信会有奇迹出现。他们今天到这里来，只是服从军令，聊尽最后的忠心。

许远想说几句开场白，这是太守分内的事，昨天聚会就是他说的开场白。他面向众人，清了清嗓子，刚张嘴，竟不知说什么好，便侧脸看了看张巡。

张巡仍然不理会许远的眼光，他一脸肃穆，走到悬挂在大堂中央的皇帝画像前面，整一整衣冠，双膝跪下。

张巡的举动点醒了许远。许远高声叫道："参拜皇帝陛下！"然后前趋几步，跪在张巡身边。

聚集在院子里的人纷纷就地跪下，随着两位主帅三拜九叩，山呼万岁。这些饿得快死的人再也没有以往参拜时的激情，动作参差不齐，声音有气无力。

参拜完毕。张巡先站起来。许远跟着站起来，不料膝盖一软，又跪倒在地。他抓起搁在地上的佩剑，用剑撑着地，勉力站起来。

院子里忽然响起嘈杂声，是那个刀疤脸的中年军官昏倒了。这个强壮的汉子身高体胖，一向食量极大，曾经一顿吃过八大碗米饭、五斤牛肉。身躯大消耗也就大，长久不进食，他比别人更虚弱，刚才参拜的时候身体一会儿匍匐一会儿直起，等参拜完了想站起来，头脑里的血好像突然流光了，眼前的景物一下子全都消失，庞大的身体砰然扑倒在地上。旁边的人大呼小叫、七手八脚地围在他身边抢救，有人掐他的人中，有人去舀了水来泼在他脸上。忙乱了一阵，他慢慢睁开眼睛，眼光却茫然空虚，好像魂魄还未附体。

这时张巡说话了。没有开场白，他直截了当地说："昨天我说过今天要给你们一个最后的决定，现在我就把这个最后的决定告诉你们。"

他的声音比平时更低沉沙哑，但是所有的人都听得清清楚楚，所有的人都屏声静气地等待下文，决定他们和睢阳城命运的下文。

张巡用这两句话吸引了众人的目光，接下去却没有立即宣布他的最后决定。他回头对王九小声说了一句话，王九应诺一声，离开大堂，走到后院去。

王九走后，张巡还是不说话，像是在等待什么。众人于是也都默默地继续等待。

没有等待多久，王九很快就回到大堂。他不是一个人来的，他搀扶着一个瘦弱的女人，从后院的圆洞门里出来，慢慢走到大堂上。

在场的人大多不认识这女人，只有许远、金蝉儿、袁不方、晁梦麟和太守府的几个人认识她，她就是张巡的小妾裴朵儿。其他的人虽然不认识她，但是多半也能猜到她的身份。

王九把朵儿搀扶到张巡身边，放开手，退到一旁。朵儿失去凭靠，身子晃了晃，两腿一颤，勉强站稳。

看到朵儿，不管是认识她还是不认识她的人，空洞的眼神顿时都有了一些内容，惊讶，好奇，迷惑，都在她身上逡巡。

朵儿今天梳了一个双鬟望仙髻，鬓发上簪了一朵铜钱大的紫色小花。她以往并不喜欢簪花，早晨起床后，在院子角落里看见这朵不知名的小花，孤零零的在几块乱石的缝隙中随风摇曳，不知怎么心念一动，便伸手去摘下来。那时花瓣上还有细小的露珠，颤巍巍的，晶莹剔透。到此时露珠已干，花瓣也失去了几分鲜嫩。她穿着浅褐色的宽袖衣衫和葱绿色的长裙，衣料都是绣金花的丝绸，悉悉索索闪着耀眼的碎光，一条粉红色半透明的罗纱披帛从她肩上松松的垂到臂弯，又绕过臂弯蜿蜒着拖到地上。自从嫁给张巡，她想洗去平康的奢华靡丽，平素衣着就偏于简朴淡雅，太守府里的人都不曾见过她穿得这样浓艳。

在场的人全都迷惑不解，在这个决定生死存亡的最后时刻，张巡让他的女人在众人面前盛装亮相，到底是什么用意？

除了张巡自己，没有人猜得到他的用意，连朵儿也不知道张巡为什么要她站在这里，为什么要她穿得像个新嫁娘？

最迷惑而且惊诧的是袁不方。袁不方坐在院子的一个角落里,精神恹恹的,歪斜着靠着围墙,眼睛半闭半睁。看见朵儿出现在大堂上,他霍然坐直身体,睁大了眼睛。

他在朵儿的脸上看到了只有他能看懂的东西。

秋日阳光的颜色像成熟的枇杷,金黄中透着淡淡的肉色。这颜色染在朵儿的脸上,使她的脸庞看起来不那么瘦弱苍白。令袁不方惊诧的是她的脸颊上有两团红晕,这红晕显然不是阳光的颜色,而是像喝酒后的酡红。她的神情也很古怪,面对这么多陌生的男人,她好像视而不见,没有一点羞涩忸怩,兀自恍惚迷离地微笑着,像在醉中,又像在梦中。她的眼睛又清亮又迷蒙,就像清澈的湖水上飘浮着时有时无的薄雾,更奇异的是在这水中雾中竟似有小小的火焰在隐约跳跃。她的嘴唇微微翕张,仿佛有一团渴望含在唇齿间欲吐还休。

袁不方曾经见过脸上有这种古怪神情的女人,他知道是什么东西会使女人的脸上出现这种古怪的神情。他立即想起昨夜张巡与他在银库讲的事情,于是他的惊诧变成了惊骇和恐惧。接下去一定会发生什么异乎寻常的事情,但他不敢想象也想象不出会发生什么样的事情。

不容他多想,异乎寻常的事情就发生了。

朵儿刚在大堂上站稳,张巡就对众人说:"我想了一夜,除了坚守到底,我想不出还有第二条路可走。投降,那是做千古罪人。我相信诸位都不愿意做千古罪人。弃城而走,一样有罪于朝廷,况且敌军兵强粮足,重重围困,就是想走也难得走出去。我们只能坚守到底。哪怕多守一天,多守一个时辰,或许就能等到援军。"

这番话听起来振振有辞,有理有节,其实很空泛,并不比昨天的话多点什么。下面的人就有些躁动了,有几个人几乎同时喊道:"人都要饿死了,怎么坚守下去!"

张巡说:"你们不要急,先听我说。我知道人要吃东西才能活下去,我也知道睢阳城里早已没有东西可吃了。这几个月来,诸位忍饥挨饿,仍然忠心耿耿,为朝廷抛头颅洒热血,我恨不能把我身上的肉割下来给你们吃!但是我有职责在身,我现在还不能死啊!"

说到这里,他忽然转身朝着朵儿叫了一声:"娘子!"

听到张巡叫朵儿"娘子",袁不方心中又是一惊。"娘子"是对正妻的称呼,张巡是个严正端方的君子,讲究尊卑礼数,怎么会把小妾称作"娘子"?

朵儿听到张巡的叫声,缓缓向他转过身来,依然恍惚迷离地微笑着。

张巡对她说:"娘子!昨夜你跟我说,若是睢阳失守,你唯有一死,与其死后尸身腐烂于地,被蝼蚁所食,不如把身体给将士们当粮食,让他们延长一时半刻的性命好等待援兵。你愿意代我为朝廷牺牲,我在这里替朝廷谢你了!"

众人似乎还没有听懂这番话的真正含意,仍是呆呆地听着,呆呆地看着。

只见张巡拱手弯腰,向朵儿深深做了一个揖。

朵儿脸上的笑容变得灿烂如花,眼睛里愈发水深火热。她身体前倾,迎接拥抱似的向张巡张开双臂。

张巡并没有拥抱她。他用左手握住她的右臂,右手迅疾从斜插在腰带上的刀鞘中拔出一把匕首。那是一把双刃匕首,刀锋雪亮。在此之前,没有人注意到他的腰带上插着一把匕首。他紧握匕首,从斜上方向朵儿的左胸刺去。刀锋抵近朵儿胸脯的时候,他犹豫了一下,手停住了。他不是第一次杀人。起兵以来，他历经大小数百战，或守城御敌，或骑马冲锋，杀死杀伤过不少敌人，但那都是在激烈的战斗中，拿起刀剑就与敌人拼杀，劈啊刺啊砍啊，只管朝敌人身上招呼，全然顾不得是不是击中敌人要害。因此他并不知道怎样才能干净利落地把人一刀刺死，只知道心脏是人的要害。他怕朵儿多受痛苦，想一刀刺中心脏，心里多了这点羁绊，唯恐刺偏，手势就迟滞了。但这只是一刹那的犹豫，紧接着就毫不犹豫地把刀刺进朵儿的胸脯。他听见喀的一声轻响，是刀尖刺在肋骨上了，再也刺不进去。他的手腕稍微扭转，继续用力，刀尖便从两根肋骨之间刺了进去，像刺进一团软泥，爽利快当，霎时就只剩刀柄留在朵儿的胸脯外面。

朵儿轻轻啊了一声，脸上如花的笑容顿时萎谢了，眼睛里清亮的迷蒙的雾和跳跃的火花全都消失。她的头向后仰去，伸出去的左臂像折断的柳枝一样垂落下来，胸前洇开一片鲜血，把浅褐色的衣裳染成暗红。

张巡没有拔出插在朵儿胸前的匕首，他把朵儿抱起来，向后院走去。

直到此刻，那些呆呆地听着、看着的人们方才醒悟，明白眼前发生了什么事情。震惊之下，他们全都像失去了知觉，没有人发出任何声音，也没有人做出任何动作。

太守府寂静如深夜的坟场。

当张巡把匕首刺进朵儿胸脯的时候，袁不方就悲痛地闭上眼睛，把头抵在膝盖上。他虽然预感到将要发生异乎寻常的事情，但是任他怎么想象也想象不到竟会发生这样的事情。他不敢看，不敢听，也不敢想，脑子里像飓风扫荡过的荒原一样空空茫茫。

晁梦麟坐在袁不方旁边。他本来也和别人一样半死不活、心灰意懒，看到眼前发生的事情，他黯淡无光的眼睛里突然闪过一道亮光，心中泛起一阵发现了宝藏似的莫名的激动。他忍不住站起来，想大叫一声"壮哉"，话到嘴边却硬生生咽住了。

许远在震惊之后立即清醒过来。他万万没有想到张巡会这样做。他自知没有张巡刚毅坚忍，也没有想过流芳千古的事，他想的只是尽到自己的职责，他是睢阳太守，就要与睢阳共存亡。他准备城破时就为朝廷捐躯，他预计城破就是这两天的事了，却没料到张巡竟会想出这个既能填充将士们肚皮又能激发将士们斗志的绝招。他终于明白张巡为什么一直不和他商议对策了，也知道自己该做什么了。

许远回身去寻金蝉儿。站在他身后的金蝉儿早已吓得魂飞魄散，目光呆定，浑身乱抖。许远一句话也不说，抽出佩剑，退后一步，挺剑向金蝉儿刺去。这一剑刺中金蝉儿的肚腹，因是软处，用力又猛，一下就刺进半尺多深，剑尖从金蝉儿身后穿出。金蝉儿冷不防挨了一剑，喉咙里发出凄厉的惨叫，眉眼鼻子皱成一团。许远拔出剑，鲜血随即从创口喷涌而出。金蝉儿穿的是近于白色的浅灰衣裳，那血红得分外触目。

金蝉儿倒在地上，四肢抽搐，嘴巴大张着，却发不出声音。许远把剑往剑鞘里插，滴血的剑尖在鞘口颤抖，插了几次才插进去。他转过身，看见王九站在离他最近的地方发呆，就招手叫他过来，吩咐他把金蝉儿送到伙房去。

王九把金蝉儿抱起来，在许远身后小声说："许大人，他还没咽气呢！"

许远也不回头看，挥挥手说："去吧。"

王九把金蝉儿抱走了。

许远双手拄剑,仰脸看着天空。

张巡回到大堂。从表面看,他还是那样平静沉稳,好像没有发生过任何异乎寻常的事情。他目光平视,不像许远那样仰望天空。大堂比院子高三级台阶,因此他的目光就越过了众人的头顶,投向一片空白处。此刻他不能与人对视,他怕泄露内心的波澜。他内心有些许哀伤,更多的却是壮烈和自豪,甚至还有几分欣快。他知道自己正在创造历史,创造一段空前绝后的历史。无论如何,他已经是胜利者。睢阳守得住,他是英雄;睢阳守不住,他也是英雄。

张巡只是静静地站着,其他的人也都不说话。

太守府重又寂静如深夜的坟场。

小半个时辰之后,方才有了动静。两个伙夫把一个大木桶抬到大堂上,另外两个伙夫抬来一只装碗筷的竹筐。木桶里飘出袅袅的热气和浓浓的肉香。众人都知道木桶里装的是什么东西。饥饿的人闻到久违的肉香,肠胃顿时蠕动起来,咽喉分泌出馋涎。有个伙夫偷偷用衣袖擦了一下嘴巴,显然已经近水楼台先得月。

张巡吩咐伙夫把木桶里的肉和汤盛在碗里,一碗一碗端给院子里的将士们,最后盛给许远和他自己。

每个人都端着一碗喷香的肉汤,每个人都已饿到极点,但是没有人吃。许多人干咽着唾沫,左右看看,看见别人不动,也就强忍着不动。

张巡笑着说:"快吃吧,这是世上少有的美味啊!"

虽然笑着,声音却有点哽咽,眼角泪光滢滢。他不再说话,把碗端到嘴边,大口大口吞吃起来。

张巡开了头,下面的人再也没有顾忌,一个个狼吞虎咽,院子里立时响起呼哧呼哧的声音。

袁不方没有吃。他看着碗里的东西,在肉香中似乎还闻到淡淡的脂粉香,眼前便隐隐约约浮现出朵儿的身影,不觉一阵恶心,忍不住干呕起来。肚子里早已空空如也,呕得翻肠倒胃,也只吐出几口酸水。

雷万春吃完肉汤,把碗一摔,蹲在地上号啕大哭。这一哭,像炸药炸破了堤坝,满院子的人都哭起来,哭声如洪水一般汹涌澎湃。

南霁云抹掉眼泪,振臂高呼:"誓死守卫睢阳城!"

全场的人一边哭泣,一边跟着高喊:"誓死守卫睢阳城!"

晁梦麟的笔记《杀妾》(后半章)——

张巡曾说,大丈夫必得做一番前无古人、后无来者的大事。张巡杀妾事,正是前无古人、后无来者,惊天地、泣鬼神的大事。

张巡妾姓裴,年方十六。这是张巡事后告诉我的。他还告诉我一件极其隐秘的事。张巡杀妾的场面有一百多人亲眼目睹,这件事却没有别的人知道。

那是他杀妾之后的第三天深夜,在东城城楼上,当时只有我和他两个人。他说,裴氏是自愿捐躯的,但她在死前曾向他提出两个要求。一是要他自己食用她的乳房和私处,不要暴露给别人,以保全她的贞节;二是把她的骨骸埋葬于土,还给父母,以尽她的孝道。他答应了她,后来却没有做到。他本来是想亲手把她的乳房和私处割下来埋葬,但是想到哪怕多几两几钱肉,也能多救几个将士啊,骨头里有骨髓，也不能白白浪费，就没有照她的要求做。

张巡说这件事情的时候，唏嘘不止。

沉默良久，张巡又说，节有大节小节之分，为朝廷尽忠是大节，和这个大节相比，一己的贞节就是小节。裴氏舍生取义，大节完满，不必论小节。孝道也是一样，尽忠就是尽孝。因此他并不觉得歉疚。

张巡为什么要把这么隐秘的事告诉我？他是一个深沉的人，绝不会轻易向人倾诉内心的隐秘。我揣测，他是想借我的笔把这事传扬出去，使杀妾这一壮举尽善尽美。

二十三

军官们空瘪的肚子里终于有了一点食物,这点食物使他们恢复了一些体力,也使他们看到了坚守下去的希望。张巡要他们回到各自的岗位,并且要他们对部下严加约束,不许发生擅自攫取"食物"的事情。张巡说,要士兵们稍加忍耐,今天入夜之前,一定会有"食物"供应,这事须统筹安排。

军官们散去之后,张巡和许远、南霁云、雷万春留在大堂继续商议。张巡说:"刚才的事,事先我没有与人商量,因为这是不能与人商量的事,只能我一个人来做。"稍停一下,继续说:"但是接下来的事却是要大家一起来做的。这接下来的事就是四个字:取粮于民。或者说:以民为粮。昨天夜里我想了一宿,除此之外没有别的出路。不出十天,城里的老百姓多半都要饿死。与其白白饿死,不如变无用为有用,用来充作军粮。这样既能守住城池,老百姓也算为国捐躯,死得其所。"

许远和南霁云、雷万春都默默点头。其实,无需张巡说出来,从张巡杀妾的时候起,他们就知道接下来该做什么了。杀妾是一个表率,也是一根引线,有了这个表率和引线,所谓"取粮于民"就能顺理成章甚至堂而皇之地付诸实施了。

张巡又说:"这件事情要做就要快做,现在每时每刻都有将士饿死,一定要雷厉风行地去做。但是又要做得稳妥,绝不能引起骚乱,一乱敌人立刻就会乘虚而入。我们来计议一下,尽快想一个妥善的方案。"

许远眉头微皱,眯着眼睛,右手的拇指和食指叉开成八字,轻轻抚摸脸颊和下巴。这是他陷入沉思的神态。此刻他已经从震惊和悲恸中超脱出来,恢复了往常的从容平和。思索片刻,他开始侃侃而谈。他提出了一个方案。这个方案周详细致又切实可行,显示出一个资深行政官员的干练和经验。方案的内容大略有两条:第一条是请晁梦麟写一篇文章,把张巡的"爱妾"自愿为国捐躯的事迹广为传扬;第二条是"取粮于民"不能乱取,要有秩序、有计划地取,要细水长流。这一条又分为若干细则。

张巡很佩服许远的思路缜密和办事老到,不由频频点头。

商议完毕,四个人正要散去做各自的事情,有一个士兵急匆匆跑来报告外面发生的事情。这士兵是那个刀疤脸的军官派来的。太守府的聚会结束后,军官们都回到各自的岗位,同时把张巡杀妾和许远杀僮的消息带了回去。士兵们都是快要饿死的人,听到这个消息,既悲愤交集,又像看到一条生路。有些人说,张大人和许大人连自己心爱的人儿都能舍出来,老百姓还有什么不能舍的?于是就跑到街上去擅自"取粮于民",捕捉老百姓当作粮食。老百姓如鼠兔般仓皇逃避,全城弥漫着血腥的恐怖。军官们有的尽力约束自己的部下,有的睁一只眼闭一只眼,有的甚至和部下一起去"捕猎"。

张巡的脸色一变,这正是他最不愿意看到的情形。军队如果胡乱"捕猎",老百姓也会跟着自相残杀,不需多久,城里的人就会死光。他叫南霁云和雷万春跟他一起去制止士兵们的行为。

许远却说:"且慢。过一个时辰再去似乎更好。"

张巡稍稍一愣,立即省悟。许远说得对。士兵们的行为是一种无秩序的屠戮,必会使老百姓感到极度恐惧,这种极度恐惧又必会使老百姓宁愿接受有秩序的屠戮。因此在短时间里制造一下极度恐惧的氛围,有利于后来事情顺利施行。

一个时辰之后,睢阳城里的大街小巷到处张贴了官府的两篇文告。

一篇是晁梦麟写的文章,题目是《烈女舍身记》。晁梦麟本来想写一篇文采斐然的四六骈文,许远说:"这是写给老百姓看的,你写四六骈文,那是阳春白雪,曲高和寡,只怕老百姓看不懂。最好写得通俗些,这样老百姓就能看懂。"晁梦麟觉得许远说得有道理,就用大白话写了一篇文章。他在文章中记叙了张巡杀妾的过程,大致符合当时的情形,但是他把张巡在杀妾之前对朵儿说的话改成了朵儿对张巡说的话——

裴氏对张公说:"老爷,将士们没有粮食吃,睢阳必然会失守。若是睢阳失守,我必然随老爷一起去死。总是一个死,与其死后尸身腐烂于地,被蝼蚁所食,不如现在就把我的身体给将士们当粮食，让他们延长一时半刻的性命好等待援兵。老爷，请你动手吧！"

另一篇是在民间征收"军粮"的告示，是张巡和许远共同签署的。张巡的名字在前面，头衔是河南节度副使，这就使这篇告示具有了军法的意味。告示的主要内容是——

睢阳危在旦夕。睢阳城里已断粮多日，可吃的东西也全都吃完了，军民都在饥饿中挣扎，每时每刻都有人死去。这种状况如果持续下去，最多不过五天，睢阳城必会失守。睢阳是江淮的屏障，睢阳如果失守，叛军就能长驱直下，夺取江淮。为国捐躯不仅是军人的责任，也是百姓的责任，因此，为了守卫睢阳，从即日开始在民间征集军粮。

一、每户贡献一人充作军粮。以大十字街作中轴，全城分为四个城区，每个城区从东南头开始征收。每户都征收一次之后，再重新轮转。

二、征收来的军粮除了供应军队之外，也供应百姓，百姓每人所得分量是军人的三分之一。

三、每天公布为国捐躯者的名单。战争结束后上报朝廷予以表彰和抚恤，并立碑镌刻名单，永世流传。

四、从即时起，任何军人不得擅自取粮于民，违令者斩。百姓不得藏匿，不得易子而食，违令者全家充作军粮。

在文告张贴出去之前，袁不方悄悄溜出了太守府。

太守府里凡是会写字的人都在抄写文告。袁不方也抄写了一张告示。看清告示的内容，联想到朵儿和金蝉儿，他不由得心惊肉跳，拿笔的手发起抖来，字写得歪歪扭扭。他想起了钟七月。必须去通知钟七月，让她躲起来。她家里只有她一个人，征收"军粮"头一轮就会轮到她。他潦潦草草抄写完一张告示，前后左右看看没有人注意他，就放下笔，悄悄绕到大堂后面，从侧门溜出了太守府。

街上几乎看不见人影。太阳光亮晃晃的，照得人眼睛发花。他想走得快点，却怎么也走不快。人已饿得极其虚弱，头晕目眩，脚步虚飘，像踩在棉花堆里。

快到双柳巷了，远远看得见两棵歪脖子柳树。那两棵柳树的皮都被剥光了，树叶也掉光了，只剩下白森森的枝干，像两具骸骨。他走不动了，靠着街边一间房屋的墙壁慢慢蹲下来，想歇一下再走。这一歇，人反而觉得更累，浑身软软的、懒懒的，不由自主地坐在了地上，脑子也像喝醉酒似的迷糊起来。

他好像在做梦，梦中不甚真切地听见有人在说话。

一个声音说："这人死了吧？"

另一声音说："管他死了没有，把他弄回去，够兄弟们吃几顿了。"

袁不方觉得自己似乎在云端里飘浮起来，飘了一会儿，身子忽然往上耸了一下，人就清醒了，睁眼一看，发现并不是飘浮在云端里，而是伏在一个人的背上向前移动。这人是个士兵，旁边还跟着两个士兵。袁不方突然明白了，他们是要把他弄去当"粮食"，心中惊惧之极，拼命挣扎着想从士兵的背上下来。

背他的士兵喝道:"别动!"

袁不方大声叫喊:"放我下来!我是太守府的人!"

那士兵把他放下来,和旁边两个士兵一起半信半疑地打量着他。那两个士兵中的一个说:"他好像真的是太守府的人,我看见过他在城墙上画画。"

另一个士兵说:"管他是不是太守府的人,到嘴边的吃食哪能放走!老子先放了他的血再说!"说着拔出腰刀。

袁不方急忙摇手说:"慢!慢!你们先听我说!"他把告示的内容告诉他们,又说:"你们最多再忍耐半天就有东西吃了。我就是到南将军那儿去通报这个消息的,你们杀了我,要是南将军查出来,你们可担当不起。"

三个士兵互相看看,犹疑了一会儿,背他的那个士兵对他说:"你走吧。"

袁不方暗自叫声侥幸,脚下陡然生出了力气,快步向双柳巷走去,真是急急如漏网之鱼。走到巷口,回头看看,见那三个士兵已走远了,才拐进巷子。

越是走近钟家,袁不方越是心里不安。遭遇了刚才的事情,他怕钟七月也会遇到那些饿红了眼的士兵。直到看见了钟七月,他才放下心来。因为饥饿造成精神懈怠和体力不支,他有很多日子没有到钟家来,乍一见钟七月,他几乎认不出她来。她不仅瘦了许多,鼻梁和双颊上还长出一些茶褐色的斑点,形状像一只斑驳的蝴蝶。钟七月乍一见他,也是愣了一下,然后噗哧一笑,伸手摸着他的脸说:"真好,你还活着。"

袁不方顾不上说什么话,一把抓住她的手,拉着她往院子东头的假山那边走。

钟七月说:"你要到哪儿去?"

袁不方说："到地洞里去。"

钟七月说："到地洞里干什么？"

她以为袁不方是要跟她亲热，心想，那也不用到地洞里去呀，现在又不是大热天。再说，他忘了我怀孕啦，不能做那事的。其实她心里也很想做"那事"的，虽然怀着孕，虽然饿得要死，但是毕竟旷了很久，一见到袁不方，潜伏在她心里的欲望就像小蚂蚁似的在她身体的深处轻轻地搔爬。

袁不方说："去了再跟你说。"

钟七月更觉得洞察了他的企图，于是心领神会地笑笑，不再说什么，只是跟着他走。

进了地洞，钟七月要点灯，袁不方说："你这儿还有油啊？"钟七月说："还有一点点。"袁不方说："那就留着慢慢用吧。"

地洞里没有一丝亮光，两人站在黑暗中，钟七月见袁不方没有什么亲热的举动，就说："看你神神怪怪的，到底要干什么呀？"

袁不方一字一句地说："你听着，从现在开始，你就待在这地洞里，不管外面有什么动静，不管外面发生了什么事情，哪怕天塌下来了，你都不要出去。千万千万记住！"

钟七月惊诧地说："外面发生了什么事情吗？"

袁不方把张巡杀妾、许远杀僮和将要征收"军粮"的事讲给她听。钟七月听了，愈发惊诧，呆了半天才说："把……把人……当军粮？"

袁不方苦笑说："睢阳城里除了人，还有什么东西可以吃？"

钟七月说:"那个,那个朵儿,不是你的学生吗?你,你是不是也吃了……"

袁不方说:"我没有吃。"

这么说着,眼睛和鼻子都酸酸的,他强忍着,不让眼泪流出来。他想起朵儿像在醉中又像在梦中的恍惚迷离的微笑,那微笑缠绕在他的脑际,挥之不去。他喃喃地说:"她在笑,她一直在笑,刀插进她的胸口,她还在笑。我知道她为什么笑。我知道,只有我知道她为什么笑……"

钟七月忽然抱住他,把脸贴在他胸前,抖抖索索地说:"你别说了!你别说了!我好冷,我好冷啊,你抱紧我!"

袁不方紧紧搂着她,嘴唇抵着她的头发,再也不说话了。他竭力睁大眼睛,想看见一点什么,好挣脱缠绕在脑际的印象。但是他什么也看不见。他的眼前是一团漆黑,他的心里也是一团漆黑。

爬出地洞以后,袁不方把洞口的铁板盖好,到院子里弄来一些灰土、枯草和树叶,撒在洞口上。

离开钟家,走出双柳巷,他看见征收"军粮"的行动已经开始了。

二十四

张巡一颗高高悬着的心终于放了下来。

征收"军粮"的行动实施之前，他对这个行动可能带来的后果心里并没有底，他觉得自己像是在赌博，骰子一掷，是赢是输全然没有成算。征收"军粮"的行动实施之后，他到全城巡视了一圈，方才大大地松了一口气。

他最担心的事情没有发生。老百姓没有反抗，更没有暴乱。士兵们的乱杀乱捕也停止了。车轮正在朝着预定的方向滚动。

两篇文告写好之后，官府派出四支宣传队、四支征收队和四支执法队，分别在以大十字街为中轴划分的东南、东北、西南、西北四个城区执行任务。宣传队一边张贴文告，一边挨家挨户叫老百姓出来看文告，并且向不识字的人宣讲文告的内容。征收队跟在宣传队后面，按照户籍征收"军粮"，把征收到的"军粮"送到粮库。许远在睢阳经营多年，为了方便管理，在战前就编造了全城人口的名册。名册虽然有遗漏、错乱和过时的地方，但大致是不错的。有了这名册，征收队就能按图索骥，十分便捷。执法队的任务是严厉打击一切违反告示内容精神的行为。譬如有几个士兵擅自"捕猎",被执法队逮住了,将违法的士兵当场斩首,首级拿到全城示众,身躯送到粮库当"军粮"。这样一来,再也没有人敢以身试法,秩序很快恢复了。

轮到捐献"军粮"的人家一般都很平静。这些人已经饿得半死不活,很多人都是奄奄一息,既没有胆量也没有力气跟官府对抗。他们交出的"军粮"十有八九是女人,首当其冲的是儿媳,接下来是女儿、老婆。家里没有女人的就交出一个最孱弱的小辈男子。有些人家不肯自觉交人,征收队就强行拉走一个人,多半也是女人。不论是被带走的人还是没有被带走的人,脸上都是麻木、无奈和绝望的表情,只有极少数的人哭哭啼啼、难分难舍。

张巡巡视到西南城区,看见七八个人聚在文告前面议论着什么,就走近去听。

一个山羊胡子的五十多岁的老头儿指着晁梦麟写的《烈女舍身记》对周围的人高声说:"这能算文章吗?下里巴人!下里巴人!村言俗语,粗陋不堪!唉,生生糟蹋了一个绝世好题目!这题目若是让我来写,不说要流传万古,至少也要流传千古!"

旁边有人说:"朱秀才讲的总不会错的。这文章我们都看得懂,自然不会是好文章。"

张巡便知道这老头儿是朱秀才。朱秀才讲完,回过头来看见张巡,对张巡作个揖说:"张大人,你来得正好。我有几句话,不知当讲不当讲?"

张巡说:"朱先生请讲。"

朱秀才说:"舍身为国,匹夫有责,这个老百姓无话可说。只是舍身不应分贫富。有的人家只有两三口人,捐献两三轮就灭门了；有的人家妻妾奴仆成群，也只捐献一个人，捐到什么时候也不会捐到他自己身上。这样未免有失公允吧？"

旁边的人都附和朱秀才。

张巡在别处也听到一些议论，稍稍思忖，便说："朱先生讲得有道理。这样吧，到晚上，每个城区派两个人到太守府来，大家商议一下，看看怎么改善。"

张巡巡视到粮库的时候，已是中午。许远事前做过计算，每天需要征收多少"军粮"，这时当天征收的数量已经完成，也已加工处理完毕，分配给了各队将士。老百姓在粮库外面排了长长的队伍，领取他们的一份。将士们得到的食物分量能让他们吃个半饱，老百姓得到的食物分量只能维持生命而已。这配额也是许远制定的，这样的配额是大有深意的：如果不给老百姓食物，"军粮"就后继无人；如果多给老百姓食物，一来怕"军粮"耗费太大，二来怕他们有精力滋生事端。

王九当了粮库的头目。粮库原来的头目十几天前病饿交加死了，那时粮库颗粒无存，不需要人管理，就没有派新的头目去。这次征收"军粮"，需要得力而且可靠的人掌管粮库，朵儿死后王九正好无事，张巡就把他派到粮库当头目。

王九没有辜负张巡的期望，他召集了十几个军队的刀斧手、衙门的刽子手和街市的屠夫。这些人个个刀法纯熟，都能做到一刀毙命，那几个屠夫更是手艺精湛，剔骨敲髓，一点都不会浪费。征收来的"军粮"一到，他们立即加工处理，然后分配下去，做得井井有条。

张巡到粮库的时候，王九正忙得满头大汗。将士们都吃到东西了，他这个粮库头目还饿着肚子。王九请张巡吃点东西垫垫饥，张巡说："我有我的一份，回到太守府再吃。"

王九向张巡禀报，他发明了一种称呼，现在这个称呼已经在粮库传开了。他们把充当"军粮"的人叫做"米"，一个人就是"一石米"，男人是"粗米"，女人是"细米"，老人是"老米"，老男人是"老粗米"，老女人是"老细米"，小孩是"小米"，男孩是"小粗米"，女孩是"小细米"。

张巡赞许说："很好，很好。这样听起来顺耳多了。"

张巡叫王九把粮库里的人召集起来，他亲自向他们训话。张巡说，那些充当"军粮"的人都是为国捐躯，与阵亡将士一样神圣，一定要善待他们。最后他宣布了三条军纪：一、不可亵渎；二、不可浪费；三、不可营私。违反者军法处置。

晚上，张巡和许远召集各城区的代表在太守府议事。每个城区两个代表，总共八人。这些人都是德高望重的长者，其中有朱秀才和制造毒火飞龙的吴响。

许远请代表们各抒己见。朱秀才率先发言，他把白天对张巡说的那番话又说了一遍，并且指明他所说的"有的人家妻妾奴仆成群"就是王首富。他掰着手指说，王首富家中有一妻十二妾，有二十几个子女，还有五十多个奴仆，加起来近百人，他家如果每轮只捐一个人，全城的人死光了也轮不到他，甚至轮不到他的妻妾子女。

其他代表都表示深有同感。

吴响提出另一件不公允的事情。他说，每一轮征收"军粮"都从各城区的东南头开始，这样，住在靠近东南头的人太吃亏，应该改变每轮征收的起始点。

吴响的话也得到其他代表的赞同。

一个白发白须的代表说，老百姓领取食物没有凭据，有的人就两次甚至多次冒领，这是一个大漏洞。

代表们纷纷点头。

张巡默默地听他们说话，心中十分感动。这八个代表没有一个人说"该不该"征收"军粮"，都是说"该怎么"征收"军粮"。老百姓真是深明大义啊！

等代表们说完，张巡站起来，向他们深深作揖，连声说："谢谢诸位！谢谢诸位！"这么说的时候，他的眼睛里渗出了眼泪，眼泪顺着面颊流下来。他在杀妾的时候也不曾流泪。

代表们都惶惶然地站起来，向张巡还礼，都说："当不起，当不起。""应该的，应该的。"

接下来，代表们献计献策，议论怎么改善这些弊端。最后归纳了三条：一、每户人口按八人计算，超过八人的每次捐献两人，超过十六人的每次捐献三人，以此类推。二、抽签决定每一轮征收的起始点。三、给老百姓发放盖有官府大印的"粮券"，凭"粮券"领取食物。

许远说，从明天开始就按这三条去做。

袁不方和太守府其他的人一样，得到了他的一份食物。他看着食物，不由自主就想起了朵儿。他又想吃，又怕吃。他的胃和脑子分成两个阵营，厮杀得不可开交。胃咕噜咕噜冒着酸水嘶叫："真香啊！快吃！我都快饿死了！"脑子紧皱着眉头说:"不能吃!太恶心了!我要呕吐了!"杀来杀去,胃渐渐占了上风,声音越来越响;脑子渐渐败落,声音越来越弱。他听从胃的命令,闭上眼睛,战战兢兢地吃了一口,强忍着恶心,挺着脖子咽下去。第一口咽下去,胃高声欢呼:"真舒服!还要!还要!"他又吃第二口。这一次不再恶心了,他的鼻子和舌头甚至感觉到了香和鲜。于是他很快又吃了第三口。吃完第三口,他再也不吃了。剩下的要留给钟七月。他到厨房去找了一个小瓦罐,洗干净,把剩下的食物装在里面。

晁梦麟进来舀水喝,正好看见,随口问:"这么一点儿东西你还吃不完啊?"

袁不方吞吞吐吐说:"我……肚子疼,等会儿再吃。"

深夜,袁不方携着小瓦罐,悄悄到钟家去。走在漆黑沉寂的街上,有几次他觉得好像后面有人跟着他,回头看看,却连鬼影也不见一个。

到了钟家院子里的地洞口,他伸手去掀铁盖。虽然夜色浓重,什么也看不清楚,但是凭着手的感觉,他也能知道这里没有人来过。

进了地洞,他轻轻叫一声:"七月!"

钟七月在黑暗中抱住他。

袁不方说:"你看,我给你带吃的来了。"

钟七月放开他,去点燃油灯。

袁不方把小瓦罐递给她。钟七月接过小瓦罐,朝罐口看了看,问:"这就是那个……那个什么'军粮'?"

袁不方说:"是啊,除了这东西,还能有什么吃的。"

小瓦罐在钟七月手里好像变成了一条蛇,她赶紧把它交还给袁不方,嘴里不停地说:"我不吃,我不吃……"

袁不方说:"吃吧,不难吃的。"

钟七月说:"你吃了?"

袁不方说:"我吃了。"

钟七月说:"你怎么吃得下去啊。"

袁不方说:"先是吃不下去,硬吃也就吃下去了。不吃就会饿死,死了就会被别人吃。我不想死,更不想被别人吃。"

钟七月说:"我就是饿死也不吃。"

袁不方说:"你别忘了,你肚子里还有一个人呢。"

钟七月说:"就是为了孩子我才不吃。我可不愿意让我的孩子在娘肚子里就变成一只狼崽子。"

袁不方忽然有点惭愧,一时不知说什么好。钟七月却笑着说:"你别担心,我不会饿死的,我有吃的东西呢!"

袁不方不相信,摇着头说:"你骗我。你哪里还会有吃的东西啊?"

钟七月指着角落里的一个装着东西的布袋说:"你看那个,那就是吃的东西。"

袁不方把布袋拎到油灯旁边,扯开袋口,一股发霉的气味立即冲进鼻腔。他把手伸进布袋,掏出一把潮乎乎的黄黄黑黑白白的东西,仔细一看,原来是霉烂的麦粒,不仅颜色变了,还结成一小块一小块的,像土疙瘩似的。他问钟七月:"这是那儿来的?"

钟七月说:"我在洞里待着没事,到处乱摸,发现一个暗门,在暗门里面找到这个布袋。不知道是什么人放在里面的,也不知道是什么时候放在里面的。"

掂一下布袋,大约有五六斤重。袁不方说:"这东西都坏了,还能吃吗?"

钟七月说:"总比吃树皮草根好。"

袁不方说:"就是能吃,也吃不了多久啊。"

钟七月说:"现在还能想那么多吗?到时候再说吧。"

于是都不再说话。袁不方把钟七月揽到身边,两人相依相偎。袁不方把手放在她的肚子上,轻轻抚摸。她的肚子已经微微隆起,他仿佛触摸到一个小生命在搏动。

晁梦麟的笔记《无题》——

张巡和许远在睢阳城里取粮于民,以百姓为粮,百姓视为理所必然,自始至终没有人反抗,没有人离变。

从征收"军粮"的第二天起,东南西北四个城门旁边的城墙上每天都张贴"为国捐躯者"的名单。名单中的第一个人是朵儿,名单上写的是张裴氏,这是张巡给她的名分。第二个是金蝉儿。名单中有不少无名氏,他们一般都是倒毙街头的饿殍。

"为国捐躯者"名单——

张裴氏	金蝉儿	李杨氏	刘王氏	赵小梅	黄蒋氏	吕张氏
吴 安	赵李氏	魏胡氏	冯周氏	何朱氏	曹老山	胡翠珍
无名氏	无名氏	无名氏	江刘氏	杨 嫂	韩秦氏	陶婉儿
韩秦氏	陶婉儿	郑吴氏	王大娘	卢王氏	孔李氏	李许氏
王张氏	沈 昌	程 蓉	毛林氏	萧菊英	姚 松	杜李氏
周李氏	马大林	鲁魏氏	许张氏	李奶奶	于赵氏	苏谢氏
张 华	无名氏	无名氏	罗王氏	郝 明	张老汉	钱宋氏
林 瑛	唐云儿	彭杨氏	朱张氏	施李氏	无名氏	无名氏
纪马氏	倪三儿	王周氏	薛 春	余吴氏	穆敬义	王余氏
刘茂生	杨彩燕	张刘氏	无名氏	无名氏	无名氏	江二嫂
朱 雯	施赵氏	何吕氏	孙李氏	赵鲁氏	严小春	谢 诚
王林氏	赵寡妇	邹王氏	尤小凤	费芸娘	李张氏	郑刘氏

刘 兴	姜若兰	胡姥姥	张杜氏	杨 义	颜 霞	刘万林
王冯氏	雷孙氏	袁王氏	吴老二	孙红莲	彭二嫂	无名氏
潘胡氏	赵 二	李姜氏	何颜氏	张余氏	无名氏	无名氏
柳赵氏	苗刘氏	张玉莲	钱李氏	宋九娘	刘老汉	张高氏
谈惠莲	杨玉枝	吴 嫂	钱老贵	杨宋氏	戴吴氏	石老栓
邓王氏	李莫氏	洪 浩	崔荷花	阮四娘	狄 芳	童许氏
龚张氏	张陆氏	王莲芝	熊钱氏	无名氏	无名氏	无名氏
周徐氏	李慧芬	贾 清	高琼芳	胡姥姥	赵马氏	李田氏
吴李氏	梁 秀	梅孙氏	李何氏	张高氏	田小玉	夏胡氏
徐杨氏	封张氏	李狗儿	何余氏	付吴氏	周梁氏	万李氏
方 荣	樊玉玲	胡蔡氏	无名氏	无名氏	夏李氏	刘 贵
霍杨氏	舒 云	张马氏	林月琴	无名氏	无名氏	无名氏
李素芬	纪张氏	王李氏	吴石氏	张香凤	胡桂花	杨严氏
王章氏	周 三	林胡氏	徐孙氏	高李氏	赵 福	苏万氏
李付氏	马 良	何樊氏	高王氏	唐孙氏	章 亮	贾何氏
梁吴氏	宋章氏	刘倩娘	张林氏	李方氏	无名氏	崔李氏
王 永	邓吴氏	阮高氏	无名氏	姚富贵	张 斌	林素素
程刘氏	周炳义	孙童氏	无名氏	无名氏	赵 芬	田刘氏
孙刘氏	付高氏	皮王氏	周 强	刘惠芳	赵何氏	李童氏
无名氏	严素芝	颜高氏	李小云	胡 青	张奶奶	童钱氏
刘盼儿	马杨氏	孙苏氏	李金花	徐胡氏	蔡杨氏	无名氏
许柳氏	陶赵氏	夏林氏	白李氏	苏 明	江张氏	李兰花
无名氏	高纪氏	李舒氏	胡包氏	计惠珍	袁于氏	无名氏
刘 正	庞 文	毛张氏	祝王氏	薛吴氏	吴汪氏	田菊香
宋武氏	刘阿香	李杜氏	冯赵氏	鲁王氏	邹大娘	许卫氏
白李氏	无名氏	无名氏	彭 魁	李顾氏	付桂英	姚余氏
姜黄氏	胡吕氏	黄 江	邵王氏	汪 海	胡袁氏	黄玉琴
无名氏	无名氏	齐刘氏	余黄氏	邵 充	任十娘	黄彭氏

罗慧珍	汪余氏	任李氏	张俞氏	秦秀娟	吕卫	曹黄氏
李秀珍	华杨氏	魏姜氏	张孔氏	无名氏	无名氏	无名氏
张贵宝	姜何氏	沈吕氏	任刘氏	李翠环	王韩氏	孟刘氏
何小六	石孙石	常胡氏	周姚氏	胡三嫂	靳王氏	江大爷
李魏氏	潘小梅	赵贺氏	黄彭氏	无名氏	无名氏	邱田氏
温王氏	刘柴氏	阎小宝	聂周氏	李素馨	张耿氏	向黄氏
杜 明	王项氏	贾明氏	王 庆	张玉珍	罗谢氏	王二丫
鲍王氏	刘罗氏	杨红儿	王高氏	张安氏	胡老四	秦李四
赵 芹	雷 平	无名氏	冯三儿	阎李四	张黄氏	吴 泰
尹高氏	孟钱氏	安 大	张敬文	胡吴氏	周颜氏	杨小七
赵康氏	无名氏	无名氏	阮张氏	章 敏	韩李氏	程黄氏
郑妮儿	韩孙氏	朱徐氏	彭安氏	杨秀敏	李菊珍	洪刘氏
于小娟	褚张氏	杨俞氏	汪杨氏	无名氏	无名氏	章鲍氏
王娟子	李佩珍	夏 丹	姜吴氏	王珊儿	颜 奎	李成氏
窦张氏	范慧娟	彭周氏	周石氏	成子明	姜夏氏	林黄氏
夏玲玲	叶倩儿	甘李氏	俞李氏	胡小萍	高林氏	章于氏
无名氏	无名氏	无名氏	周眉儿	章金玉	冯马氏	邵黄氏
韦冯氏	苗小花	倪汤氏	皮于氏	花李氏	贺牛儿	张巧巧
方柳氏	伍王氏	李常氏	罗 达	陶王氏	宋米氏	童周氏
戴 仁	祝柳氏	李庞氏	无名氏	无名氏	章颜氏	刘二姐
纪杨氏	刘庞氏	熊邓氏	徐苏氏	杨 飞	无名氏	潘小玉
邓江氏	无名氏	无名氏	邱樊氏	杜 瑞	凌胡氏	李叶氏
张梅花	蔡杨氏	黄伍氏	王红莲	刘老七	甘王氏	胡乔氏
宋 杰	焦章氏	叶巧芳	无名氏	无名氏	无名氏	封少华
万熊氏	郑五儿	江林氏	杜阮氏	田管氏	刘许氏	姚香玉
靳胡氏	黄小六	舒宋氏	徐宝林	刘金梅	张许氏	贾田氏
杨秋菊	石李氏	甄魏氏	无名氏	无名氏	顾赵氏	无名氏
胡冬花	林童氏	陆蔡氏	梁霍氏	钱田氏	孙谢氏	张五妹

刘　胜	毛邱氏	黄仲宝	胡范氏	高凌氏	无名氏	无名氏
张月芳	计许氏	无名氏	郝　仁	萧万氏	毕张氏	邵家驹
邓英姑	万庞氏	成谈氏	王戴氏	张世杰	颜毛氏	虞二姑
李洪氏	邢王氏	胡夏氏	宋桂英	卢张氏	吴莺儿	张茅氏
赵　鹏	米王氏	管吴氏	章叔良	无名氏	无名氏	无名氏
孔姚氏	齐汪氏	王　汉	严尹氏	章付氏	孟余氏	周蓉儿
姚老四	李顾氏	伍孙氏	无名氏	杨月芳	余雷氏	黄成氏
无名氏	胡孟氏	康　七	顾四娘	无名氏	尤周氏	无名氏
杨小龙	何潘氏	张熊氏	章吴氏	李叶氏	胡腊梅	赵黄氏
潘张氏	蔡小牛	孙萧氏	杨　虎	无名氏	徐二娘	殷李氏
田钱氏	童吴氏	李金枝	牛章氏	李　顺	无名氏	无名氏
张狗娃	阎李氏	邹杨氏	赵绣花	庞胡氏	杨严氏	黄伍氏
周二小	孙李氏	姚吴氏	李铁蛋	代王氏	邓胡氏	无名氏
无名氏	杨翠翠	牛张氏	江二小	……		

尹子奇骑着雪青马,一脸的踌躇满志。他决定今天要攻下睢阳城,最好能生擒张巡和许远。按照他的估计,睢阳城里断粮有一个多月了,能吃的东西也应该都吃完了,官兵至少饿死一大半了,没死的也绝无战斗力了。此时攻城,无异于探囊取物。因此他不再躲在营帐里,他亲自披挂上阵,指挥攻城。他不相信城里还会有人能把箭射这么远。

尹子奇用一只右眼眺望睢阳城。城头上旌旗依然在飘扬,人却没有以前那样多,三三两两的,很稀疏。他举起马鞭遥指城头,对簇拥着他的军官们说:"你们看那些人像什么?"

军官们不明白这位主帅的用意,不知道该怎么回答。

尹子奇便自己回答:"我看像农夫插在田里的稻草人!你们看像不像?"

说罢哈哈大笑,笑得脸上肌肉颤动,黄金眼罩闪烁着耀眼的光芒。

军官们都大笑,说:"像!像!"

尹子奇说:"好,就算是稻草人,我也要仁至义尽,给他们最后一个机会。"

他派一个部下骑马跑到离城一箭远的地方，把一支缚着劝降书的箭射向城头。劝降书的内容无非是利诱加威胁：张巡和许远若在半个时辰之内投降，便可保他们做安氏朝廷的大官；半个时辰之内若不投降，破城后必将睢阳城杀个鸡犬不留。

时间慢慢逝去。尹子奇一边等待，一边想象张巡和许远向他投降的情景，嘴角不禁渗出笑意。张巡是何等顽强的人物，却要在他面前磕头谢罪，那是多么痛快的事情！他将饶恕所有的敌人，除了那个把他眼睛射瞎的人。他要把那个人碎尸万段。不不，就连那个人也饶恕了吧，胜利者是宽容大度的。

有下属报告说半个时辰到了。尹子奇把马鞭一挥，驱走想象的情景，果断地命令："进攻！"

进攻的阵势早已布好。尹子奇这次改变了阵势，把三个方阵改为一个，第一方阵先锋队和第二方阵弓箭队都并入第三方阵攻城队，也就是把有攻有守的阵势改为全攻型的阵势。尹子奇料定敌人已无还手之力，不需要用先锋队来防备敌人反攻，也不需要用弓箭队来把敌人压制在女墙后面。他把全部兵力用来攻城，目的是一鼓作气，一举拿下睢阳城。

主帅一声令下，进攻的鼓声立即敲响。

攻城的方阵毫无顾忌地向前推进，冲天车大摇大摆地靠近城墙。将士们也和主帅一样乐观，雄赳赳，气昂昂，看那架势不像是去和敌人做殊死的搏杀，而像是在操演凯旋的典礼。

就在叛军的方阵离城墙几丈远的时候，城头上突然冒出无数官兵，密集的箭矢暴雨一样射向叛军。叛军没有料到官兵还有这么多人，还有这么强的战斗力，顿时乱成一团。中箭的人纷纷倒下，没有中箭的人不知进退，前后乱挤，不少人被踩死踩伤。冲天车也被堵在人群中不能前进。

尹子奇大惊。他马上明白自己中了敌人的骄兵之计。但他不明白自己错在哪里。官兵明明已经断粮很久了，却好像并没有饿死多少人，士气反而更加高涨。到底是什么原因？他一时不能多想，急红着脸命令前面的军队不准后退，加紧进攻。

叛军在一阵慌乱之后收拢队伍，继续攻城。士兵们踏着阵亡者的尸体涌向城墙，架起云梯，有几座冲天车也靠近了城墙。但是官兵的还击愈发凶猛，箭矢激射，石头飞落，刀砍枪刺，阻挡着叛军的进攻。叛军的云梯被一架架推翻，冲天车上的士兵也无法跃上城头。城墙下面的尸体越积越厚。

叛军的进攻虽然受挫，后面的军队却继续蜂拥向前。这时官兵开始施放毒火飞龙。一个个毒火飞龙喷射着剧毒的火焰和黑黄色的烟雾在叛军中旋转飞舞。叛军成片成片地倒下，到处是鬼哭狼嚎般的惨叫。

尹子奇远远望着前面弥漫的毒火毒烟，听着士兵们的惨叫，心知今天一举拿下睢阳城的计划已成泡影。他不愿白白消耗兵力打一场没有胜算的攻坚战。他十分清楚，他所拥有的兵力决定着他在安氏朝廷的地位，消耗自己的兵力等于削弱自己的地位，这无疑是愚蠢的行为。这么一想便不再犹豫，像命令进攻的时候一样果断地命令收兵。

收兵的锣声一响，进攻的士兵像逃脱苦海一样飞快地撤回来。

收兵后,尹子奇仍然采取围城的战略,围而不打。他虽然不知道城里的官兵吃什么东西坚持到现在,但是他相信,只要再围困一两个月,官兵无论如何也不可能坚持下去,到那时候就能用最小的代价攻下睢阳城。

许远很疲倦。他白天忙,夜里也忙。毕竟是五十来岁的人,又经历了长久的饥饿,精力大打折扣,一到半夜,就神思昏昏,提不起精神。

自从征收"军粮"实施以后,他每天夜里都要接见告密者。告密者都是来揭发街坊邻里的违法行为的。征收"军粮"的告示第四条规定:"百姓不得藏匿,不得易子而食,违令者全家充作军粮。"有些人违反了这条法令,被邻居知晓,邻居觉得自己吃了亏,心中不平,就跑到太守府来告密。譬如张三告李四和王五私下易子而食;赵某告钱某藏匿人口:钱家明明有九个人,按"每户超过八人的每次捐献两人"的规定,理应捐献两人,钱某藏匿了一人,于是只捐献一人。如此等等。

向官府举报违法行为,本是光明正大的事情,那些告密者却像是自己犯了法,都是半夜三更跑到衙门来举报,个个都躲躲闪闪,藏头露尾,唯恐被人看见。

这种案子,本来可以交给执法队去办理,许远却要亲自过问,甚至亲自去查证。查证属实之后,再让执法队去依律处置。许远对下属说:"这是关系到一家人性命的大事,不能不谨慎细致啊!"

今天许远遇到一件棘手的事情。有人举报制造毒火飞龙的吴响与邻居杨某"易子而食":吴响把自己的童养媳与杨某的丫鬟交换而食。许远亲自去查证,吴响和杨某都如实招供了。怎样处置这件事,许远踌躇了很久。吴响制造毒火飞龙,对睢阳有大贡献,而且是眼下有用的人才。若是依律处置,于心不忍;若是网开一面,今后怎么处理这类案子?他原想去跟张巡商量,思来想去,决定还是自作主张,把吴响和杨某两家交给执法队依律处置。他相信张巡也会这样做。

办完这件事情,已是深夜。许远困倦之极,正想小憩一会儿,执法队队长进来禀报,说吴响一定要见许大人一面。

许远强打精神,叫执法队队长把吴响带进来。

吴响原本就长得又矮又瘦,现在显得更矮更瘦,看起来就像个小孩的骷髅,丑陋的阴阳脸也越发显得狰狞恐怖。他跪在地上向许远磕头,嗫嚅着说:"大人,我,我知道自己有罪,我也不敢说自己有什么功劳,求大人看在毒火飞龙的份上,网开一面……"

许远看着匍匐在地缩成一团的吴响,心里涌起一股怜悯。他很想对吴响网开一面,但他知道不能这样做。他硬起心肠,语气冷淡地说:"你是对睢阳有大贡献的,凭良心说,我很想为你破例。但是我不能这样做啊!我为你破了例,要不要为杨某破例呢?我为你们两人破了例,要不要为别人破例呢?如果都破例,还有什么法规呢?如果没有法规,人人都能各行其是,局面就会混乱,局面一混乱,不需要敌人进攻,我们自己先就败了,有再多的毒火飞龙也没有用。你明白这个道理吗?"

吴响说:"我明白这个道理。我犯了法,我该死。我只求大人留下我小儿子的命,他只有十二岁啊!"

说着,吴响泪流满面。

许远心知不能再拖延,再拖延他的心肠必会软化。他叹息一声,说:"你还是不明白啊!"

他不再看吴响,半闭着眼睛对执法队队长说:"把他带走。"

执法队队长把吴响带走了。许远听见外面响起狼嚎一样凄厉的叫声,那叫声纠缠在他耳畔,久久不灭。

许远再也支撑不住,几乎要瘫倒。他神志恍惚地叫一声:"金蝉儿,倒杯茶来。"

没有人回答。许远睁开眼睛,屋子里空空的。他的心里一阵酸楚,眼睛湿热了。

这天夜晚原是有月亮的,而且是圆月,冰盘似的一轮。夜半以后,月亮周围渐渐聚起黑云,先是罗纱般薄薄的一层,后来越聚越多,越聚越厚,终于把月亮遮蔽,天地间便失去了清淡的银辉。

袁不方独自在黑黢黢的街上行走。他是到钟家去。他每隔两三天去看一次钟七月。看到钟七月安然无恙,他才放心。钟七月不肯吃他带去的食物,只吃霉烂的麦粒,居然没有饿死,肚子里的胎儿还越长越大。

袁不方走一段路就回头看看。前几次他去钟家,有时觉得后面好像有人跟踪,回头去看,却没有看见什么。今天他虽然没有感觉后面有人,还是习惯地回头去看。

走近双柳巷,袁不方的脸上忽然一凉,接着又一凉。他抬头看,天空墨黑,什么也看不见,但他知道是下雨了。他加快脚步,走到钟家门前,雨丝已变成了雨点。

雨点加重了秋夜的寒意,袁不方穿得单薄,身体不由瑟缩起来。钟家的大门虚掩着。他每次离开的时候,故意不把门关紧,也不上锁,装出里面没有人居住的样子。他轻轻推门进去。屋里比外面更黑。他凭着感觉穿过店堂,走到院子里,又凭着感觉走到假山后面,摸索到地洞口。

他蹲下身子去揭洞口的铁板,却没有摸到铁板,洞口空空的。他心里一惊,一边摸索着走下地洞,一边轻声叫:"七月!七月!"

地洞里没有人回应。

袁不方故作轻松地笑着说:"七月,我知道你躲起来跟我捉迷藏呢,出来吧,我找不到你,算我输了。"

还是没有人回应。

袁不方沿着墙壁在地洞里摸索了两圈,什么也没有摸到。又张开双臂在地洞里来回走动,仍然是空空的什么也没有触碰到。他蹲下去想找油灯,却不知油灯在哪里。

他的心被一种不祥的预感拖坠着沉落下去。他在黑暗中默默地站了一会儿,忽然又心怀侥幸地想,她大概到外面去倒便桶了吧?她说过,有时她会趁夜深人静的时候到院子里去倒便桶。她是个爱干净的人,忍受不了便桶的气味。那时他说,你不要出去,等我来的时候帮你去倒。她说,我顺便出去透透气,整天整夜的呆在地洞里,人都要憋死了。

这么一想,他又觉得有了希望,嘿嘿一笑,对自己说:"是的,一定是这样的,一定是这样的,我怎么就没有想到呢!"

他爬出地洞,到院子里去找。天太黑,眼睛像蒙了一块布,什么也看不见,又不敢大声呼唤。他在院子的每个角落寻找,压低嗓子叫着:"七月!七月!"

院子里找过以后,又到每间屋子去找,还是没有找到。

他重新回到院子里，呆呆地站着，不知道该怎么办。雨下大了，雨点啪啪落在他身上，把他的头发、面孔和衣衫都濡湿了，寒气沁入皮肤，但他却不觉得冷。

第二天和第三天的深夜，袁不方又到钟家去找钟七月。这两天有月亮，他借着月光在钟家找了一遍又一遍，仍然是活不见人死不见尸。

他完全死心了。但是他怎么也不明白，一个大活人怎么会凭空消失呢？他想到了一个可怕的地方——粮库，那个把人变成粮食的地方。一想到粮库，他不由得心惊肉跳，再也不敢想下去。

可是，除了他之外，还会有谁知道这个隐秘的地洞呢？

二十七

　　清晨是粮库最忙的时候。粮库的屠夫们把头一天征收来的"军粮"连夜加工完毕，按肥瘦老嫩搭配，称过斤两，码成一堆一堆，分配给各队官兵，官兵都领走后，剩下再发放给老百姓。

　　每天都有来领取"军粮"的官兵为肥瘦老嫩搭配不均和斤两多寡争吵，这里的清晨就像一个热闹的集市。

　　张巡经常到粮库来看看。这天清晨，他从城楼下来直接就到粮库来，正好看见几个东城的兵和几个南城的兵在争吵、厮打。

　　事情的起因很简单，南城兵排在东城兵后面领"粮"，领到后，他们说粮库的人偏袒东城兵，发给东城兵的又肥又嫩，分量也足，发给他们的东西又瘦又老，分量也不足。有个南城兵忿忿地说："都是一样为皇帝老子卖命，谁他娘的还比谁多一个屌啊！"粮库的人辩解说他们对谁都是一视同仁，绝无偏袒。南城兵不理会他们的辩解，骂得更凶。东城兵见粮库的人为他们挨骂，就和南城兵对骂起来。骂着骂着，火气越来越旺，于是厮打起来，你一拳我一脚的，双方都有人被打得鼻青脸肿。

张巡看见了,厉声喝住他们,问:"王九呢?王九到哪里去了?为什么不来管一管?"

粮库的人面面相觑,都没回答。张巡又问了两遍,仍然没有人回答。张巡觉得奇怪,王九是粮库的头目,此刻应该在粮库啊,粮库的人怎么会都不知道他在哪里?他朝四下看看,看见一个穿粮库兵丁服色的矮个子男人挨挨擦擦地从人群中溜出去,悄悄向后面移动。张巡心里一动,伸手指着他喝道:"你站住!"

矮个子站住了。

张巡吩咐随从将矮个子带到粮库的一间空屋子里。他用目光审视着矮个子,半响没有说话。

那矮个子身材像没有发育成熟的少年,面相却长得老成。他微低着头,神色张皇,眼光闪烁,一条腿不停地抖动。

张巡看出他一定知道什么隐情,而且这隐情一定与王九有关。张巡突然问:"你知道王九在哪里,为什么不说?"

矮个子身体一颤,畏畏缩缩地说:"我……我不知道。"

张巡的目光变得凌厉,逼视着他说:"你不说,等我找到王九,只怕你就没有命了!"

矮个子扑通一下跪倒在地,磕着头说:"大人饶命!大人饶命!我说!我说!"

张巡原是诈他一下,没想到他这么经不起诈,一下子就软了。看他的样子,他知道的隐情好像非同小可。

听了矮个子的坦白,张巡心中大惊。任他怎么猜疑,他也没有想到王九竟然敢做出这样的事情。

张巡叫矮个子带他去找王九。矮个子领着张巡几个人从粮库的后门出去,拐进一条狭窄僻静的小巷。走到一扇黑漆门前，矮个子轻轻推开门，张巡跟着他走进去，里面是一个庭院，庭院里的花草都凋零了，一片荒芜。

矮个子指了指西厢房。

张巡带着随从闯进西厢房。

西厢房里，王九正在温柔乡里做春梦。他和一个女人赤身相抱，睡得很熟，嘴巴张开，呼呼打着鼾，嘴角流出一条涎水。那女人大约只有十七八岁，脸庞在睡梦中如芍药般娇艳。

在做粮库的头目之前，五十来岁的王九做梦也没有想到他会享受如此的艳福。他年轻的时候娶过亲，不久老婆就死了，他再也没有续弦，一直是光棍一条，二十多年没有挨过女人。刚做粮库头目的时候，他兢兢业业，克己奉公，生怕辜负了张巡的信任。但是有权在手，人就难免会变。身边又有几个溜须拍马的家伙，想不变就更难。那矮个子是其中最善于拍马的，他个子虽然瘦小，却天生一个薛敖曹式的大行货，于是便得了一个绰号，叫做"小驴儿"。王九被这些人拍得晕头转向，慢慢就把克己奉公变成了克公奉己，近水楼台先得月，把公家的粮库变成自家的米囤，想怎么吃就怎么吃，想吃多少就吃多少，而且越吃越精，越吃名堂越多。譬如"小细米"和"小粗米"皮薄肉嫩，适宜烤了吃；"大细米"油脂多，适宜煮汤吃；"大粗米"肌肉厚实，适宜炖了吃。至于"老细米"和"老粗米"，皮糙肉硬，不仅王九不吃，粮库里别的人也都不吃。不过多少时日，王九就像吹了气似的胖起来。

有一天夜里，王九起来撒尿，偶然发现小驴儿带着一个充当"军粮"的女人从粮库后门溜出去，就尾随跟踪。在这间西厢房里，当场捉住了正在和女人干事的小驴儿。

小驴儿可怜兮兮地哀求王九放他一马，又说这些女人反正是要捐躯的，不享用享用也是白白浪费了，还说他愿意效犬马之劳，让王九享尽艳福。王九被他说动了心，又见那女人一身白皮细肉，颇有几分姿色，憋了二十多年的欲火便蹿了起来。小驴儿不失时机地退到门外，让王九独自在屋里享用那女人。

从这一夜起，这间西厢房就成了王九的"后宫"。征收到粮库的女人，王九看中了谁，只须暗示一下，小驴儿就会在夜间把这女人送到西厢房。享用过了之后，王九若是不中意，小驴儿就会在天亮之前把她送回粮库处理掉；若是中意，就多留几天，直到王九看中了新来的女人，那时再换掉。

此刻睡在王九怀里的女人，是他有生以来见过的最漂亮的女人。这女人名叫瑶环，是王首富成群姬妾中最年少最得宠的一个，据说是王首富花五千两银子买来的。瑶环不仅貌美如仙，媚功也是绝佳，夜夜弄得王九恨不能化在她身上。自从有了瑶环，王九再也没有要过别的女人。他怎么舍得把这人间尤物送回粮库当"军粮"呢？他甚至梦想，等战争结束以后，把这尤物带回家乡永久享用。

张巡粉碎了王九的春梦。王九被人从床上揪起来的时候，梦还没有醒透，半睁着眼，嘴里骂骂咧咧的。张巡在他脸上掴了一巴掌。这一巴掌力道极大，王九的脸上凸起五条红印。他彻底醒了，看清眼前的人，他像抽去了骨头一样瘫软在地上。

张巡厌恶地看着王九。王九肥硕的肚子下面，那根曾经雄风抖擞的阳物惊吓得像条小蚕儿似的萎缩在乱蓬蓬的毛丛里。

张巡的脸上掠过愤怒的风暴。看他的表情，似乎要亲手把王九撕碎。但是在愤怒达到顶点之后，反而很快平静下来。他感到非常虚弱，这是从来没有过的。在他与敌人厮杀到竭尽全力的时候，在他被长久的饥饿折磨得快要晕倒的时候，他都不曾感到这样虚弱。这虚弱使他坚硬如青铜一般的意志出现了裂纹。在一刹那间，他的信心几乎动摇了。

他不再看王九，也不再听王九的哭泣和哀求，他用手掌擦一下脸，对随从说："按军法办。"

王九和小驴儿被处死，首级在全城示众，尸身充当军粮。瑶环送回粮库。

张巡知道粮库里别的人也有像王九和小驴儿一样的劣迹，但他不可能一一追究，他只能杀一儆百。

时光一天一天流逝，睢阳城里的人口一天一天减少。

到了暮秋初冬时节。

救兵始终没有出现。

张巡的身体一天比一天衰弱。先是眼睛。每天夜幕垂落的时候，眼睛里好像有一层黑纱随着夜幕一起垂落，遮蔽了视线，看什么东西都是影影绰绰的。起初他以为是劳累的缘故，后来越来越严重，黑纱渐渐变成黑布，一到夜晚或者走到暗处，眼睛就像瞎了，什么东西也看不见。接踵而来的是牙龈和牙齿。有一天他发现牙龈胀痛，吐出来的口水里有鲜血。这种情况经常发生，牙齿也开始松动。有一次吃东西的时候，并没有用力咀嚼，却有两颗牙齿脱落了。没过多久，一口牙齿就掉了一大半。而且常常觉得倦怠，浑身无力，怎么强打精神也无济于事。到这时候，他方才知道自己真的是病了。

更糟糕的是周围的人好像也都病了。许远，雷万春，南霁云，还有别的许多人，都有这样或者那样的病症。有的与张巡相似，有的是其他的症状，譬如皮肉溃烂，腹泻呕吐，手脚麻木，头痛失眠等等。有一种症状是相同的，那就是衰弱。衰弱就像一剂慢性毒药，毒性慢慢浸润着人的身体，从皮肉浸润到经脉、骨髓，浸润到五脏六腑，一点一点销蚀着人的精气神，直到销蚀殆尽。每天都有将士病死。老百姓死的更多。随军的两个郎中却不知道是什么病，说是瘟疫吧，各人的病情却不尽相同；说不是瘟疫吧，怎么会有这么多人同时患病呢？郎中既不知病因，也就不知怎么救治，全然束手无策。不仅束手无策，郎中连自己也救不了，一天夜里，一个年长的郎中睡着以后就再也没有醒来。

张巡心里明白，该来的终于要来了。

十月初九，拂晓，叛军攻城。

尹子奇吸取上次攻城失败的教训，再不敢掉以轻心，把官兵看作稻草人。他仍然采用有攻有守的三个方阵的阵势，只是稍做改变，把第一方阵先锋队的一半人马并入第二方阵弓箭队，加强了弓箭队的力量。削减先锋队是因为他断定官兵绝不会冲出城门反攻；加强弓箭队为了更有效地把官兵压制在女墙后面，减少攻城时的损失。

进攻开始了。尹子奇命令鼓队全力擂鼓，用震天动地的鼓声来渲染进攻的气势。

弓箭队把密集的箭矢射向城头。攻城队趁官兵难以抬头的时机冲到城下搭起云梯向城头攀爬。

骑马在后面督战的尹子奇发现官兵这次反击的情况与以前不一样。以前叛军还没有冲到城墙下面官兵就开始还击，这次叛军搭起了云梯官兵还没有还击。他正在思索官兵是不是有什么诡计，城头上的官兵施放毒火飞龙了。叛军最怕毒火飞龙，云梯上面和城墙下面的叛军在毒火毒烟中惊叫、倒毙，一片混乱。

尹子奇眉头一皱，心想：难道又中计了？但他没有立即下令收兵，继续观察了一会儿，心里一亮，眉头舒展开来，嘴边露出微笑。他发现官兵施放毒火飞龙也与以前不同。以前官兵是等叛军在城墙下面聚集得最多的时候施放，这样就有最大的杀伤力；这次叛军刚开始攻城他们就施放了，而且施放的毒火飞龙的数量明显没有以前多。

尹子奇明白了两件事情。一件事情是官兵的人数大大减少了，而且几乎没有还击的力量，所以只能靠毒火飞龙来击退敌人，或者说只能靠毒火飞龙来吓退敌人。另一件事情是官兵的毒火飞龙已经不多了，也许很快就会用完。

又观察了一会儿，城头上果然没有多少官兵现身，官兵施放的毒火飞龙也变得稀少了。尹子奇越发坚信自己的判断是正确的，于是命令身边的将领全部到前面去督战。

叛军像汹涌澎湃的洪水一样涌向睢阳城。

叛军刚开始进攻的时候，天空只有些微亮色，张巡站在城楼上，视线被眼睛里的黑幕遮蔽，什么也看不清，耳中却分外喧闹。他听见震天动地的鼓声，听见人马奔跑的脚步声和马蹄声，听见呐喊声和厮杀声，听见兵器相接的铿锵声，听见箭矢破空的呼啸声。他摸索着从城楼上下来，听见南霁云在命令士兵施放毒火飞龙，接着就听见毒火飞龙的引线嗤嗤燃烧的声音。

南霁云在叛军刚刚开始进攻的时候就施放毒火飞龙，说明官兵已经没有别的办法阻挡敌人攻上城头了。睢阳城里的官兵已经不足千人，而且多半患病，怎么能阻挡几万敌人的进攻？

天空渐渐明亮，张巡眼睛里的黑幕也渐渐拉开，他看见堆放在地上的毒火飞龙已所剩无几。在吴响被处死以前，制造毒火飞龙的原料就已用完，无法继续制造，只能用剩下的这些来震慑一下敌人，很快就会被敌人识破。

张巡知道，最后的时刻就要到了。城池陷落已是铁定，剩下的悬念只是早一刻或晚一刻、多死一些人或少死一些人的事情。他看看天空，天空如熟睡的婴儿，白里透红，安详纯净。想到自己即将与这世界永别，心中有几分悲戚。他把目光从天空中收回，转身走到城楼后面，去做最后一件事情。

城楼后面空无一人。张巡面朝西北方向跪下，高声说："陛下！我竭尽全力守卫睢阳十个月，现在粮尽援绝，将士们身患重病，眼看敌人就要攻上城来。我最终不能保全睢阳，我对不起陛下！我死后，一定要变成厉鬼杀贼！遥祝陛下万岁万岁万万岁！"

说罢，他恭恭敬敬地向远在凤翔的皇帝行三拜九叩的大礼。

做完这件事情，他心中了无牵挂，从容地拔出佩剑，走到城楼前面。

此时的城墙就像四处崩溃的堤坝，洪水般的叛军从各处决口冒出来，与官兵在城头上混战。这种局面已不需要人指挥，张巡挺剑冲入战团。他不再是指挥官，只是一个普通的士兵。

一个叛军爬上城头，刚从女墙上露出身体，张巡挥手一剑，斜砍在他的脖颈上，一股鲜血喷出两尺多高，那人惨叫一声，翻身落下云梯。张巡收回剑，另一个叛军从女墙上跳起来，身体腾空，举刀向他砍来。张巡迅疾移动脚步，避开刀锋，同时出剑，猛刺那叛军的腹部。这一剑用力过猛，剑锋刺穿那叛军的腹部，从他后背透出来。那叛军从半空坠落，几乎扑到张巡身上。张巡来不及拔出剑来，只得弃剑跳开。脚步还没站稳，左侧又冒出两个叛军，一前一后，举刀向他冲杀过来。张巡手中没有兵刃，无法抵挡，又无处可避，眼看要死在刀下，这时冲在前面的那个叛军背后忽然中了一箭，刀还举在手里，人就扑倒在地。紧接着冲在后面的那个叛军背后也中了一箭，也是举着刀扑倒在地。张巡趁这空隙从地上捡起一个阵亡士兵的刀，一边向左侧看去。原来是南霁云在那边连发两箭，替他解了围。南霁云替张巡解了围，自己却陷入险境。他刚射完两支箭，有两个叛军向他杀来，他来不及拔剑，只好挥舞着手中的弓，抵挡叛军的兵刃。张巡急忙奔过去，挡住两个叛军，南霁云趁机拔出剑。但是叛军越来越多，把他们团团围住。

尹子奇一心想活捉张巡和许远，攻城之前，他命令全军，凡是看见对方像将领和官员模样的人，务必要抓活的。这些叛军看见张巡和南霁云都像是将领，就想活捉他们立大功，于是围住他们挥刀舞枪地虚攻而不下杀手，只是消耗他们的体力。

张巡是重病在身的人，原本就衰弱不堪，哪里还能经得起这样的激战，体力迅速流失。他急促地喘息，两片肺叶就像风箱似的呼哧呼哧地大张大合，肺管却像堵塞了，吸不进气，也吐不出气，只觉得胸腔憋闷、手脚疲软、头脑混沌、眼睛昏暗，面前晃动的人变得模模糊糊。他想使自己清醒起来，竭尽全力大吼一声："杀！"举刀向一个人影劈去。那刀却在半空中当啷一声落在地上，他两眼一黑，晕倒了。

二十八

自从钟七月失踪以后,袁不方就常常失眠。夜里躺在床上,常常整夜整夜地睡不着觉,身体疲乏到极点,头脑却清醒到极点。他像一块热锅上的烙饼,在两极之间翻来覆去,备受煎熬。除了失眠之外,他和其他许多人一样,渐渐患上了别的一些病症。他感到手足麻痹,四肢无力,小腿肿得厉害,一按就是一个很深的窝。更难受的是心悸和气喘,稍微用力,心跳就会骤然加快,气息就会阻滞,须得张大嘴巴呼吸才能缓过气来。

这天夜里,袁不方又失眠了。晁梦麟在对面的床上睡得很熟,发出轻微的鼾声。那鼾声虽然轻微,传到袁不方的耳朵里却像雷声一样,扰得他心里烦躁。外面的梆子声报告着时刻,一更,二更,三更,直到五更,他的脑子里才漫起一层迷雾,眼睛慢慢合上。

似醒非醒的,他发现自己并没有睡在床上,而是站在城墙前面的架子上画壁画。钟七月笑盈盈地拎着篮子向他走来。忽然有一阵清风吹走了她的衣衫,她的身体裸露出来,像一尊玉石的雕像。他搂住她,向她求欢。她却忽然不见了。他仍然站在架子上画壁画。他画一个青面獠牙的恶人用刀劈开一个孕妇的肚子,又画一个恶人的脸上没有眼睛鼻子,只有一张血盆大嘴,大嘴里吞噬着一个婴儿。忽然那个孕妇变成了钟七月,那个脸上没有眼睛鼻子的恶人变成了他自己,他喀嗤喀嗤地啃咬着婴儿的脑袋。钟七月躺在血泊里凄厉地叫喊:"你吃了我们的孩子!你吃了我们的孩子!"那个脑袋被吃掉一半的婴儿忽然睁开眼睛,笑嘻嘻地叫他:"爹!爹!"……

袁不方吓醒了,心脏像青蛙似的扑通扑通乱跳。他喘着粗气坐起来,摸一下额头,沾了一手冷汗。

他怕恶梦继续下去,不敢再睡了。看看窗外,已有朦胧的晨光。再看看晁梦麟的床铺,床上空空的没有人。

这时他听见外面有杂沓的脚步声,又听见有人在喊叛军攻城了。他急忙穿衣起床,跑到院子里。院子里没有人,大概都到城头上去参战了。

他跑出太守府。太守府外面的街上也是空荡荡的不见人影。他朝东城跑去,跑了几十步就觉得心慌气短,两腿疲软,只好停下来喘会儿气,再慢慢走。走到大十字街,看见一个穿衙役服色的人迎面跑过来。跑近了一看,是太守府里一个熟识的老衙役。

老衙役神色慌张,一见袁不方就问:"袁先生,你到哪里去?"

袁不方说:"我到城头上去看看。"

老衙役说:"贼兵已攻上城头了,快逃吧!"

说完就跑走了。

听到这个消息,袁不方惊呆了。他站在十字路口,一时不知如何是好。到城头上去吧,那无异于白白送死。他一介草民,赤手空拳,既不是军人,又不是官吏,似乎没有必要巴巴地跑去殉难。逃走吧,往哪里逃呢?逃出城去是不可能的,城外尽是叛军。留在城里吧,又能躲藏在哪里呢?想到躲藏,他脑子里灵光一闪,立即想到钟家的地洞。对了,那里是最好的藏身之处。

他不再彷徨,转身向双柳巷走去。好在双柳巷离大十字街不远,他快走一阵,慢走一阵,不多时就走到了。

到了钟家,他径直走到假山后面的地洞口,却发现地洞口盖着铁板。他记得上次到这里来找钟七月,临走的时候好像并没有盖上铁板。他无暇多想,掀起铁板钻进地洞,进了地洞后,再把铁板盖上。地洞里顿时一片漆黑。

袁不方刚走下地洞的最后一级台阶,黑暗深处突然蹿出一个人,把他紧紧抱住,猛力摔倒在地上,然后骑在他身上,双手掐住他的脖子。袁不方在遭到袭击的最初一瞬间惊恐交加,几乎晕厥,直到那人掐住他的脖子,才清醒过来,开始挣扎。他像掉进陷阱的野兽和落入渔网的鱼一样死命挣扎,身体乱扭,两只手乱打乱抓,两只脚乱踢乱蹬。他的身体虽然衰弱,死命挣扎的力量却大得惊人,竟把那人甩到一边。他还没爬起来,那人又扑到他身上,两人紧抱着在地上翻滚,厮打。打了一会儿,袁不方体力不支,气喘吁吁,又被那人压在下面掐住了脖子。但是那人似乎也没有力气了,掐住他脖子的手使不上劲。袁不方听到他气呼呼地骂:"狗日的!我就不信掐不死你!"

袁不方听出这是谁的声音了,他一边挣扎一边叫:"晁梦麟!我是袁不方!快放手!"

晁梦麟松开手,喘着粗气说:"你也不吱个声,我还以为是贼兵呢。"

两人坐起来。等气喘匀了,袁不方疑惑地说:"你怎么会在这里？你怎么会知道这个地洞？"

晁梦麟没有回答。

其实无须他回答，袁不方已恍然大悟。一股热血直冲头顶，他气得浑身发抖，指着晁梦麟，愤怒地叫道："是你！是你害死了她！是你害死了她！"

晁梦麟冷冷地说："我并没有害死谁，我只是做了理所当然的事情。如果你要说我做了什么错事，那我告诉你，我唯一做的错事就是没有告发你。你泄漏消息，窝藏女人，违犯了法令，理当该斩。吴响制造毒火飞龙，功劳不可谓不大，他违反法令，照样被处死。你自问你的功劳比吴响大吗？我看在朋友一场的份上，只说了这个地洞，没有说你的名字。我这样做，对得起你，但是对不起朝廷。这就是我做的错事。你还有什么话可说？"

袁不方说："我不会感谢你。"

晁梦麟说："好，先不说你违犯了军令，就说你良心过不过得去吧。你能活到现在，是吃的什么？睢阳城里的百姓都能充当'军粮'，你的女人就不能吗？你的女人是人，别人就不是人吗？你每天吃东西的时候，能够心安理得吗？"

晁梦麟的话句句在理，无懈可击。他的连珠箭一般锐利的质问击破了袁不方的愤怒和气势，袁不方又悲哀又沮丧又惭愧又不甘心承认自己做错了什么，他想反驳晁梦麟，但是找不到反驳的理由。他自言自语似的喃喃地说："你总是有道理！你永远有道理！"

晁梦麟说："我早就说过了，我的道理就是两个字：天下。这是颠扑不破的道理。"

袁不方不再说话，也不想听晁梦麟说话，他双手抱着膝盖，把头深深埋在膝盖上，蜷成一团，像一个虫蛹。地洞就像一个庞大的茧壳，把他包裹在浓重的黑暗中。

睢阳陷落。

尹子奇率领部将走进太守府。他的步子迈得很大，脊背挺得很直，一只独眼炯炯放光。从一月到五月，从七月到十月，他以数万兵力两次围攻睢阳，付出一只眼睛的代价，今天终于攻克睢阳，并且活捉了张巡和许远，他有理由趾高气扬。

走进大堂，尹子奇看见大堂正中挂着一幅画像，画中人骑着一匹枣红色的骏马，头戴皇冠，一身戎装，左手执缰绳，右手握剑，十分威武。尹子奇从画中人头上戴的皇冠猜到这人是皇帝，但不是他的皇帝。他的皇帝是另外一个人。如今天下有两个皇帝，这场战争就是两个皇帝争夺天下的战争，最终到底鹿死谁手，现在还不能断定。有消息说官兵已收复长安。昨天探子报告，二百里外有大批官兵向睢阳方向移动，不知是不是来援救睢阳的。局势看来并不十分美妙。

想到这里，尹子奇暗自叹口气，胜利者的锋芒不觉消减了一些。他叫人把那幅画像取下来，拿到外面去烧毁。

坐在睢阳太守许远以前坐的椅子上，尹子奇命令部下把被俘的官兵将领押到大堂上。官兵的主要将领几乎都被俘了，张巡、许远、南霁云、雷万春，还有三十来个军官。除了许远，这些人都是在激战中被俘的，个个战袍破烂，身染血污，只有许远的脸上和身上一如既往地干净。叛军攻城的时候，许远在写最后一道给朝廷的奏折。他在奏折中说睢阳即将陷落，他向朝廷请罪。还没有写完，叛军就冲进来了。他从容地搁下笔,整了整官帽,掸了掸官服,然后束手就擒。

在这群俘虏中,尹子奇一眼就看出谁是许远,却看不出谁是张巡。他对一个部下吩咐了几句,那部下匆匆走出大堂,很快带来一个太守府经办军备的老吏。这老吏战战兢兢地把张巡、许远、南霁云、雷万春和其他一些他认识的军官一一指给尹子奇看。

尹子奇离开座椅,走到张巡面前,用一只独眼上上下下将他打量了一番,说:"张公,我很敬佩你。若不是断粮,恐怕我今天还不能攻下睢阳。但是我也很替你惋惜。你苦守睢阳十个月,朝廷却不发一兵一卒来援救。这样的朝廷实在不值得你卖命啊!不如改换门庭,到我这边来,我保你前程无量。"

张巡被捆绑着的身体微微晃了晃。他本来就衰弱,在城头上的最后一战中晕倒时又跌伤了,腰腿一阵阵痉挛,站立不住。他竭力站稳,眼睛直视着尹子奇说:"你们逆天而行,气数已尽,还敢说什么前程!"

尹子奇并不在意他的话,大度地笑笑,说:"听说你督战的时候,大声呼喊,常常把眼眶瞪裂了,血流满面,还把牙齿都咬碎了,怎么会这样呢?"

张巡说:"我是恨不能一口吞掉你们这些逆贼!"

尹子奇心里有些恼怒,脸上却仍然带着笑容说:"我倒想看看,你是不是真的把牙齿都咬碎了。"

他命令几个部下把张巡的身体和头按住,又叫人拿来一把匕首。他捏住张巡的下颚,把刀尖插进张巡的两片嘴唇之间,使劲撬开张巡的嘴巴,朝里面看了看。张巡的嘴里果然只有三四颗完好的牙齿。

张巡的嘴唇和舌头被匕首割破，流出鲜血。尹子奇抽出匕首，扔到地上。张巡心里充满愤怒和屈辱，他想把嘴里的血水吐到尹子奇的脸上，嘴巴抽搐了几次，竟没有力气吐出去。

尹子奇走到许远面前，语气温和地说："许公，我知道你是明智的人，应该不会执迷不悟吧？"

许远沉静地说："我是睢阳太守，睢阳失守，我唯有一死而已。"说完闭上眼睛。

尹子奇点点头，转身回到座椅上，眼光阴沉地扫视着俘虏，问："你们当中有没有射我眼睛的人？"

南霁云挺直身体说："是我射的。我南霁云今天落在你手里，你可以报这一箭之仇了。"

尹子奇仰起脸，豪爽地大笑。笑完了，他说："好！南将军果然是英雄！说实话，我原来发誓要报这一箭之仇，今天见到南将军神采非凡，着实令人敬慕，这一箭之仇不提也罢。我想请南将军做我的副将，不知你愿不愿意？"

尹子奇的话说得很恳切，南霁云低下头，默然无语，似乎在思索，又似乎在犹豫。

张巡这时恢复了一点精神，见南霁云没有断然拒绝尹子奇，怕他意志动摇，就大声说："南八！男子汉大丈夫，死就死了，绝不能投降逆贼！"

南霁云抬起头，笑着说："我本来是想有所图谋的。张兄知道我的，我怎么敢不死？"

尹子奇的眼光又变得阴沉了，他再一次扫视着俘虏，说："你们都不怕死吗？我给你们最后一个机会，想活命的人就走出来。"

没有人走出来。

尹子奇命令部下："把他们都押下去关起来。"

俘虏押走后，尹子奇和几个幕僚到睢阳城里巡视，特意带上太守府那个经办军备的老吏，要他引路。每条街道都看不见百姓，偶尔看见几具倒卧的尸体。有个幕僚说，城里活着的官兵和百姓加起来只有几百人。在各个城门旁边的城墙上，尹子奇看到了"为国捐躯者"名单，名单已残缺不全。在粮库，尹子奇看到十几个活着的"军粮"，在屠夫们工作的地方，铁钩和案板上还有已经被肢解的"军粮"。尹子奇虽然身经百战，见过许多惨烈场面，这时也看得触目惊心。

那老吏给他们讲述了张巡杀妾和"征收军粮"的事情。

尹子奇摇着头，感叹说："这个张巡真是古往今来第一忍人，他做的事情是千古未有的事情，我就做不到。这样的人杀掉太可惜了。他若肯投降，也是我们的一大功劳。"

一个年长的幕僚说："张巡这样做，是要名留千古的，他怎么肯投降呢？"

尹子奇听了这话，觉得有道理，于是不再说什么。

第二天，张巡、南霁云、雷万春和官兵军官共三十六人在睢阳城里被处死。许远被押解到洛阳，后来在洛阳被处死。

二十九

皇帝在一天当中流了两次眼泪。

皇帝已经回到长安。安氏皇朝正在分崩离析。不需多少时日，天下就能安定。

这天上朝，大臣们向皇帝禀报，官兵在各个战场取得节节胜利，形势大好，越来越好。皇帝听了，龙颜大悦。

李泌接着禀报说，有个叫晁梦麟的年轻举人在睢阳死里逃生，辗转来到长安。晁梦麟带来了他写的笔记，笔记中记载了睢阳城里发生的事情，还带来他撰写的一篇《烈女舍身记》以及"为国捐躯者"名单的底稿。李泌把《烈女舍身记》读了一遍。

> ……裴氏对张公说："老爷，将士们没有粮食吃，睢阳必然会失守。若是睢阳失守，我必然随老爷一起去死。总是一个死，与其死后尸身腐烂于地，被蝼蚁所食，不如现在就把我的身体给将士们当粮食，让他们延长一时半刻的性命好等待援兵。老爷，请你动手吧！……"

读到这里,皇帝流泪了。

皇帝流泪了,大臣们不能无动于衷,他们垂头肃立,跟着皇帝一起流泪,也有实在流不出眼泪的,就用宽大的衣袖遮住眼睛,做出擦拭泪水的姿势。

李泌没有流泪,他用平和的语调读完文章。

皇帝用手背拭去眼泪。他要大臣们商议一下,怎样褒奖在睢阳死难的忠臣烈士。大臣们各抒己见。对张巡等人,大臣们见解一致,都说无论怎样褒奖都不过分。对张巡的妾裴氏,大臣们的见解就有了分歧。有个大臣建议为裴氏立一座烈女牌坊,但是遭到其他大臣的反对。反对者说,裴氏不是张巡的正妻,历来没有为妾立牌坊的,这样做显然是违背正统的。甚至有人说这样做将会动摇国体,万万不可。李泌没有表态。

议完后,皇帝下诏书,追封张巡为扬州大都督,追封许远为荆州大都督,封张巡的儿子为金吾大将军,封许远的儿子为婺州司马;在睢阳修建张巡和许远的庙宇,每年祭奠;南霁云和雷万春等人也都有封赏,并且赏赐他们的子孙;睢阳、雍丘免徭税三年。

诏书没有提到裴氏。

退朝时,皇帝说想在晚上召见晁梦麟,要李泌安排一下。

晚上,李泌带晁梦麟到御书房去见皇帝。

见到皇帝后,晁梦麟发现皇帝的相貌与袁不方画的画像竟有几分相似,不由暗暗佩服袁不方。他向皇帝行了大礼。皇帝面带微笑,聊天似的问他的年龄、籍贯、何年中举等等,他一一回答。

皇帝又问起睢阳保卫战的情况,晁梦麟便把他的所见所闻讲给皇帝听。他的口才好,讲得有声有色、有板有眼,皇帝听得很入神。讲到雷万春面中六箭、屹立不倒,皇帝拍案叫好;讲到张巡用竹箭计认出尹子奇、南霁云射瞎尹子奇的眼睛,皇帝哈哈大笑;讲到南霁云求援遭到拒绝,皇帝愤恨不已;讲到张巡杀妾,皇帝的眼睛潮湿了。讲到"征收军粮"的时候,晁梦麟说,老百姓都深明大义,没有人逃避,没有人反抗,没有人寻衅,没有人闹事,不仅如此,有些人还帮官府出谋划策,协助官府把这件事情做得更加合情合理。

听到这里,皇帝又一次流下了眼泪。皇帝哽咽着说:"朕的百姓真是天底下最好的百姓啊!"

李泌和晁梦麟都垂着头。皇帝说完,静默了一会儿,忽然问晁梦麟知不知道那份叩请皇帝多纳嫔妃、多生皇子的请愿书是谁写的。晁梦麟摸不透皇帝的用意,稍稍踌躇了一下,抬起低垂的眼皮悄悄看了看皇帝,见皇帝面容祥和,就说:"是百姓们的意愿,一位秀才起草的,我修改过。"

皇帝点点头,没有说话。晁梦麟放下心来,知道自己说对了,心中暗喜。

召见结束后,晁梦麟退下,李泌却没有走。

李泌对皇帝说:"天下不久即可安定,陛下可以无忧。我在朝廷也无事可做了,请陛下让我归隐山林吧。"

皇帝惊讶地说:"这几年,先生与朕共患难,立下奇功,现在正是共享安乐的时候,先生怎么要走呢?"

李泌说:"我有五个原因不能留下来。第一是我遇到陛下太早,第二是陛下对我太重用,第三是陛下对我太宠爱,第四是我的功劳太高,第五是我的计谋太奇。这五条中的每一条都会遭人嫉妒,陛下若不放我走,那无异于杀了我啊!"

皇帝长长地叹口气说:"既然如此,朕也不好强留你。但是将来朝廷如果有事,还是要请你出山。"

李泌说:"将来陛下如果召唤,我绝不会推辞。这次归隐,我也并不是想要遁世。我原以为我对天下的事情都已明瞭,今天才知道,有些事情我并不明瞭。归隐之后,我还要多加修炼,以图精进。"

皇帝听不懂李泌说的什么明瞭不明瞭,含糊地"嗯"了一声,就说起别的话题。说了一会儿,李泌起身告辞了。

皇帝回到后宫。他一边走,一边用手揉眼睛。因肝肾亏虚,眼睛常常觉得昏暗、模糊、干涩,今天流过两次眼泪,眼睛更加难受,眼皮里像有砂子似的,要揉一揉才觉得舒服一些。

张良娣迎上来。她分娩之后,腰肢依然婀娜。见皇帝揉眼睛,她问:"陛下的眼睛怎么了?"

皇帝说:"唉,今天流多了眼泪,眼睛有点难受。"

张良娣诧异地说:"流眼泪?陛下为什么流眼泪?"

皇帝把为什么流眼泪的原因讲给张良娣听。张良娣听到有人反对褒奖裴氏,就撇撇嘴,气恼地说:"妾就不是人吗?为什么不能立牌坊?一定又是李泌在作怪!他最会假正经!"

皇帝笑道:"这次你错怪李泌了。对这件事情,他什么话也没有说。以后你也用不着烦他了,他就要走了。"

张良娣又一次诧异地说:"他要走?他为什么要走?"

皇帝把李泌讲的那番话大略说了一下。

张良娣说:"他走了最好,耳根也好清净些。"

皇帝说:"这倒也是的。有时朕也很烦他呢。"

张良娣依偎在皇帝身上,娇声说:"陛下,现在天下就要太平了,我这个妾还要当到哪天才是个头啊?"

皇帝说:"你放心,过几天朕就册封你为皇后。"

张良娣心花怒放,捧着皇帝的脸一阵猛亲,亲得皇帝满脸唾液。

三年后。

晁梦麟回到睢阳。他已是三品官员。在这三年中,他深得皇帝的宠信,连续两次得到破格提拔。他这次是以钦差大臣的身份重返睢阳的。皇帝命令他到睢阳来监造纪念张巡和许远的双忠庙,还要立一座"为国捐躯者"的纪念碑,碑上镌刻捐躯者的名单。

奉旨出朝,地动山摇,逢山开路,遇河架桥。晁梦麟是第一次领略钦差大臣的威风,心情十分舒畅,办事也十分顺利。

睢阳的人口已经恢复到战前的一半左右,市面也日渐繁荣,老百姓过着平静的日子。从人面和市面上都看不出这里曾经发生过的事情,那些事情被时光洗涤之后,了无痕迹。

双忠庙和纪念碑都造在粮库的废墟上,晁梦麟亲自督工,造得很快,没多久就初具规模了。这时遇到一个难题。庙里要供奉张巡和许远的塑像,制作塑像的匠人都没有见过张巡和许远,仅凭晁梦麟的口述,很难做得逼真。晁梦麟想到一个人,这人就是袁不方。如果找到袁不方,请他画出张巡和许远的画像,难题就能迎刃而解。但是袁不方在哪里呢?三年前逃出睢阳后,他与袁不方分道扬镳,从此再也没有见过面。

晁梦麟思来想去，想不出到哪里能找到袁不方。

这天夜晚，晁梦麟心情烦闷，随手从书架上拿起一本书，随手翻看，正好看到陶渊明的《桃花源记》。他心中若有所动，眼睛盯着"桃花源"三个字看了很久，忽然猛拍一下大腿，心情豁然开朗。他知道袁不方在哪里了。

两天后，晁梦麟离开睢阳，去寻找袁不方。他带了三个随从，四个人都穿便服，装扮成商人。

走了十多天，他们来到一个偏远的小县城。这个县城靠近河南与湖北两省交界的地方，四周都是山林。三年前，晁梦麟和袁不方从京城到雍丘去，曾经路过此地，看见一处风景绝佳、人迹罕至的山林。当时袁不方说这里真像世外桃源，他愿意一辈子住在这个地方。晁梦麟对这地方还有印象，却不记得详细的方位了。

晁梦麟带着随从到县衙，向县令表明身份，说明来意，要县令派人去寻找袁不方。县令是第一次见到朝廷的钦差大臣莅临这个小县城，自然是受宠若惊，不敢稍有怠慢，当即派了全班捕快分头去寻找。晁梦麟向捕快们细细交代，要找的人是一个画师，三十多岁，京城人氏，相貌如何，身材如何，多半隐居在风景美丽、人烟稀少的山林里；他告诫捕快们，如果找到袁不方，一定不要惊扰他，也不要暴露捕快的身份，只须回来报告就是。

过了几天，有个李捕快回报，在一个叫紫云峰的地方发现一个很像袁不方的人，但那人不是画师，而是一个石匠。

听到消息后，晁梦麟叫李捕快引路，带着随从一起到紫云峰去。紫云峰离县城有四十多里路，出城关，骑马走十多里就进了山林,又沿着山道走十多里,路越来越窄,山越来越高,树越来越密。李捕快说前面要翻越两道山梁,山梁陡峭崎岖,荆棘丛生,不能骑马,只能牵着马走。于是晁梦麟一行下马行走。

翻越两道山梁用了一个多时辰,晁梦麟累得脚软气喘,但是一看见眼前的风景,他就觉得没有那么累了。这里正是他和袁不方到过的地方,松涛,瀑布,彩虹,风景依旧。

走下山坡,前面有一间茅屋,茅屋左边傍着松林,背后靠着山崖。李捕快说,那石匠就住在茅屋里。茅屋外面的空地上散放着许多用石头雕刻的东西,有佛祖,菩萨,罗汉,狮子,龟蛇,墓碑,磨盘,有的已经刻好,有的还没刻好。茅屋的门敞开着,晁梦麟站在门口看,里面幽暗肮脏,没有人,只有一张床和一张桌子。晁梦麟走到茅屋后面,后面也没有人,却看见山崖上凿出一面光洁的石壁,石壁上刻着一尊浮雕人像,是个女人,与真人一般大小,面貌衣饰都栩栩如生。晁梦麟知道这个女人是谁,马上联想到那个黑黢黢的地洞,心里不知怎么隐隐有点内疚,竟不敢多看,转身又回到茅屋前面。

这石匠无疑就是袁不方,但是人到哪里去了呢?

正这么想着,茅屋旁边的松林里走出一个人,这人佝着腰,背着一捆干树枝,穿一身破旧的麻布衣裤,腰间系一根绳子,赤脚穿着草鞋。虽然面色黧黑,头发蓬乱,胡子拉碴,晁梦麟还是认出这就是袁不方。

晁梦麟微笑着说:"袁老弟,你还认识我吧?"

袁不方放下干树枝,朝他看看,淡漠地说:"认识。晁梦麟。"

晁梦麟的一个随从大声呵斥:"草民不得无礼!这是

朝廷钦差大臣晁大人,快快行礼!"

晁梦麟做手势制止随从,仍然微笑着说:"如今天下太平,正是做一番事业的好时机。袁老弟躲在这里凿石头,寄情山林,清雅固然是清雅,只是可惜了大好才华。"

袁不方好像没有听见他的话,只管做自己的事。紧挨着茅屋有一个棚子,棚子里有石头垒的灶,袁不方把一口铁锅架在灶上,往铁锅里放进水和一些别的东西,再把干树枝塞到铁锅下面,点着火烧起来。

晁梦麟站在袁不方身旁,向他说明来意,请他为张巡和许远画像。晁梦麟的随从见他如此屈尊,都有点忿忿不平,却不敢说什么。

袁不方还是像没有听见他的话,眼睛盯着铁锅。铁锅里的东西煮熟了,烂糊糊的不知是什么。袁不方用一只豁口的粗陶钵盛了一大钵,一边吹气,一边吸啜。吃了几口,他抬头问晁梦麟:"你吃不吃?"

他的眼神很真实,并没有揶揄的意思。晁梦麟没想到他会这样问,愣了一下,连忙说:"我不饿,你吃吧。"

袁不方埋头吃起来,胡噜胡噜吃得很香。吃完一钵,又盛一钵,也是很快就吃完,连钵子都舔干净。他抹抹嘴,舒坦地打了一个悠长响亮的嗝。

晁梦麟说:"袁老弟,不管你愿意不愿意,请你说句话,我绝不会勉强你的。"

袁不方说:"你明天来。"

说完,他到茅屋里拿了一个装石匠家什的布袋,搭在肩上,从一条山道上径自走了。

晁梦麟的随从和李捕快都很气愤,李捕快说:"狗日的竟敢这样拿大!老子一索子捆他到衙门去,看他画不画!"

晁梦麟摇摇头说:"由他去吧,我们明天再来。"

第二天,晁梦麟再次来到袁不方的茅屋。但是没有看见袁不方,只看见一张纸,纸上写着——

我原以为可以在这里清净地度过余生,没想到你会找到我,使我不得清净。

你既然来了,正好有事情我要讲给你听。这件事情梗在我心中已经有三年了,我本来是不想讲的,但是我不愿意看到裴朵儿的死被用来成就别人的功名,因为这并不是她所情愿的。

那年在平康里,有个西域胡人送给我一瓶迷药,当时张巡也在场。后来我尝试过那迷药——我自己试过,也给别人试过,果然十分灵验。吃了药以后,人会非常舒服,非常快乐,飘飘然好像飞升到云端,被太阳暖暖地照耀着。然后周身的暖意渐渐变成情欲,这时就会出现幻觉,眼睛看见的尽是情人含情脉脉的笑颜,耳朵听见的尽是情人的甜言蜜语,别的什么也看不见,什么也听不见,一心渴望与情人欢爱。

在张巡杀妾的前一天深夜,张巡把我叫到太守府的银库,只有我和他两个人。他先跟我聊平康里的往事,后来似乎不经意地问起那瓶迷药,我因为喜欢那个瓶子的图案,一直把它带在身上做装饰,我取下来给他看,他又问迷药的功效和用法,我就讲给他听了。接着又说了一些别的事。

我离开以后才想起他没有把迷药还给我,我也没有在意,但是很奇怪他为什么会在那样的生死关头跟我聊这样的事情。

第二天,当朵儿出现在太守府大堂的时候,看她的步态和神态,我立即明白了张巡的用意。张巡给她吃了迷药,她像一个偶人一样任他摆布。

由此可见,朵儿并没有说过她甘愿把自己的身体给将士们当粮食,否则张巡没有必要给她吃迷药。

也由此可见,你写的《杀妾》和《烈女舍身记》中有些情节是不真实的,是虚构的——是你或者是张巡虚构的。

你曾经说过,你要做一个历史的撰写者,如果真是这样,那么就请你把我现在所告诉你的这件事情的真相记载下来吧。

你不必再找我,我不会见你。

晁梦麟看完后,微微一笑,说:"愚蠢。"

他把纸撕碎,随手一扬。一阵山风吹来,碎纸片在风中翩翩起舞,像一群白色的蝴蝶。

史书摘录

尹子奇攻围既久,城中粮尽,易子而食,析骸而爨,人心危恐,虑将有变。巡乃出其妾,对三军杀之,以飨军士。曰:"诸公为国家戮力守城,一心无二,经年乏食,忠义不衰。巡不能自割肌肤,以啖将士,岂可惜此妇,坐视危迫。"将士皆泣下,不忍食,巡强令食之。乃括城中妇人;既尽,以男夫老小继之,所食人口二三万,人心终不离变。

——《旧唐书·列传第一百三十七·忠义下》

巡出爱妾曰:"诸君经年乏食,而忠义不少衰,吾恨不割肌以啖众,宁惜一妾而坐视士饥?"乃杀以大飨,坐者皆泣。巡强令食之,远亦杀奴僮以哺卒,至罗雀掘鼠,煮铠弩以食。

被围久,初杀马食,既尽,而及妇人老弱凡食三万口。人知将死,而莫有畔者。城破,遗民止四百而已。

——《新唐书·卷二百十五·列传第一百一十七·忠义中》